新宿なぞとき不動産

内山 純

JN090339

新宿の不動産会社に勤める営業マン・澤《さわ》村聡志《むらさとし》。知識はあるが駆け引きが苦手な彼のもとにある日、成績優秀な後輩・神《かん》崎《ざき》くららがパートナーとして異動してきた。以来、気が強く先輩使いの荒いくららに澤村は振り回される毎日に。さらに、担当していた大家に突然冷たくつき放されたり、入居者から部屋に現れる宇宙人を退治してほしいと無茶なクレームを入れられたり……物件に絡む謎の数々を解き明かすため、くららと二人、大忙しで走り回る！　新しくて古い街“新宿”に住む人々の悩みと謎を解決する、心あたたまる不動産ミステリ。『ツノハズ・ホーム賃貸二課におまかせを』改題文庫化。

新宿なぞとき不動産

内　山　純

創元推理文庫

THE REALTOR DETECTIVE IN SHINJUKU

by

Uchiyama Jun

2017

目次

新宿なぞとき不動産

第一話　大家の事情

いつものことながら、JR新宿駅《しんじゆく》構内の地下通路には人があふれていた。体格も肌の色もさまざまな老若男女が互いに触れ合わぬよう絶妙に身体を泳がせ、てんでに進んでいく。

人混みをぬって歩く神崎《かんざき》くららの後ろから、僕は声をかけた。

「神崎さん、そっちじゃないよ」

彼女は肩までのストレートヘアを揺らして、振り返った。

「四ツ谷《よつや》へは、総武《そうぶ》線に乗るんじゃないんですか？」

「総武線だと各駅停車になっちゃうんだ。中央《ちゆうおう》線快速なら一駅で行けるから、八番線に」

通路の中央で立ち止まる彼女に、向こうから来た中年の男性が接触しそうになった。彼はさっと脇によけて彼女を見直すと、今日は運がいい、というような笑みを浮かべた。

軽く会釈《えしやく》を返した神崎くららは、八番線への階段の登り口で顔を上げた。

「先輩、電車来ますよ。急ぎましょう」

彼女はパンプスの七センチヒールを鳴らしながら駆け上がっていく。慌ててあとを追うと、膝丈ぎりぎりのスカートからすらりと伸びた足が目に入って、一気に汗が噴き出した。

到着した電車がちょうど乗客を吐き出すところだった。日本一の乗降客数を誇る新宿駅のプラットホームは、思いのほか狭い。乗り降りする人々の合間をぬって、僕たちは東京方面行の中央線に乗り込んだ。

神崎くららは涼しげな顔で言った。

「間に合いました〜」

そこそこ混み合う平日午前中の車内を中ほどまで進む。汗ひとつかいていない彼女にひきかえ、僕のワイシャツはすでにじっとり湿っている。上着を腕に抱えてきて正解だった。

吊り革につかまる彼女の隣に立ちながら、僕は恐る恐る聞いた。

「あのう、ところで、僕が一緒に行く意味は、あるのかな」

彼女は大きな瞳で僕を見上げた。

「今日から営業パートナーですから、お互いの仕事を把握《はあく》しておいたほうがいいと思って」

「確かにそうだけど、我が社のパートナー制度は一緒に行動するというより、一方が動けないときに、もう片方がカバーするために二人一組になっているというか……」

「携帯のメアド、教えてください。これから行く会社の概要と社長の経歴を送ります」

「……ええと、なんで？」

彼女は突然、僕を睨《にら》んだ。

「澤村《さわむら》先輩は弓木野《ゆみきの》社長に初めて会うんですよ。新規物件のオーナーの情報も持たずに、どう交渉するんですか」

「す、すみません」

「我々仲介営業はマンションやアパートが商売のタネですけど、結局はオーナーとテナントという〝人〟同士を結びつける仕事ですから、オーナーの人となりを把握することも大事ですよね。『将を得んと欲すればまず馬を得よ』って譬《たと》えもありますし」

〝得ん〟じゃなくて〝射ん〟だし意味も微妙にずれているが、営業方針は百パーセント正しいので黙ってうなずいた。

車内は冷房が効いていたが、西新宿にある会社から新宿駅まで炎天下の中を歩いたことに加えて、妙な緊迫感に包まれている僕は、顔の火照《ほて》りがおさまらなかった。

吊り革の腕越しに、営業パートナーを盗み見た。

携帯のメール画面を一心に見つめるその横顔はビスク・ドールのように白い。きれいにそろった長く濃い睫毛《まつげ》が、黒目がちの瞳をゆったりと覆っている。小ぶりの唇が微《かす》かに動くのは、文章を読むときの癖かもしれない。

前に座る三十代前半と思しきスーツ姿の男性が彼女を遠慮なしに見つめたのち、羨《うらや》ましそうな表情でこちらを一瞥《いちべつ》した。僕と同年代の彼はきっと、こんな女性と一緒に仕事ができたらさぞや楽しかろうと考えたのだろう。だけど僕は今、言いようのない不安に襲われている。

神崎くららと僕を乗せたオレンジラインの銀色の電車は、七月の強烈な日差しと高湿度の重たげな空気に占領された東京の中心地を真横に突っ走っていた。今日の午前中は一課から頼まれた書類を仕上げなければいけないのに、どうしてこうなったんだっけ?

始まりはつい二時間前。

季節外れの配置換えで、株式会社ツノハズ・ホーム本社賃貸営業部二課に、多摩《たま》支店から営業員が異動してくることになっていた。優秀だと聞いており、僕は気後れ気味だった。

二課の若宮綾子《わかみやあやこ》課長に連れられて、彼女はやってきた。

若宮課長は、女性にしてはかなりの長身を反らせて、まるで僕を見下ろすかのような迫力で言った。

「こちらが神崎くららさんよ」

紹介された彼女はまっすぐな美しい立ち姿で僕を見つめると、深々とお辞儀《じぎ》をした。

「新宿のことはよく知りませんので、いろいろと教えてください。よろしくお願いします」

よく通る涼やかな声。さわやかな笑顔。小柄でスレンダーな肢体《したい》は、明るいライムグリーンのスーツがよく似合う。艶やかな黒髪には〝天使の輪〟が浮かんでいた。

まさに天使。

一方の若宮課長は、おかっぱ頭と細い目、きつく結ばれた薄い唇が岸田劉生《きしだりゅうせい》の油絵を髣髴《ほうふつ》とさせる。超難関女子大出身の才女で、まだ不惑にまでは届いていないはずだが、常に惑いのない冷静な指揮官だ。光沢を放つライトグレーのノーカラージャケットとパンツのスーツ姿は、氷の女王みたいに周囲を支配する威圧感を持つ。

神崎くららはその才女に、柔らかい笑みを浮かべて言った。

「若宮課長は英語とフランス語と韓国語と中国語が堪能なんですってね」

いつも無表情な若宮課長の片眉が、ほんの少し上がった。

「よく知っているわね」

「多摩の緒方《おがた》支店長が絶賛していましたから」

「へえ」驚くべきことに、線のような目がほんの少し開いた。「緒方が？　営業パートナーだったけど、彼から褒《ほ》められた記憶はないわ」

「フランス語の発音がとてもきれいだって、こっそり教えてくれました」

課長の口角がほんの少し上がった。

「まさか。あいつがそんなことを」

「ルイ・ヴィトンの役員を二人で案内したときには舌を巻いたって」

課長の顔にうっすらと笑みらしきものが浮かんだ。天使は氷の女王の心も解かす。

「こちらが」課長は僕を指した。「あなたの営業パートナーの澤村聡志《さとし》君。本社の生え抜きだから、細かいことは彼に聞いて」

僕は慌てて言った。

「新宿にはもう十年いるから、なんでも聞いてください。二課には他に二人の営業員がいるけど、今日は直行しているので、あとで紹介します」

「ありがとうございます、澤村先輩」

その一言で胸がじんわり熱くなった。

ツノハズ・ホームでは〝先輩〟という呼称を使うことが多い。しかし、僕は後輩から〝先輩〟扱いされたためしがない。〝澤村さん〟か〝サワさん〟だ。つい先日までパートナーだった三歳下の有能な後輩に至っては、最後のほうは〝サワっち〟だった。だが、彼が売買部への異動を希望してくれたおかげで、こんなすてきな後輩がやってきたのだ。元パートナーよ、ありがとう。

「じゃ、じゃあ」緊張するといつも言葉がすっと出てこない。「社内を案内しがてら、総務に名刺や備品をもらいにいこうか」

彼女は柔らかく微笑んだ。いかにもたおやかで成績優秀な営業員には到底見えない。

僕は彼女を連れて、株式会社ツノハズ・ホームの七階建て本社ビルを案内していった。一階の受付コーナーと応接室は省略し、賃貸営業部と同じ二階にある売買営業部、三階の企画部と管理部を回る。行く先々での男性社員の羨望《せんぼう》の視線に優越感を抱きながら、さらに階段を上がった。

「四階は本社部門で、五階が大小会議室、六階は役員室、七階はホールになっているんだ」

さて、総務部。ドアの前で僕はためらった。

「ここはちょっと気をつけたほうがいいよ。そのう、なかなか厳しい人がいてね」

「どんなふうに？」

不思議そうに首をかしげる彼女に見惚れて返事をし損ねていると、総務部のドアが開いて酒《さか》井智江《いちえ》さんが出てきた。

「あら」ジロリと僕を見たあと視線を隣に移し、好奇の表情を浮かべた。「異動してきた方ね。どうぞ」

ドアを押さえて室内へ促した。他の総務社員は席を外しており、彼女一人だ。

酒井さんは三十代半ば、丸っこい身体とつるりとしたタマゴ形の顔からは想像もできないほど気が強くて仕事に厳しい。九時六時できっちり仕事をこなす、三児の母でもある。

彼女は自席の前に立ち、神崎くららを上から下までじっくり品定めした。一方の神崎くららは照れたような笑みを浮かべ、頭を下げた。

「どうぞよろ……あっ」ふいに一歩踏み出すと、目を瞠《みは》りながらデスクを指差した。「もしやこの小ぶりの鯛焼きは、近ごろ大人気の桜屋のものでは？」

通常の半分くらいの大きさの鯛焼きが数匹、小皿に載っていた。酒井さんは怪訝《けげん》な表情で「そうだけど」と言った。

「うちの近くの桜屋はいつもすごく並んでいて、まだ食べたことがないんです」なぜか、ものすごく深刻そうな表情だ。「どこで買われたんですか？」

「新宿中央センタービルの地下に最近、出店ができたの。オフィスで冷房漬けのOLたちが早朝から買っていくのよね。まだ知らない人が多いから、穴場よ」

神崎くららはガッツポーズをしながら「やった」と叫んだ。

「これでやっとゲットできる！　中央センタービルは新宿駅のすぐ近くでしたよね！」

あっけにとられていた酒井さんは、そっと鯛焼きをつまみあげた。

「そんなに欲しかったなら、二、三個あげるわよ」

「いいんですか！　ありがとうございます。酒井さんはドーナツお好きですか？　お礼に今度、ルーニーズの豆乳ドーナツ買ってきます」

酒井さんの声のトーンが上がった。

「まだ食べたことがないわ」

「あれもすぐ売り切れちゃうんですが、店員さんと最近仲良くなったので、連絡しておくと取っておいてくれるんですよ」

「無添加なのがいいのよね。私、子供には身体にいいものを食べさせたくて、いろいろ調べてから買うようにしているの」

「お子さんがいらっしゃるんですか。ぜんぜん見えませんね」

「まあ、ね。たまにそう言われるけど」

すっかり和やかムードに。

内勤の人間はなぜか営業部を仮想敵国とみなしているので、扱いが冷たい。提出した書類にちょっとでも記載ミスが見つかったあかつきには即座に突き返され、何度でも書き直しを命じられる。総務の女史に睨まれたら稟議書《りんぎしょ》が通らず営業に支障が出ると言われているので、急いで稟議を通さねばならないときの営業員は、かなり命がけだ。

その女史を、鯛焼きとドーナツの話題でとろけさせてしまった神崎くららは只者《ただもの》ではない。

トップセールスの噂はやはり本当だった。

「あ、澤村君」突然、笑みを引っ込めた酒井さんが僕に書類を突きつけた。「この稟議書、却下。エメラルドコーポ三〇二号室の鍵交換費用をなんでうちが持たなきゃいけないのよ」

どっと冷や汗が出た。

「そ、それはですね、テナント様が入居して三ヶ月経ってから、鍵の調子が悪いから替えてほしいとおっしゃって、オーナー様は三ヶ月使ったんだから費用はテナント持ちだろうとおっしゃり」酒井さんの顔がだんだん鬼に見えてきて、よけいに焦った。「テナント様は最初から動きが悪かったんだと主張されて、そうこうするうちに鍵が摩耗《まもう》したのか開かなくなってしまいまして、夜中に呼び出されて緊急に鍵の交換をしまして、それを僕が立て替えまして」

「オーナーかテナントに支払ってもらいなさい。最初に鍵を渡したときにちゃんと開いたなら、仲介業者に責任はないわよ」

「そ、それが、話が平行線でして、もう四ヶ月も揉めていまして、それで」

「却下。だいたい、二年前まで総務部にいたんだからそんなことぐらいわかるでしょ」そして、神崎くららに向かって言った。「この人、営業経験は入社四年目のあなたより少ないから、いろいろ教えてあげてちょうだいね」

センパイ面して「なんでも聞いて」などと豪語していた僕は、今すぐどこかに消えたくなった。

神崎くららは僕の稟議書を一瞥したのち、酒井さんに「いえいえ」と手を振った。

「私なんてぜんぜん」

「多摩支店で営業成績ナンバーワンだったたって聞いているわよ」

「運がよかったんです。では失礼します」

総務室を出た神崎くららが顔を覗き込んできたので、思わず下を向いた。〝新宿に詳しい頼れる先輩〟の虚像はあっという間に崩れてしまった。もう先輩と呼んでくれないかもしれない。

しかし、彼女は淡々と言った。

「最初はあんなもんですかね、先輩」

僕は顔を上げた。

「はい？」

「さっき先輩が『気をつけたほうがいい』って言ったから」

まさか、それでドーナツ談義を……

僕が恐怖にかられた表情をしていたのだろう、彼女は小さく肩をすくめると、備品の入った箱と鯛焼きを抱えてすたすたと階段を下りていった。

社内営業もばっちり。可憐《かれん》な少女みたいな顔をして、なんと機転の利くことか。

営業部に戻ると、さっそく男性社員たちが彼女を取り囲み談笑を始めた。輪のできたあたりが煌《きら》びやかに見える。僕以外の本社営業部の営業員たちはみんな遣り手で、自信という名のオーラを身にまとっているので、営業成績底辺の僕が入っていける余地は皆無だ。

団欒《だんらん》に興味ないそぶりでデスクに座り、机上を整えた。きれい好きであることは僕の数少ない取り柄だ。デスクやファイルは毎日のように除菌アルコールで拭くし、パソコンの中だってきっちりフォルダを作成し、文書の管理は完璧。電話の横に置かれたメモ帳が曲がっているのも気になるほどだ。

総務部から運んできた段ボール箱がうっちゃられたままの隣のデスクを横目で見た。優秀な彼女のことだ、仕事に取りかかったらあっという間にデスクが整理整頓されるのだろう。クレバーな人間は身の回りもすっきりしているものだ。

営業開始時間の十時になると全員が各々の席につき、彼女も僕の隣に座った。

電話が鳴った。

正確に言うと外線のランプが光ったとたんに神崎くららがいち早く受話器を取ったので、音は鳴らなかった。

「おはようございます、ツノハズ・ホーム賃貸営業部でございます」

慣れた様子で一気にしゃべった。室内の全員が聞き耳を立てる様子が、ひしひしと伝わってくる。

「はい、わたくしですが……弓木野社長！　西多摩の物件の件ではお世話になりました」

どうやら支店時代の顧客のようだ。売れっ子営業は支店が変わっても客がついてくることがある。さすがだな。

「え？」彼女が背筋《せすじ》を伸ばした。「神楽坂《かぐらざか》の新築マンションを……購入……ほんとですか！」

神崎くららの声が弾んだので、若宮課長が思わず顔を上げた。

「もちろんです。ぜひうちで賃貸募集をやらせてください！」

ふいに彼女がこちらを向いて唐突に右手を突き出し、口を無音で動かした。

ええと、なんだろう？

「駅から徒歩二分……いいですね……それで何平米くらいの」

弾んだ声とは裏腹に、眉間に深い皺《しわ》を寄せて恐ろしい目つきで僕を睨んでいる。なにが起きているのかわからない。彼女の右手が宙でひらひらと揺らめく。

若宮課長が脇からメモとペンを差し出すと、ぺこりと頭を下げた神崎くららは猛然と書き始めた。

ああ、書くものが欲しかったんだね、デスクの上の備品はまだ箱の中だから。

「え……一部屋じゃないんですか？　一棟？　二十四室あるマンションを一棟の業務委託契約と、専任媒介契約までいただけるんですか！」

隣のシマでこちらを窺《うかが》っていた一課の営業員たちが全員、あからさまにこちらを見た。

不動産屋は賃貸の募集を依頼してきたオーナーと〝業務委託契約〟を締結して業務に着手するが、実は口約束だけということも珍しくない。また、多くが、複数の会社が募集業務を行ってよい〝一般媒介〟という取引形態で請け負う。一社のみが営業できる〝専任媒介〟で任せてもらえれば他社と競合せずにすむので、営業員はできれば専任が欲しい。

異動初日に、その専任媒介付きの業務委託契約をマンション一棟で獲得する彼女は、やはり只者ではない。

電話を切ったとたん、一課の男性社員が声をかけた。

「やるね、さすが神崎さん。もう物件を上げちゃうなんて。それに管理まで」

「たまたまです」神崎くららは照れたように笑った。「多摩支店でお世話になったアパレルメーカーの社長様で、いくつも物件を所有している方なんですが、神楽坂にもマンションを購入されたそうです。ちょっと管理部に行ってきます」

小走りで出ていく後ろ姿を、若宮課長がじっと見つめる。

「ふうん」そして僕を睨んだ。「あなたも頑張らないと」

「す、すみません」

課長はパソコンをささっといじると画面を指した。

「弓木野社長って、この人ね」

『新進気鋭の若手社長』特集記事のトップに、大手アパレルメーカーの弓木野真之《まさゆき》社長の写真が大きく載っていた。最近、よくマスコミに取り上げられている人物だ。

若手カリスマ社長は独身三十九歳、年収五億。斜《しゃ》に構えた自信満々の笑み。スーツではなく粋《いき》なハウンドトゥースのジャケットに開襟シャツ姿は、セレブならではの余裕を感じさせる。

顧客のビップぶりに怯《ひる》んでいると、内線電話が鳴った。

先ほどの神崎くららの電光石火の受話に触発された僕は、すかさず電話に出た。

「はい賃貸二課」

『あ、澤村先輩ですか？　神崎です。ほんっとにすみませんが、私のパソコンを管理部まで持ってきてもらえますか』

『弓木野社長とまた話したんですが、物件資料をすでにメールで送ってくれたそうです。私のバッグに青いUSBメモリが入っているので、それも一緒に。あの社長、思いついたらすぐに動くタイプなので、速攻が大事なんです。あ、ついでに私の緑の手帳も……鞄ごと、急いでお願いします！』

……ええと、僕が？

電話が切れ、軽く思考停止に陥《おちい》る。ええと、手帳と、なんだっけ……

彼女のデスク前で右往左往したのち、僕は管理部へ走った。

そうして管理部へ行ったはずの僕は、神崎くららの言うまま様々な書類を作成させられ荷物を持たされ彼女と共に会社を出て中央線快速に乗り、四谷《よつや》の大手アパレルメーカー本社ビル最上階の社長室にいた。

「相変わらず仕事が早くていいねえ、神崎さん」

気さくに笑う弓木野社長は強烈な視線の持ち主で、睨まれたら僕なんぞ木端《こっぱ》微塵《みじん》に破壊されそうだった。幸いなことに、今の彼には神崎くらしか見えていない。

「お久しぶりです、社長」僕の営業パートナーは、眩《まぶ》しいくらいの笑顔を返した。「本日はありがとうございます」

弓木野社長は一瞬だけ照れたように睫毛を伏せた。すぐに両者の視線が交錯する。すでに駆け引きが始まっている様相だ。またしても幸いなことに、僕はおざなりに紹介されただけでうっちゃられ、二人は熱心に募集条件を話し合った。

「NOI《エヌオーアイ》五・五パーセントは確保したい。一部屋は私が使おうと思っているので、残りの二十三部屋を平均賃料二十二万円で貸してくれ」

「専有面積はどれも約三十八平米」彼女が不意に僕を見た。「先輩、何坪になりますか？」

「え、ええと」不動産屋はなぜか昔ながらの〝坪〟を使って相場を判断することが多い。一平米に〇・三〇二五を掛けると一坪なので……「十一・五坪くらいです」

狼狽しつつなんとか答えると、畳《たた》みかけるように聞いてくる。

「ということは先輩、坪単価では？」

「一万九千円ほど」

「神楽坂の相場は……」先ほど僕が急遽《きゆうきよ》作成させられた近隣の築浅マンションの賃料相場一覧表を、彼女は広げた。「坪一万一千円から二万七千円。社長のご希望賃料はちょっと強いですね。でも新築ですので、まずは二十二万円平均で募集を出して反響を見てみます。個別の賃料設定は、先輩、どんな感じでしょうか」

必死に考えて図面の各部屋に想定賃料を書き込む。階が上になるほど賃料も高く設定されるのが普通だ。弓木野社長は図面を見てうなずき、神崎くららに向かって言った。

「一刻も早く満室にしてください。本業ではないが投資金額はそれなりだからね。家賃を滞《とどこお》らせない、近隣に迷惑をかけない、この二条件さえ守ってくれれば、賃借人がどんな人だろうと構いません。私は大家業には興味はない。あくまでもビジネスだ。管理はすべて御社にお願いしますよ」

「ありがとうございます。ただ、すでに七月も中旬で、人の移動は鈍っています。八月はもっと動きがないでしょう。状況を見て、多少の賃料値下げはお願いするかもしれません」

社長は不満げな表情を見せた。

「そうは言っても、想定利回りを下回っては困る」

「空気に部屋を貸しても賃料は一銭も入りません。ばかりか、借り入れの金利、固定資産税、管理費、共用部分光熱費など経費は日々発生しているんですから、空室のままではマイナスが蓄積するばかりです。時間がかかればかかるほど社長の損になりますよ」

「しかしね」

「一部屋の月次賃料を一万円下げたとして二年契約で二十四万円の損失ですが、もし七月中に決まらないと八月のお盆休みが終わるまで契約できない可能性が高いです。仮に九月上旬に契約できたとしても、一ヶ月半も空室になります。損失は二十二万の賃料掛ける一・五で……先輩、いくらですか？」

「さ、三十三万」

「三十三万もの損失になるわけです。それも順調に決まったとしての話で、空室が二ヶ月三ヶ月と続いたら損失は増えるばかり。適正賃料で、一刻も早く空室をなくすほうが賢いと思いませんか」

大手企業のトップにこんなにはっきりもの申すなんて。しかも、口調は厳しいのにかわいらしい表情は崩さないまま。ギャップが激しくてついていけない。

社長は苦笑を浮かべた。

「ひとまずお手並み拝見といこう。こまめに連絡をください。今、私がお付き合いしている不動産屋は売買では四友《よつとも》不動産」全国的に有名な会社だ。「賃貸は神崎さんの会社だけだから、頼みますよ」

神崎くららは目を輝かせて言った。

「ゆくゆくは売買もぜひ、弊社にお任せください」

一口に〝不動産屋〟と言っても何千人も社員を抱える大手企業から社員一人の自営業者まで、会社の規模は幅広い。ツノハズ・ホームは都内では中堅どころと言えるだろう。

また、土地を買って建物を建てて売るマンションデベロッパーや戸建ての建売《たてうり》業者、土地建物を仕入れてリフォームなどして転売する買取《かいとり》業者、我が社のように売買や賃貸の契約を取り仕切る仲介業者など、業務形態もいろいろある。

「それと、一階廊下の照明器具のデザインがいまひとつなので替えたいんだ。いい内装業者はいるかな」

「こちらに」彼女は内装業者リストを示した。僕が超特急で作成させられたものだ。「弊社と付き合いのある業者をピックアップしてきました。それから、媒介契約書案です」

同じく、僕が脂汗をかきながら速攻で打ち上げた契約書フォームをさらりとテーブルに置くと、神崎くららは秘書らしきスレンダー美人が置いていったコーヒーを飲んだ。

僕も、そっと一口いただく。高級な豆なのだろうが緊張してよくわからない。視線をそろそろと動かし、室内を見回した。

こげ茶と朱色で統一されたスタイリッシュなデザインの社長室。そこで微笑むラフな服装の社長。本日は自社ブランドの黒いポロシャツ姿だ。弓のマークが組み込まれたロゴが品よく胸元についている。計算し尽くされたセレブの演出に圧倒されっぱなしだ。

しかし神崎くららは臆する気配もなく書類を次々とめくり、熱弁をふるっている。僕の元パートナー君も優秀だったが、このような折衝《せっしょう》の場面に僕を同行させたことはなかった。

「では、この内容で契約書を作成します。なにかありますか？　澤村先輩」

彼女の射るような視線には有無を言わさぬ迫力があるので、無言で首を横に振った。

「大丈夫そうですね」彼女は天使のように微笑んだ。「すぐに正式な書類をお持ちします」

変幻自在の表情だ。社長の頬が緩み、彼女に握手を求めた。

「よろしくお願いしますよ」そしてついでのように僕に目を向けた。「会えてよかったですよ、ええと澤田さん」

澤村です、とはもちろん言えずに、引き攣《つ》った笑みを返した。

社長室を出てほっと一息ついたとたんに携帯が震えたので、文字通り飛び上がった。会社からだ。

『山本《やまもと》さんからまた連絡あったわよ』若宮課長の鋭い声。『さっきメールしておいたでしょ』

「す、すみません。まだ折り返せていなくて」

『午後一時に約束があるので、十二時四十分には出かけるって』

「すぐにかけます」

エレベーターの中で神崎くららが聞いた。

「お客様に連絡ですか？」

「この近くにあるアパートのオーナーさん。外に出たら電話するよ」

彼女は小さく首をかしげた。

「オーナーもこの近くに住んでいるんですか？」

「アパートの裏手に住んでいるけど、なんで？」

「じゃ、行きましょう」

「は？」

「二回も電話をいただいたのでしょ。すぐそばなら寄りましょう」

でもいきなり訪ねたら失礼だから、まずは電話してから……と言う間もなく、僕と神崎くららは〝ゴールデンフタボシ・コーポ〟という変わった名前のアパート前に立っていた。神崎くららは感心したように言った。

「昭和の香り満載ですねえ」

改めて、オフィスビルの狭間にぽつんとたたずむ木造二階建てを見つめる。

「築五十年近く経っているからね」

モルタル壁の小さなその建物は、七月の熱気の中で揺らめいていた。エントランスとは呼びがたい質素な入口に白いプランターが並び、小ぶりのひまわりがお行儀よく咲いている。時代に取り残されたその一角で、夏の花だけが今の時を刻んでいるようだった。

アパートの上部には三方を高いビル壁に囲まれた十数階分の空間がぽっかりあいていて、ちょっともったいないと思ってしまうのは職業病かもしれない。

立地は最高で、新宿通りの北側の荒木町《あらきちょう》にある。地下鉄丸ノ内《まるのうち》線四谷三丁目駅から徒歩四分。JR四ツ谷駅からも歩けないことはない。賃料も相場より安めの設定だ。しかし、難点がいろいろとあり、なかなか満室にならない。

まず、室内の設備はすべて古めかしく若者にはおよそ人気がない。さらに、三方が高層ビルなので日照はほとんどない。それにこれは主観だが、アパート名がなんだか恥ずかしい。せめて名前だけは変更できないものかと常々思うが、僕は物件オーナーである山本マサさんに提案できないでいる。

不動産賃貸仲介の営業員に求められるのは、不動産に関する法律や税務の知識、地域の特性の把握、そして折衝力だ。

口ベタな僕は、大学時代に取れる資格は取っておいたほうが多少なりとも就職に役立つかもしれない、という思惑で片っ端から資格試験を受け、〝宅地建物取引主任者〟という国家資格も取得した。不動産会社では営業所の五人に一人が有資格者でなければならないので、僕が就職できたのもこの資格を持っていたおかげかもしれない。ちなみに、来春から〝取引主任者〟

は〝取引士〟と名称変更され、〝士業〟としての社会的地位を得ると同時に、さらなる知識と能力の向上が求められることになる。

学生時代の勉強に加え、配属された総務部では主に社有物件の書類管理をしていたので、知識はあるつもりだ。

問題は、オーナーやテナントとの折衝力だ。

営業トークに欠かせないお世辞や微妙な駆け引きが苦手だ。しどろもどろにしか話せずにいると、ほとんどの相手は〝イラッ〟という空気を発してくる。

マサさんは僕が営業に配属されて初めて受け持ったオーナー様だし、僕にイラつかない数少ない人なので、的確なアドバイスをして差し上げたいのだが、アパート名にこだわりがあるなら余計なお世話だろうかと考えすぎてしまい、言い出せないでいる。

少々気後れしている僕には構わず、神崎くららはずんずん敷地に入っていった。

「オーナー宅はアパートの奥ですね」

アパートは手前から一〇一、一〇二と続き、一番奥が一〇五号室。二階も同様で、1Kが全十室ある。一〇五号室の前まで来た時、ふいに扉が開いた。

「ビタミンAは取りすぎると危ないのよ。バランスよく食べてね。大豆と野菜の煮物を置いていくから」

そう言いながら出てきたのは、細くて小さい七十代の女性だった。ベージュのサマーワンピースを着ている。オーナーのマサさんだ。僕は声をかけた。

「山本さん、こんにちは」

マサさんははっとこちらを向くと目を丸くした。つぶらな瞳が、愛らしい小さな野鳥を思わせるおばあさんである。

「まあ、澤村さん。ごめんなさい、わざわざ来てくださったの？」

「いいえ、この近くにたまたま用があっ……」

そのとき神崎くららが思いきり僕の足を踏んだので、一瞬呼吸が止まった。

「初めまして。本日から澤村の営業パートナーになりました神崎くららと申します。山本様にはいつも澤村がお世話になっておりますので、ご挨拶に伺いました」

「それはまあ」マサさんはさえずるような高い声で答えた。「わざわざご丁寧に。いえね、先日の更新契約の書類をファイルに入れていたら、お渡しすべき用紙が交じっているのに気づきまして、それでご連絡を」

「ありがとうございます。では用紙を受け取らせていただきます」

足が痛すぎて声も出ない僕に代わって神崎くららが応えた。マサさんは嬉しそうな表情を浮かべている。

「どうぞ、奥へ。冷たいお茶でもあがっていってくださいな」

いえすぐに失礼します、と言う前に、神崎くららがすかさず身を乗り出した。

「いいんですか？　ではちょっとだけお邪魔します」

扉の前に立つマサさんはうなずくと、一〇五号室の中へ声をかけた。

「では、少しでも食べてね」

「はい、すみません」

三和土《たたき》に立っていたのは住人の吉池加奈子《よしいけかなこ》さんだった。一年半ほど前に契約していただいた、霞が関《かすみせき》のイタリアンレストランに勤める二十代前半の、柔らかな笑顔が印象的な小柄な女性だ。気配りに長けた人で、通常は三十分ほどで終了する契約締結に一時間半もかけてしまうような僕にも、入居後にわざわざお礼のケーキを持ってきてくれた。甘いものが大好きだそうだが、体型はスリムだ。そのときは流行《はや》りの服装とピンヒールのロングブーツで、とてもよく似合っていた。ファッションには常に気を遣っていそうな人だが、久しぶりに見る彼女はだぼだぼのスウェット上下とスニーカーで、疲れているのか、顔が浮腫《むく》んでいるようだった。

吉池さんは僕に気づくと目を伏せて会釈し、すぐに扉を閉めた。具合が悪そうだ。風邪でも引いているのかな。

そういえば今年の初めごろだったか、彼女の賃料の振込が遅れがちになった。じきに遅れは解消したとマサさんが言っていたが、現状を確かめておいたほうがいいだろう。

マサさんは家賃を遅らせる人に強く言えないようだ。前担当者から「賃料の滞りがないかときどき確認するように」との申し送りがされている。

「入口のひまわり、すてきですね。山本さんがお手入れを？」

神崎くららがプランターを指すと、マサさんの目尻が下がった。

「ありがとう。お花の手入れはなかなか楽しいわよ」

「羨ましいです。私は植物を育てるのが苦手で」

マサさんと腕を組まんばかりに親しげに話しながら、奥の家へ入っていく。僕は痛む足をこっそり引きずりながらあとを追った。


マサさん宅は十五坪ほど。アパート同様に昭和の香りが色濃い平屋建てだ。風通しのよい茶の間には使い込まれた家具が端然と配置され、昔ながらの緑色の扇風機の小さな唸《うな》りが、けだるい心地よさを演出していた。供された冷たい緑茶と鶯《うぐいす》色の羊羹《ようかん》は、なんとも美味だ。

神崎くららは、身振り手振りを交えて快活にしゃべっている。

「この会社に入るまで、新宿に〝角筈《つのはず》〟という地名があったなんてぜんぜん知らなかったんですよ」

新宿に長く住むマサさんは、優しくうなずいた。

「新宿には情緒のある古い地名がけっこう残っていますね」

我々が所属する株式会社ツノハズ・ホームは、創業者である社長が三十数年前に西新宿の地に、たった三人の社員で立ち上げた会社だ。総合的な不動産の取扱いと徹底したサービス精神をモットーとし、関東一円に十店舗もの支店を展開させて三百人ほどの規模にまで発展した。ここ数年は都内の不動産仲介業者の中でトップテン圏内の業績を維持している。

一九七〇年代まで西新宿や歌舞伎町《かぶきちょう》の一部は角筈という町名だったそうで、それが社名となった。角筈の由来は諸説あるようだが、その昔に一帯を開拓した渡辺与兵衛という名主の髪の束ね方が異様で、角にも矢筈《やはず》にも見えたことから、人々が彼を角髪、矢筈と呼ぶうちに角筈という名になり、それが地名になった、と聞いたことがある。

「私は入社してすぐに多摩支店に配属されたんです」神崎くららはしゃべり続ける。「事務員も含めて十二人しかいなくて、和気あいあいムードでした。半数以上が女性なので、しょっちゅうおやつタイムになったりして。でも配置換えになって、少し戸惑っています。本社ビルには八十人もいるので名前を覚えるのが大変そうです。それに賃貸部には女性が半数近くいますけれど、売買部や企画部は八割が男性で、支店とは雰囲気が違って」

幸いにもマサさんはにこやかに聞いてくれている。しかしこんなところで油を売っていていいのだろうか。弓木野社長の契約書類は今日中に作らないといけないのでは。

ところが、和やかな空気になったせいか今度はマサさんが身の上話を始めた。

長年、看護師をしていたこと。ケンカで大怪我をして病院に担ぎ込まれた強面《こわもて》の青年が「痛い痛い」と大暴れして周囲に迷惑をかけるので叱りつけたら、なぜか好かれてしまったこと。初めのうちは軽率そうな青年を敬遠していたが、やがて天真爛漫《てんしんらんまん》な性格に惹かれていき、親の反対を押し切って結婚したこと……営業下手の僕にとって、どれも初めて聞く話だった。

マサさんはのんびりした口調で言った。

「主人は豪放磊落《ごうほうらいらく》な人でねえ」

ギャンブル好きのご主人は、結婚して間もなく違法カジノで有り金をすべて剝《は》ぎ取られ、マサさんの待つ西早稲田《にしわせだ》の新居に帰れず、自棄《やけ》になって新宿の場外馬券場で買った馬券が大当たり。勢いで近所の不動産屋に飛び込み、勧められた中古アパートを購入し、優勝馬の名前ゴールデンフタボシ（両頰に白い星模様のある栗毛馬だそうだ）をアパート名に冠した。

三年前にご主人が亡くなり、マサさんがアパートを相続したまではよかったが、博打《ばくち》で作った借金まで受け継いでしまった。わずかな年金とアパート収入で生計を立てつつ、夫の負債を返し続けているという。

「こうして話すと、私もけっこうな苦労人に聞こえるわね」マサさんはおかしそうに首をかしげた。「でも、このアパートを残してくれたことは主人に感謝しています。それに、いつも予想外のことが起きて大変だったけれど、振り返れば楽しい夫婦生活だったわ」

「ご主人を大事にされていたのですね」神崎くららはしみじみとした様子で言った。「マサさんは優しくて、度量の大きい方ですねえ」

もう〝山本さん〟から〝マサさん〟に呼び換えている。

「私は気の小さいタイプだったのですけれど」マサさんはしみじみと言った。「夫婦は似てくるというから、いつの間にか豪放になったのかもしれませんね」

「器の大きな女性って、憧れです」

神崎くららは今は聞き役に徹しており、マサさんの口はどんどん滑《なめ》らかになる。

「そうそう、こんなこともありました。店子《たなこ》さんの一人が売れない易者《えきしゃ》でねえ、お家賃を払えないから代わりに占いで勘弁してくれ、なんて。私たちはそういうことは信じていませんでしたけど、『今日は丙午《ひのえうま》の仏滅の日だから、北東の方角に行ってはいけない』と言われて、ではまあ念のために、と日光《にっこう》へのバス旅行をキャンセルしたら、そのバスが事故に巻き込まれて六時間立ち往生したんです。当たるものだと感心して」

以来、六曜や干支《えと》をチェックするようになったそうだ。壁の日めくりカレンダーには日付の下に『大安』『戌《いぬ》』と大きく書かれている。神崎くららが嬉しそうに言った。

「今日は大安なんですね。いい日にお会いできてよかったです」

「私も嬉しいです。こんな古アパートですけれど、どうぞよろしくお願いしますね」

「お掃除はマサさんが？　廊下も階段もきれいにされていますね」

「清掃の人を雇う余裕はないので、自分でなんでもやります。結婚が遅くて子供は出来なかったので、手間をかけるのはアパートくらいのものですから。ただ、最近は電球を替えたりするのが大変で……ついつい億劫《おっくう》になって。今も、階段の上がり口のが切れているのですけれど」

「そんなことなら、澤村がいつでも取り替えに来ますのでお申し付けください」

……えっ？

「ね、先輩」

かわいく微笑まれたので、つい言ってしまった。

「もちろんです。お任せください」

「じゃあ、さっそく取り替えましょう」

そう言う神崎くららが動く気配はみじんもないので、僕はマサさんから電球を受け取ると外に出て、言われた通りに物置から踏み台を運び出した。

いつの間にか主導権は神崎くららに。どうしてこうなったんだ？

電球を取り替えると、階段上の庇《ひさし》のホコリが目につき、掃除を始めた。気になりだすと止まらず、階段の手すりを拭き、廊下を掃き、『ゴールデンフタボシ・コーポ』と書かれた古びたプレートを磨いた。真鍮《しんちゅう》の立派な板の隅についた錆《さび》が取れない。マサさんからお酢を借りてこようか。重曹《じゅうそう》もあるかな。そういえばさっきの鶯色の羊羹、ほんのり抹茶《まっちゃ》の風味もして、すごく美味しかったな。贈答用に使いたいが、どこで買ったのか聞いてみようか……

「あらあら澤村さん、汗だくよ。すみませんねえ」

マサさんが声をかけてきたので、はっと顔を上げた。薄紅色の紋付の和服に着替えている。小柄だが背筋がぴんと伸びていて、着こなしも小粋だ。凛《りん》とした美しさがある。病院に担ぎ込まれたご主人は、一目ぼれだったに違いない。

「ちょっと近所まで出かけますので、もう結構ですよ」

「とてもすてきなお着物。江戸小紋ですよね」神崎くららはいたずらっぽい表情でマサさんを覗き込んだ。「どなたかとお待ち合わせですか？」

「ええまあ」マサさんは目を細めた。「歌の上手な方とね」

カラオケかな。いや、俳句の会とか詩吟《しぎん》の会かもしれない。以前にも一度、和服姿を見たことがあるが、そのときは地域主催のお茶会に行くと言っていた。

「神崎さんは明るくていい方ね。またぜひ遊びに来てください。あらいけない、お仕事でいらしているのでした」

「いえ、遊びに来ちゃいます」

「嬉しいわ。私は親戚もいないし、このあたりはビルばかりでご近所付き合いもないし、せいぜい店子さんたちと挨拶を交わすくらいなの。だからいつでも寄ってくださいな」そして、僕に向かってすまなそうに言った。「本当にもう結構ですよ」

「いえ」僕は結構ではない。「あとはプレートを磨いて、植木鉢の周りを掃いたら終わりますのでどうぞお出かけください。掃除用具は物置に戻しておきますから」

「ご親切に、ありがとうございます」

マサさんが丁寧にお辞儀をしたとき、道路から声がした。

「どうも～、こんにちは！」

濃い緑のストライプのスーツを着た長身の男性が立っていた。三十前後のその男は、面長の顔に不気味なほどの追従《ついしょう》笑いを浮かべている。やや長めの髪が三枚目のホストを連想させた。

マサさんはあいまいに微笑んだ。

「鹿取《かとり》さん。すみません、今日はこれから出かけますので」

鹿取と呼ばれた男性は僕をほんの一瞬、神崎くららをじっくり五秒は見つめたのち、マサさんに向かって明るすぎる口調で言った。

「そうですか～。すみません、お出かけのところ。じゃあまた、顔を出しますね～。あ、これ、パティスリー・ユサのケーキです。美味しいですよ」

「いえ、いただくわけには」

「生ものですから受け取ってくださいよ。ではまた〜」

小ぶりの紙袋をマサさんに押し付けるように渡すと、愛想笑いを顔に貼り付けたまま去っていった。

マサさんはため息をつくと、ケーキの袋を神崎くららに向けた。

「召し上がらない？」

「いただきたいところですが、これから約束がありますので」

「和菓子なら麻生《あそう》さんにあげたのに……店子さんは高齢の人が多いから、餡子《あんこ》のものはすぐ売れちゃうんだけど、ケーキではねえ」

家に戻ってケーキを置いてきたマサさんは、すらりと日傘を開くと小粋に膝を曲げた。

「では、ごきげんよう」

遠ざかるマサさんをにこやかに見送った神崎くららは、僕に向かって思いっきり顔をしかめた。

「同業者ですね、今のストライプ男」

「……えっ、ほんと？」

神崎くららはすべすべの額《ひたい》に皺を寄せて、ふんと鼻を鳴らした。

「一秒でわかりました。不動産屋のにおいがぷんぷんです」

ぜんぜんわからなかった。ゴールデンフタボシ・コーポの賃貸業務を狙っているとか？　まさか。失礼だが、こんな安い賃料の古アパートの募集管理を、わざわざ横取りしにくるなんて。

しかし、神崎くららは不快そうに言った。

「気をつけたほうがいいですよ。もっとまめにマサさんと連絡取らないと」

「は、はい」

「じゃあ先輩。私はこれから代官山《だいかんやま》にお住まいのお客様と遅めのランチの約束がありますので、弓木野社長の契約書、今日中に完成させておいてくださいね」

……えっ、全部僕に任せるの？

「先輩の稟議書の書き方、すごく丁寧でした。総務にいらしたそうですし、事務仕事は得意ですよね」あの稟議書をそんなふうに見ていたのか。「よろしくお願いします」

彼女は去りかけて、振り向いた。

「そういえば、弓木野社長が言っていたあれ、〝エヌオーなんとか〟って」

「N　O　I《ネットオペレーティングインカム》のこと？」

「それ、なんでしたっけ」

……もしかして意味もわからぬまま、あの強気の会話を？

「ち、賃料から管理費、固定資産税などの経費を引いた純収益のことだよ」

「へえ。日本語で言ってくれたらいいのにね。では、行ってきま～す」

かわいらしく手を振ると、燦々と日差しの降り注ぐ都会の裏道を溌剌《はつらつ》と去っていった。

恐るべし、神崎くらら。

帰りは地下鉄丸ノ内線の四谷三丁目駅から乗って西新宿駅で降り、可能な限り地下道を通った。我が社は、新宿駅からだとほぼ地上を八分近く歩かねばならないからだ。それでも、会社に着くまでに灼熱の陽光をまったく浴びないわけにはいかず、再び汗だくになった。節電モードとはいえ、外から帰ってきた社内は冷え冷えでほっとする。一台しかないエレベーターはいつも混んでいるので階段を使い、二階の賃貸部の部屋に入った。二課のシマにはちょうど誰もいなかった。

コンビニのシャケ弁当をかき込み、パソコンに向かった。

本日午前中に片付けるはずの事務仕事が山積みだ。といっても、次々と契約を決めているから書類を作る必要に迫られているのでは決してなく、他の営業員から頼まれて書類作成を肩代わりしてあげているせいである。

メールをチェックすると案の定、一課の営業員から契約書作成の催促が来ていた。急いで取りかかろうとしたとき、力強く輝く漆黒《しっこく》の瞳が脳裏に浮かんだ。

――今日中に完成させておいてくださいね

今ごろ旧山手《やまて》通りあたりの洒落《しゃれ》たカフェで、お客様とランチ中なのだろう。

初対面の浮かれ気分は完全に吹き飛んでいた。外見は天使だが、とんでもないパートナーのような気がする。

ふと思い出し、ゴールデンフタボシ・コーポのネットでの募集広告状況をチェックした。出せる限りの広告は掲載しているが、問い合わせは少ない。ため息が出た。マサさんのために一刻も早く賃借人をつけたいが、どうしたものか……

電話が鳴り、少しぼんやりしたまま取った。

『あ、澤村先輩？　お疲れ様です。媒介契約書できました？　それと、リストにあったグリーン・リフォームに連絡して、廊下の照明変更の見積りを取ってください。あと図面を大急ぎで作ってくださいね。ラフ案でいいので見たいとおっしゃっています。四時に一度戻りますから、それまでに全部よろしくお願いします。じゃ』

電話が切れた。……ええと？　契約書と、図面と……

また電話が鳴った。先ほどと同じ携帯番号の表示。恐る恐る出る。

『それと、四時半からの車両の予約をお願いします。多摩支店のときの別のお客様が渋谷《しぶや》でマンションをお持ちの方を紹介してくれることになりましたので。あと、松濤《しょうとう》の２ＬＤＫの相場を調べておいてくれます？　ほんとにすみませんが、よろしくお願いしますね』

眩暈《めまい》を覚えた。

まさか、これが続くんじゃないよね。

それが続いた。

なにしろ、彼女のワークスピードとでもいうものが尋常でないくらい早い上、仕事を作ってはまき散らしていくので、それを後ろから拾い集めて事務処理をするのが必然的に僕の役目となった。

出社前から携帯に『朝九時までに岡山《おかやま》様の物件を少なくとも五件探しておいてください、次に シャトレ市谷薬王寺《いちがややくおうじ》町《まち》の図面作成、矢来町《やらいちょう》テラスの契約書と重説の作成、あと御苑前《ぎょえんまえ》ツインズの鍵の手配と車両一台を午前中に、先日お願いした神楽坂ロイヤルハウスの入居時届け出書類までですか、それと昨夜プリンタが故障してしまったので直しておいてください』なんてメールがくるので、会社にたどり着く前から胃が痛み出す。

シャトレ市谷薬王寺町も矢来町テラスも新規物件なので、図面や契約書を一から作らねばならない。特に重説の作成は非常に手間がかかる。重要事項説明書、略して〝重説〟は不動産仲介業者がお客様に説明せねばならない重要事項が詳細に記載されている書類だが、彼女がゲットしてきた賃貸物件は、記載すべき項目の資料が、ほとんどない。

法務局や区役所や管理会社などに問い合わせて情報をかき集め、必死にキーボードを叩く。ようやく出来上がり、印刷しようとしたらプリンタが壊れている。昨日まではばっちり動いていたのにどうして？　プリンタ会社に連絡するが、あちこちたらい回しにされたあげく、サービスマンは夕方になると言われ、売買部のプリンタを借りる。

ランチを食べそこなって給湯室でコーヒーをすすっていると、他の営業員から頼まれていた契約書作成を催促され、慌ててパソコンに向かい遮二無二《しゃにむに》キーボードを叩き、どうにか刻限までに完成させて手渡し、疲れ切って席に戻ってくるとモニターに『矢来町テラス契約書直し』『神楽坂ロイヤルハウスは自転車使用届も』『私のパソコンがフリーズしたので修理依頼』などと書かれた付箋《ふせん》を発見して驚愕し、再びキーボードを叩いたりあちこち電話してぺこぺこ謝って書類を取り寄せ直したりパソコンメーカーに問い合わせたりしているうちに気がつけば外は真っ暗、他の社員はみんな退社しており、一人残った僕は神崎くららが帰ってよしと言ってくれるまで馬車馬のように働く……

それが日常となった。

彼女は人をこき使うが、確かに仕事ができる。お客様の要望を的確にとらえることができるし、交渉は上手いし、おまけになんでも早い。たおやかな外見とは裏腹に無尽蔵《むじんぞう》の体力を持ち、常にフルスロットルで動き回っている。あのパワーはいったいどこからくるのだろう。

翻《ひるがえ》って、書類作成や管理といった事務作業はとことん苦手のようで、本人もそれがわかっているのか自分で資料や契約書を作ったり整理したりという作業は一切やらない。

ふと、聞いてみたことがある。「自分では書類作らないの？」

返ってきた返事はこうだ。「だって先輩のほうが上手なんですもの」

悪い気はしない。「人間は支え合ってこそ、社会が成り立つんです。『人は一人では生きていけない』ってことわざ、ありませんでしたっけ？」

格言がうろ覚えなのはともかく、彼女の手腕を見れば反論の余地はない。

そうして、あっ、という間に二週間が過ぎた。

朝起きて鏡を覗くと、げっそりとやつれたしょぼいオジサンがいた。二キロは痩《や》せたのでは、と憂鬱《ゆううつ》になりながら歯を磨き、のろのろとネクタイを結んでいると、携帯が鳴った。痛む胃を押さえつつ、出た。

『おはようございます、先輩。シュークリームはレモンバームとクリームチーズのどちらがいいですか？』

「は？」

『今、モンシューで並んでいるんですけど、あとちょっとでチョコは売り切れそうです。クリームチーズでもいいですよね』

一週間ほど前に営業員数人を交えて最近話題のシュークリームの話をしたことがあった。一課の女性陣は夏みかん味がイチ押しだと主張したが、僕はオーソドックスなチョコ入りが一番好きだと言ったのだ。まさか、それを覚えていてくれたとは。

彼女が僕をこき使うのは、ちょっと頼れるお兄さんくらいには思ってくれているからだろうか。でなければわざわざ早朝からシュークリームなんかで電話してこないよね。

憂鬱の虫が小さくなって、鼻歌を歌いながら出社した。

しかし、世の中そんなに甘いものではなかった。

僕のパソコンの上に付箋が六枚、貼り付けられていた。すべて神崎くららの丸っこい字だ。契約書作成、図面修正、謄本《とうほん》取得、稟議書作成、連絡業務二件。どれも『本日午前中に』……

よろめきながらデスクに沈み込み、事務作業に没頭した。契約書を袋綴《ふくろと》じし、パソコン画面の図面を修正して一息つこうと顔を上げると、神崎くららが画面を覗き込んでいた。

「いいですねえ。先輩、ほんとに図面作るの上手ですよね」彼女の髪がふわりと香った。「この図面、ホームページにアップしておいてくださいね。あ、コーヒーどうぞ」

神崎くららが僕のために熱いコーヒーとあたたかい笑顔を持ってきてくれた。ちょっぴり幸せな気分。

「それと、弓木野社長の物件、あさって二部屋が契約になります」

「え、もう?」

「賃料交渉に手間取ったんですが、社長を押し切りました。『空気に部屋を貸しても一銭も入らない』って」あのカリスマを説得するとは、さすが。「ですのですみませんが、三〇四号室と三〇五号室の契約書類一式をすぐに作成してください」

小さな幸福が、しゅうう〜と音を立ててしぼんでいった。

「い、い、今から?」

「借主は法人で、社宅として使用します。担当の方が本日中に上司の承認を得られるように、昼過ぎまでに契約書案をメールしてあげてください」そう言い切る神崎くららの顔に浮かんだ笑みは、もうあたたかくなかった。「それとこの間お借りした電卓、なぜか壊れたのでお返ししておきます。では」

電卓って普通壊れないよね、どうして君が触れる機械は全部おかしくなるのだろう、なにか特殊な電磁波でも発しているのかい?

心の叫びが聞こえたかのように神崎くららが振り返ったので、慄《おのの》いた。

「そういえば、山本マサさんのアパート、新規の募集広告は出していないみたいですけど、いいんですか?」

「退去の予定はないよ」今は二〇五号室が空いているだけだ。「なぜ？」

「車であのへんの裏道をよく通るので、アパート前を通ったときは必ず挨拶するようにしているんです。先輩と初めて行った翌日も、声をかけましたよ」さすが、デキる営業員は心配りが違う。「昨日は外苑東《がいえんひがし》通りの裏道で偶然マサさんに会ったんです。近くの神社に行く途中だというので、私も一緒にお参りさせていただきました」

「須賀《すが》神社かな。三十六歌仙絵が奉納されている小さな神社だよ」

「そのあと車でアパート前までお送りしたんですけど、そのとき、一〇五号室にクリーニング業者が入っているのが見えたんです」

「聞いてない。部屋の模様替えとかじゃなくて？」

「部屋はカラっぽで、うちとは取引のない大手の内装業者だったので、マサさんが家に入ったあとでそれとなく聞いてみたら、大家さんから直接依頼を受けて掃除していると言っていました」

そんな。

一〇五号室といえば吉池加奈子さんの部屋だ。今月半ばに偶然顔を合わせたときにはなにも言っていなかった。マサさんからも聞いていない。僕の知らないうちに吉池さんは退去して、室内クリーニングもしているというのか。マサさんはこれまで、我が社と懇意《こんい》にしている内装業者を使ってくれていたのに。

「マサさん、なんだか気まずそうな顔をしていたので、一〇五号室のことは知らんふりしてきましたけど」

「そ、そう。ありがとう」

仲介業者は、賃借人の退去時にもいろいろ仕事がある。室内の確認や退去する月の日割賃料の精算、賃貸人が預かっている敷金を返却するための手続き、そして大事なのが、次の募集のための準備。賃貸仲介業務は契約締結時に手数料をもらう。オーナーと継続的なお付き合いをして物件を確保しておくのが大事なのだ。

退去の連絡をもらえなかったということは、僕が切られたことを意味する。他の仲介業者に乗り換えたのだろうか。

「ファイル見ましたけど、一度も業務委託契約をしていないんですね」

僕は二年前に物件を引き継いだが、前任者もなんら契約はしておらず、ついついそのまま口約束の状態にしてしまっていた。僕が言えばマサさんは専任媒介付きの契約をしてくれたはずなのに、うかつだった。神崎くららはあきれているだろう。彼女はしかし、思ったより柔らかい声で言った。

「連絡してみたらどうですか？　なにか理由があるのかもしれませんよ」

電話機を横目で見た。あの優しいマサさんから、どんなものであれ拒否の言葉を聞くのは辛い。

「弓木野社長の書類を作ったら、連絡するよ」

神崎くららの視線が痛い。顔をうずめるようにキーボードを叩いていると、彼女が小さく肩をすくめたのを感じた。

「わかりました。先輩のお客様ですものね」

一日中事務作業に追われ、気づけば夜七時過ぎ。フロアには誰もいなかった。そろそろ連絡を入れないと。

ゴールデンフタボシ・コーポのファイルを広げ、一〇五号室の書類を出した。

吉池加奈子さん。今年で二十五歳。北海道出身。イタリアンレストラン勤務。保証人は東京在住の叔父、井上弘一《いのうえこういち》さんで、添付された運転免許証のコピーの顔写真は特徴の乏しい丸顔。吉池さんは今年に入ってやや賃料が遅れがちだった。なにかトラブルがあって急に退去したとしたら、保証人へも連絡が必要になるかもしれない。

マサさんへの電話を先延ばしにするために、そういえば最近は忙しくてSNSをチェックしていなかったと言い訳しつつ携帯を取り出して、学生時代の友人の投稿記事を読み始めた。「栄転でニューヨークへ赴任」「軽井沢《かるいざわ》で結婚式」「奥さんと水天宮《すいてんぐう》へ安産祈願」……今の僕には眩しすぎる内容だ。サイトを閉じる。

立ち上がって窓際に寄り、眼下の大通りを見下ろした。ヘッドライトを灯《とも》した車の列が物憂げに連なっている。信号が青になり先頭の黄色いタクシーがゆったり動き出すと、後続車もスムースに流れていった。一向に進めないのは、僕だけだ。

意を決して電話をかけた。

マサさんの声は冷ややかだった。

『……吉池さんはお家賃を滞納したので、退去していただきました。知り合いから、四ヶ月滞納すれば即時退去させても問題ないと聞いたので』

「賃料はずっと入っていなかったのですか」

『そうです』

どうして言ってくれなかったんですか、という言葉を飲みこんだ。神崎くららと訪ねたとき、掃除に没頭して、滞納がないか確認するのをすっかり忘れていた。

「つ、次の募集は。それと、二階の募集のほうは」

『……澤村さんは、関わっていただかなくて結構です』

電話は切られた。

そして、僕も切られたのだ。

がらんとした事務所をぼんやり見つめた。省エネ励行で程よい室温のはずだが、急に寒く感じられた。

書類作成はあと二件分。這《は》うように給湯室へ行き、コーヒーを淹《い》れる。共同で食べていいお菓子を少し頂戴しようかと冷蔵庫を開けると、小さな紙袋が中央にぽつんと置かれていた。袋の前面に、丸っこい文字の付箋。

『澤村先輩用シュークリーム』

目頭が熱くなった。

担当して二年。それなりに頑張ってきたつもりだ。そりゃ、神崎くららのように交渉力があるわけでも話上手でも明るくていい人でもないが、マサさんは僕が地道にやっているのをわかってくれていると思っていた……

甘えだ。大家業は商売。賃貸仲介業者はその一翼を担う。空室はリスク。空気に貸しても賃料は一銭も入らない。僕は役に立たなかったから切られたのだ。

神崎くららが買ってきてくれたチョコシュークリームは甘く、ほろ苦い僕の心を少しだけ癒してくれた。

翌日、ランチから戻るなり若宮課長から呼ばれた。決して僕より背が高いわけではないのに、そばに立たれると見下ろされているように感じてしまう。

「ゴールデンフタボシ・コーポはなにかトラブル？」まだ課長に報告していなかったので、焦った。「さっきあなた宛てに変な電話があったわよ。一〇五号室の吉池さんはどこに引っ越したのか教えてほしいって」

「どんな人でしたか？」

「男性。三十代か四十代かな。吉池さんの友人で、しばらく連絡を取っていなかったと言っていたけど、怪しいから、こちらでは答えられないと突っぱねたわ」

常に冷静沈着な課長は腕を組み、目を一段と細めて僕をねめつけた。胃が、縮む。

「私はでかけるので、後日まとめて報告して。あ、それと」課長は紙片をよこした。「これ、総務から戻ってきたから神崎さんに渡しておいて」

交際費の立て替え金の明細書。桜屋の鯛焼き六個入り二袋、なんてのもある。

社員のおやつ？　彼女なら立て替え金として認められるんだな。


数日後、久しぶりに休みを取った。賃貸部は水曜定休だが、忙しすぎて定休日にも出勤していたので、事務作業が一段落した平日に代休をもらったのだ。

昼過ぎにようやく起き出すと、僕は住まいの近くにある隠れ家に逃げ込んだ。

『喫茶まるも』

住宅街の一角にあるその店は一軒家を改装してあるので、外観は普通の家だ。十二席しかない店内はまるで古民家のような和風の内装で、平日のランチタイムは満席だが、二時を過ぎると一段落する。

マスターの丸茂《まるも》氏は年齢不詳。五十代から七十代のどこかだろう。ふさふさの眉毛は真っ白なのに薄い頭髪は黒い。目と鼻は大きいのに口は小さい。背は低いのに驚くほど手が大きい。オスのマウンテンゴリラみたいな風貌の彼が淹れるコーヒーは、繊細で絶品だ。

本日のお勧めは〝コロンビア〟で、本日のBGMはクラシック。マスターのお愛想がゼロなのも、彼の大きな手がゴリゴリと手挽きのコーヒーミルを回す音が心地よいのも毎度のことだ。

木組みの天井にコーヒーの芳しい香りが充満し、それが最高のおもてなしとなる。

就職してからずっと新宿区の西端、神田《かんだ》川を挟んで中野《なかの》区に接するこのあたりに住んでいるが、喫茶まるもが僕の唯一の癒しの場で、誰にも教えていない。今日はここでなにも考えずに過ごそう。

……と思っていたのに、なぜか今、僕の向かいの席には神崎くららが座っている。仕事中の彼女から電話があり（『今、どこにいるんですか？』）、うっかり居場所を話すと（『じゃ、そっちに行きます』）、用件も告げずにやってきた。

誰も知らない僕の聖域は、瞬時に過去のものに。

どうしてこうなるんだ？

「いいお店ですね」

神崎くららは満足げにカップの香りを吸い込んだ。そんな仕草にさえ華があり、数人の男性客がこっそり視線を送ってくるのがわかる。

「ゴールデンフタボシ・コーポの吉池加奈子さんは、イタリアンレストランではなくキャバクラに勤めていました」

……は？

「お隣の一〇四号室の麻生さんから聞いたんです。ほら、年金暮らしのおばあさん。一年くらい前から吉池さんが深夜に酔って帰ってくるようになって、一度は、タクシーで中年男性に送られてきて、そのときに男性が『またギャラクシーセブンでね』と彼女に抱きついたそうです。新宿で有名な老舗《しにせ》のキャバクラなんですって」

「麻生さんって、気難しげなおばあさんだよね。よくそこまで教えてくれたな」

神崎くららはニヤリと笑った。

「桜屋の鯛焼きが効きました」

……このためだったのか！

「その中年男性はよく吉池さんを訪ねていたけれど、このところ特にしつこかったみたい。酔って大声を出したり、ドアを叩いたり……吉池さんの部屋には以前から他にも男性の出入りがあったらしいんですけど、山本マサさんはそういうことが嫌で追い出したんじゃないかって、麻生さんが」

なるほど。マサさんなら店子の素行を気にするかもしれない。しかし、それを知ったからといって僕になにが……

「あ、あのう、マサさんが僕に『関わるな』って言ったことは伝えたよね」

「それと、空室だった二〇五号室に人が入ったみたいです」

三ヶ月間頑張って営業していたのに、他社で決まってしまったのか。

「でね、アパート前で会った怪しい同業者は、サム・エステートの営業マンでした」

「……サムか」

株式会社サム・エステートといえば新宿界隈《かいわい》で急成長してきた不動産仲介会社で、目下のところ我が社のライバルだ。

「サムの営業の鹿取という人が『もし即時解約したいなら、四ヶ月以上の滞納があれば問題ない、という判例がある』と玄関先でマサさんに話していたのを、一〇四の麻生さんが偶然聞いたんですって」

大都会のど真ん中にもご近所の会話に聞き耳を立てている人はいるものだ。

「あのアパートの賃貸業務を取るために、マサさんに取り入っているのかな」

「目的は賃貸業務じゃなくて、あの土地そのものですよ。アパートの隣に古いビルがあるでしょ。あそこを最近、サム・エステートが買いに入ってます」

「地上げしているってことか」

都心の好立地をまとめて仕入れられれば、マンション用地やビル用地としてデベロッパーに売りやすい。

「これまでマサさんはずっとうちを使ってくれているんですよね。他の不動産屋も土地を売らないかと営業に来たけれど、『決まったところに任せている』と突っぱねていたそうです」その情報も、麻生さんが立ち聞きして得たものだろう。「だから、まずは賃貸業務でマサさんと関係を作って、頃合いを見計らって土地を売らせる計画なんですよ」

そんなことが本当にあるだろうか。

いや、あり得る。入居者の退去の相談に乗るなんて、大いにありそうだ。

「隣地の土地の情報、よく手に入ったね」

「総務の酒井さんが教えてくれました。うちの売買部も隣のビル用地を狙っているそうです。オーナーを接待した交際費の稟議書が最近よく上がってきているって」

パートナーの情報収集力に脱帽するしかない。

神崎くららは一旦口を引き結ぶと、びしりと言った。

「マサさんは、先輩の数少ないオーナー顧客です」

そ、そんなにはっきり言わなくても……

「澤村先輩を信頼していたと思うんです。なのに、急に冷たくなった」

「それはその、僕が頼りないから」

「もっと別の理由がある気がします」

「……どうしてそう思うんだい？」

彼女は目に力を籠めて言った。

「女の勘です」

勘か。勘だけなのか。もっと説得力のある理由はないのか。

「マサさんと吉池加奈子さんの関係は良好に見えました。オーナーが賃借人におかずを持っていくなんて、今どきめったにありません。まるで江戸時代の大家と店子みたいじゃないですか。それなのに、家賃の滞納を放っておいて四ヶ月経ったとたんに追い出すなんて、極端すぎます」

「まあ、確かに」

「とにかく、なぜ急にマサさんがうちを切ったのか、その理由を突き止めましょう。私がそれとなく探ってみます」

「じゃ、じゃあ、僕は、どうしたら……」

「先輩は、知恵を絞ってください」

そう言ってふいに浮かべた笑みは思いがけず蠱惑《こわく》的だった。まるで天使と悪魔が同居しているみたいだ。

彼女は仕事に戻っていき、残された僕はすっかり混乱していた。

会計をする際、マスターがなぜか僕を執拗に見つめてくる。

「いまの女性、誰ですか」

無駄口をまったく叩かないマスターが質問をしてきた！

「会社の後輩です。最近、本社に異動してきた子で」

「……恋人ではない？」

「ち、違います」

ゴリラ顔の大きな瞳が、少女漫画の王子様みたいにキラキラと輝いた。マスターの嬉しそうな表情は、いやそもそも表情というものが浮かんだのを見るのは初めてだった。恐るべし、神崎くららの影響力。

マスターが紙片をよこしてきたので、電話番号を彼女に渡してくれという意味かと不安にかられたが、違った。

「……ああ、今月のお休みですね」

いつの間にか八月に入っていた。喫茶まるもはマスターの都合で店を休むので、常連客には休みを記した紙を配ってくれる。A5の紙に八月のカレンダーがコピーされ、いくつかの日に赤い丸がついていた。

「六日と十二日と十五日と二十四日と二十八日だね」

マスターが、ぼそりと言った。

「十五だけ仲間外れだが」

「え?」

「毎度ありがとうございました」

無表情に戻ったマスターに見送られる。十年通っても摑めない人だ。

外に出ると、午後の刺すような日差しがこれでもかと照りつけてきた。僕はたちまち溶けて舗装道路の一部になりそうな心持ちだった。

知恵を絞れ、と言われても、なにも思いつかない。このままあきらめるか。それともマサさんに会って、僕がどうして切られたのか聞いてみるべきか。

悶々としながら気づけば地下鉄に乗っていた。まさか、このまま行っちゃうのか? スーツも着ていないのに。でも、明日になったら心がくじけそうだ。

アパート前の道路をうろうろした。いつぞや磨いたプレートの下に、細縄で丸く囲われた厄除けのお守りが祀《まつ》られている。先日、神崎くららと神社に行ったときに買ったのだろうか。僕を寄せ付けないためだったりしたら……

はっとして、電柱の後ろに回り込んだ。

マサさんだ。白いカットソーにグレーの膝丈のスカート、紺のエプロン姿で、額の汗をぬぐいながら花に水を遣っている。

ジョウロが空になると、しゃがみ込んでエプロンのポケットからなにか取り出し、掌《てのひら》にのせて眺めた。犬か馬の人形？　今はあまり見かけない、携帯ストラップのようなものだ。

どうしよう。すっかり怪しい人になっている。このままそっと帰るべきか。

緊張で足がふらつき、僕は無様にもマサさんの前に転がり出てしまった。

目を見開いた彼女が拒絶のオーラを放ちながら立ったので、僕はますます硬くなる。

「し、仕事でこの近くに来たものですから、ええと、本当にたまたまこの道が近道だなと思って通っただけで……」

「仕事の割にはずいぶんラフな格好ですね」

ポロシャツとジーンズの僕は、あっという間に敗北を認めた。

「すみません、嘘です！　アパートのことが気になって来てしまいました。ここぞこそ嗅《か》ぎ回ろうとしました」

彼女は大きくため息をついた。

「澤村さん、嘘がつけないのよね」

言葉もない。

マサさんは足元のジョウロを持ち上げると、冷ややかな一瞥をくれた。

「とにかく、澤村さんは関わらないでください」

人間には必ず表と裏があるのだから、額面通りに相手を信じたらバカを見る。マサさんがいい人だなんて僕の料簡《りようけん》違いで、本当は冷酷なのだ……と自分に言い聞かせてみる。

新宿通りを絶え間なく行き交う車両をぼんやり眺めた。熱気で揺らいで見える。汗が顎《あご》を伝い、路上に落ちた。アスファルトがじゅっと音を立てそうな、暑苦しい夕方だった。

ポケットを探ってハンカチを取り出したとき、丸まった紙が落ちた。なんだっけ。

マスターからもらった喫茶まるもの営業カレンダーだ。何気なく広げて、見つめた。

——十五だけ仲間外れだが

紙片を凝視した。仲間外れって、そういう意味かな。

……待てよ。

神崎くららの言葉が、印象深い蠱惑的な笑顔と共に蘇った。

——知恵を絞ってください

なにか、思い浮かびそうだ。なにか……

「ひょっとして……！」

思わず小さく叫んで、慌てて周囲を見回した。道行く人は僕を無視して通り過ぎていく。

あの小さな人形。あれは確か……

携帯でカレンダーを確認した。あの日は、その日だ。

もろもろの事象が、頭の中を駆け巡った。

あの日、あの人はそういうことをしていたのではなかろうか。もしそうなら、それに当てはまる相手は……あの服装。あの足元。ええと、何ヶ月のときだっけ……

僕は、神崎くららに電話をかけた。

数日後、僕と神崎くららはマサさんの家にいた。僕だけなら入れてもらえなかっただろうが、神崎くららがにこやかに入っていく後ろから、ソロソロと上がりこんだ。

「それで、今日はなんでしょう」

マサさんは冷ややかだ。お茶も羊羹もなし。脂汗が背中を伝う。

神崎くららが、僕を肘《ひじ》でつついた。

「お、お伺いしたいことがあります」喉がひりつくのを感じ、唾《つば》を飲みこんだ。「そして、お詫びもしないといけないかもしれません」

一向に僕を見てくれないので怯みそうになり、急いで言った。

「僕は、学生時代に西洋文化史を勉強していました」

彼女は怪訝そうな表情のまま、ちゃぶ台の上で組んだ手をじっと見つめていた。

「唐突ですみません。なにが言いたいかというとですね、僕は大学のゼミで、西洋の服飾や芸術品、建造物などの流行の移り変わりが都市生活にどんな影響を与えるのか、を学んでいました。そして社会人になって、日本で一番乗降客数の多い駅を持つ新宿という地域で仕事をすることになりました」

あいづちは一切ない。必死にしゃべり続ける。

「駅の周辺はデパート、家電量販店、飲食店、娯楽施設、オフィスビル、学校などが種々雑多に立ち並び、最新の流行を発信しています。しかし、新宿区全域がそうだというわけではなく、ちょっと路地を入ると粋な老舗和菓子屋があったり、古い洋館が残っていたり、歴史ある名所旧跡もあります。江戸時代は宿場町、武家屋敷、町屋だったので、その名残があるのは当たり前なんですが、僕はこの、新旧がごちゃまぜになった巨大な街、新宿という街の文化に興味を持つようになりました」

マサさんは無言のままだが、僕の話をじっと聞いてくれている。

「このアパートのある四谷界隈には寺や神社が多いですね。例えば、ここから新宿通りを横断して路地を入ったところにある須賀神社は、四谷の総鎮守《そうちんじゅ》として崇敬《すうけい》される由緒ある神社です」

ちらりと神崎くららを見た。小さくうなずいてくれたので、勇を鼓《こ》して続けた。

「須賀神社には新宿区指定文化財の〝三十六歌仙絵〟が奉納されています。万葉歌人や平安時代の歌人を描いた、いわば百人一首を大きくしたような絵ですよね」マサさんは顔を動かさずに一瞬だけ視線をよこした。「七月に初めて神崎と二人でお訪ねした日、マサさんは須賀神社に行かれたのではないですか？」

「さあ」小さくまばたきをした。「よく覚えていません」

「あの日、マサさんは『歌の上手な方』と待ち合わせている、とおっしゃった。それは、三十

「……そんなこと、言いましたっけ」

「このアパートの前をよく通る神崎は、あの日の翌日にアパート名のプレートの下にお守りが祀られたことを覚えていました。あれは〝茅《ち》の輪守《わまもり》〟という、須賀神社に縁のあるスサノオノミコトの古事にちなんだ厄除けのお守りです」

彼女は素っ気なく答えた。

「行ったかもしれません。須賀神社にはよくお参りしますから」

「マサさんは『午後一時に約束がある』とおっしゃっていた。ただお参りに行くだけなら〝約束〟とは言わない。それに、わざわざ紋付の和服に着替えていました。なぜでしょう」マサさんは下を向いたままだ。「神社に御祈禱《ごきとう》をお願いしていたのではないですか」

返事はない。僕は乾いた唇を舐《な》め、思い切って言った。

「それは、安産祈願」そして続けた。「吉池加奈子さんのためだったのでは?」

マサさんがようやく顔を上げ、口を引き結んだまま僕を見た。

「あの日は大安の戌の日。安産祈願をするのに最適の日です。吉池さんが霞が関のイタリアンレストランではなく歌舞伎町の飲食店で働いていることをたまたま知りました。吉池加奈子さんはこの春から体調を崩し、店でお酒を飲まなくなったそうです。もしそのころおめでたに気づいたとしたら、七月は妊娠五ヶ月ごろ。そのころの戌の日に安産祈願をするのが、一般的な習わしだそうですね」

彼女はまだ無言だ。

「マサさんは貰い物のお菓子を店子に配る習慣がありました。ところがあの日、ケーキを吉池さんにあげようとしなかった。でも豆の煮物はあげていた。体調の悪そうな彼女を気遣ってのことだと思いましたが、あのときマサさんは『ビタミンAは取りすぎると危ない』と言いましたよね。その意味を調べたんです」彼女の目が大きく見開いた。「妊婦がビタミンAを取りすぎると、胎児に先天性異常が現れる可能性が高くなるそうですね」

緊迫した沈黙がしばし続いたのち、マサさんはゆっくりと口を開いた。

「その通りよ」そして、ため息をついた。「吉池さんはおめでたです」

僕も小さく息を吐き、続けた。

「ひょっとして彼女は今、二〇五号室にいるのでは？」

マサさんは、がっくりうなだれた。

「……ばれてしまったのね」

神崎くららが目を煌めかせたのを横目で見て、ようやく肩の力が抜けた。

「神崎が一〇四号室の麻生さんから聞いたのですが、吉池さんにつきまとっている男性がいたそうですね。それは、賃貸借契約の連帯保証人である井上弘一さんではありませんか。書類上は彼女の叔父となっていましたが、本当は赤の他人。吉池さんはキャバクラに勤めていて、井上さんはお店の常連さんだった」

うつむいたまま、マサさんは答えた。

「ええ、そうです」

「彼は、吉池さんのお腹の子の父親なのですか？」

彼女はきっと顔を上げた。

「まさか。もしそうなら、別の解決策を模索《もさく》しましたよ。彼は単なるストーカーです」そしてまた、しょんぼりと目を伏せた。「父親は亡くなってしまったの」

「そう、でしたか」僕は深々と頭《こうべ》を垂れた。「申し訳ないです。僕のために気を遣わせてしまって」

「澤村さんのせいじゃないのよ。でも」

「いえ。僕がもう少し融通の利く人間だったら、きっと……」

相談していただけましたよね、という言葉を飲みこんだ。

マサさんは小さく首を振り、言った。

「澤村さんは嘘がつけませんからね」

「す、すみません！」

「こちらこそ、冷たい態度を取ってしまって」ちゃぶ台にくっつくほど頭を下げた。「そのほうが澤村さんにご迷惑をかけないと考えたの。でも、かえって苦しめてしまったわね」

「吉池さんから相談を受けたのですか？」

「いいえ、気づいたんです。これでも昔、看護婦でしたからね。それまでは単なる大家と店子のお付き合いだったのだけれど、無理をして夜のお勤めを続けていたので、すごく心配になって声をかけたの」

吉池さんは初めは戸惑ったが、やがて事情を話してくれたという。

彼女は身寄りがなく、結婚の約束をしていた彼は一年ほど前に会社経営に失敗して借金を抱え、彼女もキャバクラで働いて返済に助力した。今年の春になってようやく落ち着き、再出発を考えていた矢先に彼が事故で他界。その直後に妊娠に気づいた。

マサさんは遠い目をした。

「看護婦をしていた時分は……今は看護師と言うのでしたね。あのころは、人様の命が潰《つい》える瞬間を嫌というほど見てきました。私が勤めていた病院には産科があって、辛くてくじけそうなときは新生児室を覗きにいったわ。赤ちゃんは身体中で精一杯泣くのよ。生きてるぞ、って」大切な秘密を打ち明けるように、潤《うる》んだ瞳で続けた。「ガラス越しに、私は小さなベビーたちから元気をもらったものです。だから吉池さんが子供を産みたいと言ったとき、いちもにもなく協力しようと思ったの」

吉池さんはトラブルを抱えていた。イタリアンレストラン時代からの彼女のファンである井上さんは、一年半前のアパート契約時に、身寄りのない吉池さんのために保証人を引き受けた。彼女がキャバクラに移っても常連客になってくれた。しかし、彼の吉池さんへの執着は次第にエスカレートし、頻繁《ひんぱん》にアパートに訪ねてくるようになった。最近ではしつこく結婚を迫られていたが、世話になった手前、強く断れずに困っていた。

「彼女、すごくストレスを感じていて、このままだとお腹の子にも影響しかねない状態だったの。でも幸いなことに井上さんは海外転勤が決まって、八月下旬には日本からいなくなることがわかって」

そこでマサさんは一計《いっけい》を案じた。ひとまず吉池さんを一〇五から二〇五へ引っ越させ、彼が訪ねてきたら「家賃を滞納して夜逃げした」と説明することにした。厄除けのお守りも、僕ではなくストーカー除けのために祀られたのだ。

しかしマサさんたちにはひとつ、やっかいな問題があった。それは、僕だ。

「井上さんは保証人だから、不動産屋に連絡を取る可能性がありました。澤村さん、嘘がつけないでしょ。もし澤村さんが事の顚末《てんまつ》を知っていて井上さんから強く聞かれたら、吉池さんが二〇五号室にいることを話してしまうかもしれない。たとえ直接話さなくても、澤村さんの挙動からなにかを嗅ぎつけるかも。だから、ほとぼりが冷めるまで黙っておくことにしたんです」

不本意ながら、実に賢明な判断だと思う。もし僕が井上さんから問い合わせを受けたら、変なことを口走ったかもしれない。

マサさんは背筋を伸ばして言った。

「井上さんは少なくとも半年は日本に帰ってきません。出産予定は十二月だから、今さえ乗り切ればなんとかなるわ」

「そうですか」神崎くららが微笑んだ。「無事に生まれたら、少し遠くに引っ越せばいいですよ。その際にはぜひうちでお世話させてください」

マサさんはほっとため息をついた。

「ここの賃貸業務も引き続きお願いしていいかしら、澤村さん」

「は、はい！」

さっそく一〇五の図面を作って、広告を出して……

そうだ、聞いておかなければいけないことがある。

「ところで、吉池さんは本当に家賃を滞納していたのですか？」

「いいえ、彼女からはちゃんといただいていますよ」

店子の面倒を見つつ、大家業もしっかりとこなしていた。よかった。

「でも」神崎くららが首をかしげた。「八月下旬までまだちょっとありますし、海外からも電話はできます。万が一、井上さんから問い合わせがあったときのためにも、しばらく私がこの物件の担当をしたほうがいいのではないかしら」

「えっ」すごく張り切っていたのに。「ど、どうでしょうか、マサさん」

「しばらくはそれがいいかもしれませんね。なにしろ澤村さん」彼女は苦笑した。「表裏のない人ですから」

嬉しいような情けないような。

「私にお任せください」神崎くららは胸を張った。「そのほうが私もお茶に呼ばれやすいですし。お茶菓子は持参しますので大丈夫ですよ。なにを持ってこようかな～」

「神崎さんなら、手ぶらでも大歓迎よ」そして、僕のほうを向いた。「それにしても、よく気づきましたね。私が須賀神社に行ったせいかしら。彼女は細いからお腹は目立たなかったし、お店にも最後まで妊娠を隠していたのに」

僕は照れながら答えた。

「偶然が重なったおかげです」

きっかけは喫茶まるものカレンダーだ。八月の休日は十五日を除いて全部、大安だった。なるほどそういうことを気にする人はけっこういるのだな、と思った。そのカレンダーには毎日の干支が示されており、『戌』の日もあった。戌の日ってなにか特別な日だったような。そうだ、安産祈願をするのだった。学生時代の友人が、SNSにこと細かく載せていたのを読んだばかりだ。そういえば……

「マサさんが持っていたストラップみたいな人形は、犬張子《いぬはりこ》ですよね。安産祈願に贈られることの多い人形です。それで閃《ひらめ》いたんです。マサさんは誰かの出産を応援しているのでは、と」

親しい隣人も親戚もいないマサさんが正装までして安産祈願に行くのは、いったい誰のためだろう。服装に気を遣う吉池さんが、ぶかぶかのスウェットとスニーカー姿だったのを思い出し、ひょっとして……と思い至り、知恵を絞って推測を立て、情報を集めた。

吉池さんが二階にいると気づくことができたのは、総務部の酒井さんのおかげだった。

会社の廊下で神崎くららとビタミンAの話をしていたとき、たまたま酒井さんが通りかかったので聞いてみたのだ。

三児の母は即座に答えてくれた。妊婦は鉄分が不足してはいけないと考え、ついついレバーを食べすぎ、ビタミンAも取りすぎてしまうことがある、と。そして、こう続けた。

——その妊婦さん、四谷近辺にいるんじゃないかしら。今は妊娠途中で産科医院を変えるのが難しいの。産科の医者が少ないせいかしらね

それを聞いた神崎くららが決めつけた。

——じゃあ、一番手っ取り早い引っ越し先は二階ですね

もし吉池さんが妊娠しており、マサさんがそれを祝福しているなら、少々家賃を滞納していても冷たく追い出したりしない。マサさんはそういう人だ。麻生さんが見たストーカーがお腹の子の父親なのかはともかく、吉池さんにとって迷惑な存在であることは間違いなさそうだ。ストーカーを避けるために二階に引っ越させた、という推測が成り立った。

神崎くららは仕事の合間に歌舞伎町へ行き、吉池さんの勤めるキャバクラの前を通ってみた。偶然にも店のマネージャーが出勤してきて、彼女を一目見るなりスカウトすべく声をかけてきた。彼女は興味のあるふりをして、吉池さんが春から体調不良だったこと、つい最近辞めたこと、ストーカーが井上という人物であることを突き止めた。賃貸借契約の連帯保証人の名は井上弘一……

そこまでわかって、マサさんがなぜ僕に相談してくれないのかと悩んでいたら、神崎くららがバサリと切り捨てたのだった。

——先輩はバカ正直ですから

アパートを出ると午後の西日が僕たちを射たが、今日は道路に溶けずにすみそうな気分だ。神崎くららが時計を見た。

「いけない。遅れそう。このあと物件の下見があるんです。いとこが紹介してくれたオーナーと待ち合わせしているので、先輩も付き合ってください」

マサさんにかかりきりで事務仕事が溜まりに溜まっていたが、神崎くららには非常にお世話になったので、従う以外の選択肢はなかった。

四谷三丁目の交差点でタクシーに乗り北方向へ五分ほど走ると、市谷柳町《いちがややなぎちょう》交差点がある。谷底の交差点付近でタクシーを降り、大久保《おおくぼ》通りを少し上った中腹を、路地へ折れて閑静な住宅地に入った。ふと気づけば、道の片側に御影石《みかげいし》の塀が延々と続いている。まるで要塞のようだ。営業に出たてのころの物件調査で前を通ったことがある。神崎くららの目的地は、なんとここだという。

「広大な敷地だね。五百坪以上あるかな」

「建物も立派らしいです。門はどこかしら」

角を曲がったすぐ先に、驚くほど巨大な鉄柵の門がそびえていた。蔓草《つるくさ》のような細かい細工の施《ほどこ》された、近代ヨーロッパ建築を思わせる背の高い門だ。

うっそうと茂った樹木の間から建物が垣間見える。

「入口で待ち合わせしているんですけど、まだ来ていないみたい」彼女は門を軽く押した。

「開いてる。中にいるのかしら」

「オーナーはどんな人？」

「資産家の夫人です。ご主人は三年前に亡くなり、それからこの家は使われていないんですって」

「広すぎるから引っ越したのかな」

「なんでも、ご主人の亡くなり方が普通ではなかったとか」

……普通ではない？

「それがね」神崎くららが眉根を寄せたとき、携帯が鳴った。「……会社からです。先に入っていてください。中にいらっしゃるかもしれないから」

普通じゃないとはどういう意味だろう。病死ではないということか。事故死……まさか、殺されたとか？　いや、まさか。

洋風の庭は荒れ果てていた。アンティーク石畳の歩道の周囲は、雑草が腰の高さまで生《お》い茂っている。照り付ける日差しと降るようなセミの鳴き声が、過去の異世界に迷い込んだような気分に僕をさせる。

十メートルほど進むと、洋館の全貌が現れた。

アールヌーボー調の薄緑色の石造りの二階建ては頑迷な老紳士みたいにどっしりとした構えだが、領主の絶えた中世ヨーロッパの古城のようにさびれている。大資産家の主人が惨殺され、その怨《うら》みは館に染み込んで……

玄関前に立ち、扉がうっすら開いているのに気づいた。オーナーが中にいるのだろうか。

ドアチャイムの類は見当たらない。不安を抱きつつ、失礼しますとつぶやくとノブを少し引いて中を覗いた。

薄暗い玄関ホールは想像通りにだだっ広く、壁や床はかなり傷んでいた。外の暑さが嘘のような、ひんやりとした空気を感じる。

ホールの中央で、なにかがユラリと動いた。

……幽霊？

息を飲み、震える手でそっと扉を閉めた。

不動産屋が〝曰《いわ》くつき物件〟に遭遇する確率はゼロではなく、ベテラン営業員はその手の体験談を一つや二つ持つと聞くが……

落ち着け。

再び扉を薄く引き、隙間から見る。なにもない。

ほっとしたとたんに、今度は怪しげな声が聞こえてきた。か細く高い、微かな歌声……

恐怖のあまり呻《うめ》き声さえ出せず、ようやっと扉を閉めた。

いやまさか。雰囲気に呑まれているだけだ。長らく空いていたからホームレスが住み着いたのかもしれない。ど、どうしよう……

肩を叩かれ、飛び上がった。

「ひゃあ！」

「なにやってるんですか、澤村先輩」振り返ると、神崎くららが僕を見つめていた。「オーナーと連絡が取れましたよ。鍵は開いてるはずだから先に見ていてくださいって。入りましょう」

「待って！」扉の取っ手を押さえて、掠《かす》れた声で言った。「中に、なにものかが……」

神崎くららは目を瞠り、やれやれと首を振った。

「犬？　猫？　私、猫アレルギーなんですよ。すぐに追い出してください」

「そ、それが、もしかすると生きているかどうか」

彼女はバッグを開けてごそごそ掻き回した。

「死骸《しがい》ですか？　いやあね。じゃ先輩、片付け、よろしく」

軍手を渡された。いやそうじゃなくて……

彼女がふいに扉を開けたので、僕は飛び退《すさ》って悲鳴をあげた。神崎くららがさっさと入っていく後ろから、ようよう歩を進める。

玄関ホールには誰もいない。

「レイオーレイオー……」

天井のあたりで微かに声が響く。

「ゆ、幽霊！」

神崎くららは横顔で冷笑した。

「そんなわけないでしょ」そして、ホール上部に向かって鋭く吠《ほ》えた。「誰？」

右側にあった腰の高さほどの瀟洒《しょうしゃ》な棚が、音もなく両側に開いて頭がぬっと突き出た。

「うわあっ」

叫んだ僕に、彼女は一瞥をくれた。あきれ顔だ。その表情のまま、棚から飛び出している頭に向かって再び吠える。

「なにやってんの？　レン」

仁王立ちする神崎くららの前に、ひょろ長い人物がすいっと出現する。

棚かと思ったところから出てきた彼は、白いシャツにターコイズブルーの細ネクタイ、グレーのパンツ。十代後半か。若者は口をぽかりと開けると、ひどく嬉しそうに言った。

「この壁の裏側にある隠し階段から回廊に上れて、ホールの上にある部屋に入れるんだ」

吹抜けの天井を指した。十畳ほどの円形の玄関ホールの二階の高さ部分に、壁の曲線に沿ってぐるりと細い回廊がある。天井近くに横長の天窓が連なり、柔らかい日が差し込んでいた。窓からの陽光が、回廊を通った彼の影をホールに落とし、それがユラユラと幽霊のように見えただけだったのだ。

彼は両腕をのびのび広げると、笑った。

「そこで〝アナ雪ごっこ〟してた」

神崎くららが侮蔑《ぶべつ》の視線を送ったので、彼はむくれた。

「すごく雰囲気あるんだよ。テラスの手すりが、あの映画のシーンそっくりで」

「あいかわらず、バカね」

「なんだよ、くーちゃん。忙しいところをわざわざ来てあげたのに」

くーちゃん？

「学生が忙しいわけないでしょ。こっちは社会人。お気楽な高校生とは違うのよ」

「僕だって、土曜日は働いているもん」

切れ長の目と細い顎、細長い手足。美男子というわけではないが人目を惹《ひ》くオーラを放っている。しかし、高校生がアナ雪ごっこ？

「そういえば、へんなこと始めたそうね」

「へんじゃないよ」口を尖《とが》らせた。「とってもすてきなんだから。こんど来てね」

僕がへっぴり腰で神崎くららの横に立つと、彼女は言った。

「こちら、会社の澤村先輩。それでこっちは」青年を指した。「いとこのレン」

この物件のオーナーを紹介してくれたというのが、彼か。

レン君は勢いよく右手を差し出した。高校生が、握手？

「初めまして、オノザワレンです！」〝お気楽な〟という形容がぴったりの青年は、間延びした声で言った。「土井垣《といがき》さん、まだかなあ」

「少し遅れると言っていたわよ」

ふいに、背後から声がした。

「お待たせして申し訳ありません」

振り向くと、陽光を背に車椅子のシルエットが見えた。

見事な総白髪の高齢の婦人が、装飾の施された玉座のような車椅子に座っている。生成《きな》りの小千谷縮《おぢやちぢみ》の着物と黒地の染帯はシンプルで趣深い。手には小さな朱色の扇子《せんす》を持っている。面長の白い顔は、まるでお公家《くげ》さんのように表情が乏しい。

「ありがとう、レンさん。先に鍵を開けておいてくださって助かったわ」

彼女はゆったりと扇子を上げ、青年に向かってうなずいた。貴婦人の風格。

神崎くららがバレリーナみたいに優美に一歩前に出て、品良く一礼した。先ほどマサさんとふざけていたときの快活な雰囲気はみじんもない。

「初めまして、神崎くららです」

「どうも、お電話ではいろいろとありがとう。主人が亡くなって三年。いいかげんにこの家をどうにかしないと、と思っていましたら、レンさんがいとこの不動産屋を紹介するとおっしゃってくださってね」

「レンからご事情は伺っております。いろいろと大変でいらしたのですね」

彼女は車椅子を押しながら、早くも土井垣夫人の持つ厳かな空気と同調し、貴族の伯母《おば》と姪《めい》のような親密さで廊下の奥へ進んでいった。

僕の隣でそれを見守るレン君が、ふんと鼻を鳴らした。

「くーちゃんの表裏の使い分け、相変わらずだな」そして、ふいに目を輝かせた。「タスマニアデビル」

「え、なに?」

彼はいたずらっ子のようにケラケラ笑うと、首を振った。

「なんでもないんです。じゃあ僕はこれで」

「帰るのかい？　神崎さんに声をかけようか」

「もう一度室内を見たかっただけだから」彼は天井の高い玄関ホールを見回した。なにか懐かしいものを見納めするような表情だった。「澤村先輩、くーちゃんをよろしく！」

ぽかりと口を開けて笑うと、大きくてきれいな手を振って走り去った。存在感の塊のような子だったな。なにやら単語を発していたが……タスマニア？

携帯で検索してみて、思わず声に出して笑った。なるほど、ぴったりだ！

廊下の奥から声が聞こえた。

「せんぱ〜い。こちら見てくださ〜い」

「い、今行きます」

廊下の先には舞踏会が開けそうなゴージャスなリビングが広がっていた。外観と同じアールヌーボー調で、三十畳はある。正面に開放的な窓が並び、荒れ放題の庭が見渡せた。

「あちこち傷んでおりますので修繕が必要ですわね。ただ、費用はあまりかけられませんの」

「内装業者は何社かピックアップしてあります」そして、神崎くららは僕を示した。「紹介が遅れました。こちら、同じ部署の澤村です」

慌てて名刺を出す。夫人は緩慢《かんまん》な仕草でそれを受け取ると、色素の薄い瞳で僕を見上げた。ただ座っているだけなのに、圧倒される。彼女の薄い唇がゆっくりと開いた。

「あなたは、アシジのフランシスコ？」

「は、はい？」

すっかり浮足立つ僕をよそに、神崎くららはさらりと答えた。

「私も澤村もクリスチャンではありません、奥様」

どういう意味だろうとぼんやり考えていると、彼女が澄まして言った。

「この澤村が、奥様の担当です」

……は？

「そう」奥様は微かにうなずいた。「お願いしますね」

「か、かしこまりました」

と言いながら、神崎くららをちらりと見たが無視された。どうしてそうなるんだ？

「先輩、さっそくクリスタル内装とグリーン・リフォームに連絡入れてください。かなり修繕が必要そうですけど、資材のグレードは落とさずにやってもらってください。それから賃料相場を調べて……といってもこれだけのお屋敷の事例はないと思いますので、適正賃料を考えてくださいね。あと、庭の手入れも必要なので手配よろしく」そして、顔を近づけてささやいた。「マサさん引き受けたんだから、こっちお願いします。私、今月は契約件数のトップ狙っているので」

……初めからそれが目的でマサさんのほうを？

彼女と貴婦人はゆったりと話しながらキッチンへ消えていく。

内装には時間がかかるだろう。家賃は高いから手数料もその分高いが、こんな大きな物件、そう簡単に賃借人が見つかるとは思えない。つまり時間も手間もたっぷりかかる。契約件数を稼ぎたいならこういう物件は敬遠する。そんな難物件を、僕が担当するなんて。

握りしめていた携帯の画面を見つめ直した。

『タスマニアデビル／

哺乳類。夜行性の有袋類《ゆうたい》。体長約五十―八十センチメートル。体重約四―十二キログラム。

和名はフクログマ。

以前はオーストラリア本土にもいたが、現在はタスマニア島のみに生息。

外見は黒い小熊か子ギツネに似て、愛らしい顔をしているが、その気性の荒さは有名で、捕食動物との対峙《たいじ》、メスの奪い合い、あるいは餌を取られないように守るときなどは闘争心をむき出しにする。敵に遭遇したタスマニアデビルは相手を油断させるために、まるで脅えていないかのようにあくびをしてみせたりする技も持っている。

およそ肉食に分類される獲物はなんでも食べ、哺乳類、鳥類のほか昆虫類等も捕食する。小柄ながら強力な顎を持ち、嚙み砕く力は哺乳動物の中でトップレベル。見つけた餌は毛から内臓、骨まですべてを食べつくす大食漢。

ヨーロッパ人がタスマニア島へ移住を始めたころ、その動物の恐ろしい唸り声や威嚇《いかく》行動を目の当たりにして〝デビル〟という名前を付けた。

一九九〇年代に種の存続を脅かす病気が発見され、現在は絶滅危惧種に指定されている』

見た目がかわいいのに凶暴。嚙みつく力は最強。相手に応じて様々な顔を使い分けるテクニックを持つ。

まさに神崎くららそのものだ。

ため息をつき、僕は密かに彼女を〝デビル〟と呼ぶことに決めた。

むろん、心の中でだけだが。

第二話　入居者の事情

隣の席で電話を取った神崎くららが、さわやかに告げた。

「澤村先輩、コーポ・スカイ一〇三号室の星《ほし》様からお電話です」

保留のランプを見つめながら、僕の胃がきゅっ、と痛んだ。

「お、お電話替わりました」

受話器から、鼓膜の奥にビリビリ響く低音が聞こえてきた。

『澤森さん、今朝電話した件だが、いつになったら対処してくれるのかな』

二ヶ月ほど前に僕が案内してコーポ・スカイに入居した星雅也《まさや》さんは、四十代前半、アングラ小劇団の一員だ。名前は煌びやかだが渋い悪役がぴったりの気難しげな顔の人で、たびたび不可思議なクレームを寄せてくる。

『ボクはもう、半分くらい虫になってしまった気分だよ。下半身にザワザワした足がね、こう、何本か生えてくる感じ。わかる？』

情緒豊かなバスボイスは妙に説得力があり、僕の胃痛はいや増すばかりだ。

「その件は、物件担当からオーナー様に害虫駆除の提案をしてもらおうと思っているのですが、本日はお休みをいただいており、まだ連絡が取れませんで」

『害虫？　違うと言っただろう。あれはぜったいに宇宙人だよ。細長い足を持つ、三センチくらいの緑色の生き物なんだ。それが何匹も、いや何人もボクのベッドに入り込んでくるんだ。想像してみてくれたまえ』緑色の虫が星さんの顔面を這うのを思い浮かべ、背筋が凍った。

『とにかく一刻も早く撃退してくれないと、ボクは宇宙人に食い殺されてしまう。運命は君の手に委《ゆだ》ねられているのだよ、澤山さぁ～ん』

〝あ～ん〟という不吉なビブラートとともに、電話は切れた。

「クレームですか？」

神崎くらら改め〝デビル〟が、無表情で僕を見つめた。状況に応じて七変化に表情が変わる彼女だが、こういうニュートラルな顔がこれまた魅力的で、ジュモーのアンティーク・ドールみたいにきれいだ。胃痛が少し和《やわ》らいで、僕は答えた。

「一晩中、緑色の虫のようなものがたくさん、ベッドを這ったそうで」

彼女の口が、酸っぱいものでも含んだみたいに歪《ゆが》んだ。

「うわ、気持ち悪い。バッタかキリギリスとか？」

「それが、星さんは宇宙人だと主張していて」

「……本気じゃないですよね」

「劇団の人で情緒豊かだから、たぶん、オーバーな表現をしているのだと」

「コーポ・スカイはうちの管理物件ですね。物担《ぶったん》は誰でしたっけ？」

「大橋《おおはし》だよ」

場所は戸山《とやま》で、新宿区の真ん中あたりに位置する。大きな公園や団地や大学などの緑豊かな敷地が多い地域である。建物は軽量鉄骨三階建てで全十二部屋、築二十年ほど。もとは鮮やかな青色の外壁だったようだが今は褪《あ》せてしまい、湿度の高い東京の夏空のような薄い水色だ。

コーポ・スカイは同じ二課の後輩である大橋滉輔《こうすけ》が物件担当で、僕が、星雅也さんを案内して入居を決めた客担当、略して客担《きゃくたん》だ。物担と客担が同じ営業員の場合もあるが、今回のように違う場合には、オーナーへの連絡は物担を通すのが基本だ。

「大橋さんなら事後報告で大丈夫ですよ。管理部に言って、すぐに害虫駆除の提案をオーナーにしてもらったらどうですか？」

「それが、これまでも星さんからクレームがくるたびに管理部に話していたら、僕への対応がすご一く冷たくなってしまったので、かなり言い出しにくい」

「どんなクレームが？」

どこかの国のスパイがコーポ・スカイの屋根を東京の中継基地局として使うためテレビ映りが悪くなっているのでやめさせてほしい、自分が寝ている間に部屋に侵入してトイレの電球をゆるめて出ていく不審者を捕らえてほしい、アパートの地下に埋められていると主張する幽霊が毎晩話しかけてくるので調査してほしい、などなど。

決して声を荒らげず、重苦しい声でとつとつと訴えてくるので、まさかとは思いつつ、毎回飛んでいってしまうのだった。

デビルの大きな瞳が、からくり人形のようにくるりと回った。

「宇宙人似の緑の虫が存在しないとは言い切れませんが、そのほかは怪しすぎます。で、どうしたんですか」

「不審者も幽霊もたまたま僕には見えないらしく、対応できずにいて」

「いちいち訪ねているんですか」

「き、来てって言われるから」

デビルは冷ややかに言った。

「先輩がからかわれているか、星さんが幻覚を見ているかのどちらかです。ご家族に相談したほうがいいのでは？」

「親族もいないみたいなんだ。緊急連絡先は所属している劇団。それって職場でしょ。そこに連絡するのはいかがなものかと。とってもいい人で、僕の案内であの物件をすぐに気に入ってくれて……」

「どうするつもりですか」

幽霊騒ぎの際に須賀神社の厄除け守を祀ったらクレームが止んだことから、具体的かつ簡易な対処が解決の早道だと学んでいる。

「まずは大橋と話をして、害虫駆除の薬を持っていってみようかと」

「大橋さんとは連絡が取れないままなんですね」

「メッセージを入れているけど、お休みなんだから、しかたないよね」

再び電話が鳴り、すかさず彼女が受話器を上げた。

「ありがとうございます。ツノハズ・ホーム賃貸営業部でございます」彼女は僕を見つめた。

「少々お待ちください」

まさか、また星さんか。

「ブランメゾン西早稲田の管理室の室町《むろまち》さんが、今朝の件でまた話したいと言っています」

胃が、ぎゅうう、と縮こまった。

恐る恐る受話器を取ると、ハスキーボイスがゆっくりしたテンポで聞こえてきた。

『室町です。今朝お話しした貼り紙の件ですが、防犯カメラの五階部分の画像をチェックしてみたんですがねえ』

「は、はあ」

『ほかに廊下を通っている人はいないようですわ。やっぱり、五十嵐《いがらし》さんの自作自演じゃないかと思います』

「どうしてそんな狂言をするんでしょう」

『忙しそうなOLさんだから、ストレスでも溜まっているんじゃないですかねえ。とにかく、澤木さんのほうから聞いてもらえませんか。管理会社からは私が疑いの目で見られるし、現場で処理してくれと冷たい反応でね。澤木さんのお客さんなんですから、よろしくお願いしますわ～』

〝わ～〟という重い轟《とどろ》きとともに、電話は切れた。デビルが僕の顔を覗き込んだ。

「今度は、なんですか？」

「マンションの五階の廊下にへんな貼り紙がしてあったそうで」

Ａ４の大きさの紙にワープロの文字で大きく書かれた貼り紙は、三日前に見つかった。

『五〇七の住人へ。ゴミを廊下に捨てたり、エントランス前の植木を勝手に抜くのはやめなさい。管理人より』

デビルが首をかしげた。

「今の電話は、管理人さんですよね。その人が貼ったのではないんですか」

「まったく知らないそうだ」

「なぜ先輩に連絡が？」

「僕の案内で入居したお客さんがその貼り紙を見つけて、こんなものがあると管理会社に電話したんだって」

一年ほど前に五〇八号室に入居した五十嵐聡美《さとみ》さんは三十代後半、大手証券会社にお勤めの一人暮らし。諸事万端に抜かりのなさそうなクールな女性で、上司の若宮課長に雰囲気が似ており、つまり僕の不得手なタイプである。

「管理人さんが五十嵐さんと直接話せばいいのでは？」

居住者は普通、マンション内でのトラブルはまず常駐の管理人に話す。しかし、今回は貼り紙に『管理人より』と書かれていたので、五十嵐さんは管理会社に直接連絡したようだ。

「室町さんは五十嵐聡美さんが苦手のようで、僕から聞き取りをしてほしいって。だから今日の夕方、彼女を訪ねる予定にしていて」

デビルが不穏な空気を醸しつつ目を細めた。

「わざわざ行くんですか」

「僕のお客さんだし、室町さんは丁寧でいい人そうだから、かわいそうで」

「『狂言』というのは？」

「室町さんは、貼り紙をしたのは五十嵐さん本人じゃないかと主張しているんだ」

「なぜですか」

「二週間くらい前に、ゴミの捨て方のことで管理人が五十嵐さんを注意したんだって。そのことを逆恨みしているのかもしれないと」

デビルの表情が消えた。さっきのフランス人形風の美しげな無表情とは異なる、不気味な媼《おうな》の能面みたいな無表情。

「それ、先輩の仕事でしょうか」

まあね、違うかもしれないけれど。

「こちらから管理会社に連絡して、対応してもらっては」

「そうするとまた管理人さんが怒られる。かわいそうかな、って」

僕が引き攣った笑みを浮かべたとき、また電話が鳴り、デビルが無表情のまま受話器を取った。

「お待ちください」能面が僕を見据えた。「おおくま荘一〇五号室の黒田《くろだ》様です」

胃痛が頂点に達した。のろのろと受話器を取る。

『早くなんとかしてくれよ、二階のやつ！』

黒田喜三郎《きさぶろう》さんのしわがれた大声が響いた。

「またですか？」

『朝の五時からドタドタやっていやがる。すぐに追い出せよ、あのおちゃらけヤロウ！』

「そういうわけには」

『オレぁ仕事が終わるのが三時ごろで、寝るのは四時過ぎなんだ。寝入りばなにあんな音立てられたらホントに困るぜ』

「申し訳ありません。すぐに連絡して善処していただきます」

『この間もそう言ったが、まったく改善されとらん。ちゃんと注意してくれてんの？』

「も、もちろん」

『とにかく、すぐにやめさせてくれよ！』

〝よ！〟という非難の響きとともに、電話が切れた。

痛む胃を手で押さえながら受話器を置いた。横からの冷たい視線も、ものすごく痛い。

「お次は、どんな奇妙なクレームですか？」

二階の足音やテレビ音のクレームだと言うと、デビルの冷え冷えとした無表情がフランス人形のほうの無表情に戻った。

「わりと普通ですね。おおくま荘は木造で、どの部屋も１ＤＫの間取りでしたっけ」

「上の音が下に響きやすい構造なのかな」

「二〇五号室の人に話はしてあるんですよね」

「窪塚《くぼづか》さんには何度も電話をしているんだけど、『あ〜すいませんもうしません』って軽いノリで言うだけで」

窪塚翔太《しょうた》さんは二十代前半の飄々《ひょうひょう》とした感じの青年だ。アパート近くのそば屋に勤務している。一方、一〇五号室の黒田さんは居酒屋勤めの板前さんで六十代前半。声が大きく頑固なので、僕は会うたびに恐縮してしまう。

おおくま荘は十部屋からなる二階建てアパートで、築二十五年ほど。場所は早稲田南町だ。交通の便のよさや家賃のリーズナブルさが人気で、ほとんど空室にならない。二〇四号室が退去したばかりだが、次の借り手はもう決まっている。

偶然だが、クレームの三物件は全部、新宿区の中央から少し北のあたりに位置し、西新宿の我が社から見ると北東方面に集中している。風水など気にしない僕だが、こうも同じ方角でクレームが重なると、お祓《はら》いでもしたくなってくる。

「昨日も黒田さんから電話があったので、窪塚さんが仕事から帰ってきたころを見計らって訪ねたんだけど会えなくて」

「そうやって」再び目が冷たく光った。「クレームを受けるたびに訪ねているわけですか」

「……来てくれって言われたら、行かないといけないかな……って」

デビルは、ひたと僕を見据えた。

「私の来週の契約の書類一式は、できているんですか？」

「あと、少し」

「お願いしておいたグランハイツ十二社《じゅうにそう》の募集図面は？」

「……着手したところで」

「来週の下宮《しもみや》様ご案内物件のピックアップは？」

「まだ手つかず……」デビルの頭から角が生えて夜叉《やしゃ》と化した……ように見えたので、僕は平身低頭した。「すぐやります」

「すべてのクレームにいちいちバカ正直に動いていたら身体がいくつあっても足りません。それに今のところ、どれも一向に改善されていない。先輩の動きはまったく無駄です」

身もふたもない言われようだが、まったくその通り。

「もっと知恵を絞ってください。先輩は、頭は悪くないはずです」

僕が思わず微笑むと、デビルの声が一オクターブ下がった。

「褒めているんじゃありません。クレーム処理は、的確な判断と迅速《じんそく》な手配。いいですね！」

手始めにブランメゾン西早稲田の管理会社に電話して状況を説明した。担当者は面倒そうに答えていたが、途中でデビルが話し、僕に受話器が戻ってきたときには『こちらも再度、管理人から事情聴取をします』とさわやかな声。

次に、二人で管理部に行ってコーポ・スカイの虫の対応を依頼した。僕への対応はいつも冷たいのに、デビルが話すと、オーナーに建物全体の害虫駆除を提案してみると即答。

「神崎さんが話すとみんなが動いてくれるね。なんでだろう」

デビルは、やれやれと首を振った。

「先輩には駆け引きがないんですよ」

「管理の人にも駆け引きを？」

「われわれの仕事なんてある意味、ぜんぶ駆け引きじゃないですか。社有物件以外はすべて他人《ひと》様《さま》が所有しているマンションやアパートが商材です。武器になるのは情報だけ。仲介は人と人の間に入って双方の要望をやりとりする仕事ですが、ただの伝書バトではいつまでたっても話がまとまりません。摑んだ情報を上手に操作しながらアウトプットして、臨機応変に対処する。それが基本です」

僕は、情報操作どころか緊張してよけいなことまで口走り、さらにまとまらなくなるのが基本だ。

「先輩。害虫駆除が終わるまで、宇宙人の話は管理部に黙っているんですよ」どうしてだろう。

「星さんがへんな薬でもやっている人だったら、動いてくれませんよ」

「……くすり？」

「宇宙人や幽霊を本当に見たと主張しているなら、それは幻覚です」

ならば警察に通報しないといけないのでは。そもそも、薬をやっているかなんて、どうしたらわかるんだろう。ウツ病などの精神疾患でも幻覚が見えることがある。やはり誰かに相談すべきか。まずは僕が星さんの相談に乗ってあげて……

「よけいなことは考えないでくださいね。仲介業者は入居者からクレームがきたら淡々と処理する。入居者が賃貸借契約に違反したら退去していただく。それだけですよ、先輩」

そんなふうに割り切るべきなのは、わかっているが。

「おおくま荘はどうしたら」

「行ってみましょう。建物の構造もチェックしてみないと」デビルはようやく表情を緩めた。

「ついでに土井垣邸の内装状況も見ておきたいし」

今日初めて見せる優しげな笑顔に、僕もほっとしてうなずいた。おおくま荘と土井垣邸はすぐそばだ。

「庭は整ったと聞いているよ」

一ヶ月ほど前の八月下旬に賃貸物件として預かった土井垣邸は、大規模な修繕工事に着手していた。雑草を刈り芝生や石畳を整えると、荒れ庭は和洋折衷の美しい庭園に変貌した。屋敷は昭和初期の建築だそうで、内装工事は思いのほか難航している。古い情緒を残したまま昔の建物を修繕するのは、まるまるリフォームするより手間も時間もかかる。

土井垣夫人と何回か話し合い、通常の居住用として以外に、外資系法人の社宅やサロン・事務所用としても募集をかけることにした。すでに広告は出しているが、今のところ具体的な問い合わせはない。

デビルは、僕に押し付けたわりにはこまめに手伝ってくれる。いとこの紹介だからかな。

「そういえば土井垣邸で会ったレン君って、なかなかユニークだね」

デビルは眉間に皺を寄せて、ふん、と鼻を鳴らした。

「母の妹の子供なんですが、かなり変わっています。でもときどき、いいお客さんを紹介してくれるんです。彼の家は超金持ちだから。『同じ穴のムジナ』って言うんですかね」

……むしろ『類は友を呼ぶ』じゃないかな。

「あろうことか、この春から自宅の敷地の一角でカフェの経営を始めたそうです」

高校生が、カフェ経営？

「平日は学校行っているから土曜日しか営業しないので、ぜんぜん儲《もう》かってないって」金持ちの思考回路は理解不能だな。「土井垣さんとは、レンが小さいころにキョウカイで知り合ったそうです」

「キョウカイって？」

「カトリック教会です。彼の一家はクリスチャンで、レンのお母さんが土井垣夫人とボランティア活動で知り合って、レンは小さいころお母さんと一緒に土井垣邸に遊びに行っていたそうです」

それで室内を懐かしそうな顔で見ていたのか。そうだ、聞こうと思っていたことがある。

「土井垣夫人があのとき言った、なんとかのフランシスコ……って、なんだろう」

デビルは一瞬だけ口を引き結ぶと、妙に明るく答えた。

「たいした意味はないと思いますよ。そういえばあのとき、ご主人の死について話しそびれましたよね」

「あ、そうだ。『普通ではない』って言っていたね」

「死因は心不全です」おや、わりと〝普通〟だ。「だけど、晩年は『亡霊が来た』と脅えたり、屋敷中を走り回ったりベランダで叫んだり、大変だったそうです。病院に入ることを拒否して、最期はウツ状態で二階の寝室に籠り、物音がしなくなったのでドアを壊して入ったら、亡くなっていたんですって」

「……それって、事故物件ではないよね」

「病死ですから告知義務はないでしょ。幽霊が出るわけでもないし」

自殺や殺人などの事故や事件があった物件は、募集の際に『過去にこういう事故がありました』と告知せねばならない。いつぞや他社が作成した間取り図面の風呂場部分にオバQの絵が描いてあり、なんだろうと思ったことがある。かわいく表現しても、幽霊は幽霊なのだが。

「夫人は屋敷にいるのが嫌になったようで市ヶ谷《いちがや》にマンションを買って引っ越し、三年間あのお屋敷を放ったらかしに。そうしたら近隣から苦情が入ったんです。樹木は伸び放題だし、ホームレスや野生の動物が入り込んだりして、治安がよくないって」

「それで賃貸に出すことを決めたんだね」

「それに、ここだけの話ですけど」デビルは声をひそめた。「土井垣家の経済状態は思わしくないらしいです。一刻も早く客をつけてくださいね、先輩」

急にプレッシャーを感じる。

「じゃ、まずはおおくま荘のアポを取ってください」

地下鉄東西《とうざい》線早稲田駅を出ると、むん、とする夕暮れの熱気が僕たちを包み込んだ。九月も下旬になると秋の気配を期待してしまうが、残暑はまだ都心にへばりついている。

早稲田は大学で有名な街だ。駅周辺には寺院も多く、空をさえぎる高層の建物が少ないので、一面のいわし雲がよく見渡せる。おおくま荘は早稲田駅から徒歩三分ほど。夏目坂《なつめざか》から路地を進んだどん詰まりにある。小さいけれど緑の多い児童公園が裏手にあり、アパートの借景となっている。

僕たちはまず、一〇五号室の黒田さんを訪ねた。待ち構えていたらしく、僕を玄関で迎えるなり、怒鳴《どな》った。

「遅いぜ、澤口さん！」そしてデビルに視線を移す。「おや、そっちの人は」

「このたびはご迷惑をおかけし、まことに申し訳ありません」彼女はすかさず名刺を差し出し、さもすまなそうな表情を浮かべた。「階上の騒音は、かなりひどいのでしょうか？」

デビルの名刺をしげしげと眺める黒田さんはふくよかな体型で、いつも同じ白いシャツと紺のズボンを着ている。会うたびにこの組み合わせなので、シンプルな服装が好きなのか、単にコーディネートを考えるのが面倒なのかのどちらかだろう。彼は、急に福々しく笑った。

「それほどひどいってこたぁ、ないんだが。神崎くららさん、ね。わざわざご苦労様です」

デビルがパートナーでよかったと思うのは、こういうときだ。

彼は僕たちをダイニングキッチンに通し、改めてデビルに経緯を説明した。

二〇五号室から騒音が聞こえるようになったのは二週間ほど前から。最初は明け方の五時半ごろで、ドスン、という大きな音がして地震かと飛び起きたが、やがて階上からの音だと気づいた。しばらく騒がしかったが、やがて収まった。寝付いたところを起こされたので頭にきたが、その日はすぐに寝た。ところが翌日、また明け方にガタガタと音が聞こえ、加えてテレビかラジオのようなくぐもった音声まで聞こえてきた。それは三十分ほど続いた。

数日後の明け方、三度目に音が聞こえたときは、ホウキの柄《え》で天井を数回叩いた。すると一瞬だけものすごく騒がしくなり、すぐに音が途絶えた。しかし、翌日もまた騒音が聞こえてきたので、今度は二階へ駆け上がり、ドアを激しくノックした。

「あの若造、チェーンをつけたまま開けるので隙間から文句を言ったが、『うるさいな』と冷たくドアを閉めやがった。バカにしとる」

「室内はどんな様子だったかわかりますか？」

「チェーン越しだし、真ん中の戸は閉まっていたから、ほとんど見えなかったな」

自分の部屋の奥を指した。おおくま荘は、ドアを開けるとすぐに六畳のダイニングキッチンで、奥の六畳の部屋とは、上部が磨《す》りガラスになっている引き違い戸で仕切られている。黒田さんのダイニングにはテーブルと椅子と小さな食器棚しかなく、ひどくすっきりとした印象だ。ガラス戸が六割がた閉まっているので全部は見えないが、奥の部屋も家具がほとんどない様子だ。料理人だけあってキッチンには多数の調理用具が整然と並び、しょうゆで甘辛く煮含めたような、美味しそうなにおいが漂っている。

「あいつ、オレを毛嫌いしていやがる。この夏に引っ越してきたとき、アパート全員に挨拶に行ったんだが」

黒田喜三郎さんは話好きなようで、入居時にアパートの全部屋に菓子折りを持っていき「自分はこれこれこういうもので」とひとしきりしゃべり、「で、おたくさんは」とひととおりの情報を得たそうだ。

「ほかの住人はそれなりに丁寧な口調だったが、あいつだけつっけんどんでさ。聞きゃあ、そば屋で修業の身だっていうじゃねえか。同じ飲食店で働くもの同士で親近感が湧いてよ。わからないことがあったらいつでも聞いてくれとけっこうしつこく誘っておいたら、一週間後に訪ねてきた。しかしよ、玄関で『やっぱりいいです』と言いやがった」

自分から訪ねてきたのに、部屋に入らずに立ち去ったという。

「頭にきたが、こちとら天涯孤独の中年男で、ここみたいに手頃な家賃で店に通いやすいアパートなんぞそうそう見つけられないから、当たり障りなくやることにしている。しかしよ、廊下で会っても、ぷい、とされる。不愉快だぜ」黒田さんは次第に怒りを露《あら》わにしだした。「そこへもってきて、あの騒音だろ。まったく頭にくるぜ!」

「す、すみません」

怒りを爆発させる人を前にすると、それが僕のせいでなくても、つい謝ってしまう。

デビルはといえば眉根を寄せ、宙を睨んでいる。なにを真剣に悩んでいるのだろう。

「そりゃあそうと」黒田さんは急にそわそわすると奥へ一度引っ込み、すぐに出てきた。「これ、オレが働いている居酒屋『翔《かける》』。神崎さん、よかったら来てください。サービスするよ」

「ありがとうございます」デビルはさも嬉しそうにショップカードを受け取った。「ぜひ伺わせていただきます。これから二階に行きますので、もう少しだけ部屋にいらしてください」

デビルは扉を閉めたとたん深刻そうな表情に戻り、僕にショップカードを押し付けた。

「いいにおいでしたね。モツ煮かな。ゴボウも入ってたかしら。お腹すいたなあ」

悩んでいたのは、それですか。

鉄階段を上がると狭い外廊下がある。一番奥の二〇五号室をノックすると、すぐに扉が開いた。チェーンはかかっていない。顔色の悪い細身の若者がぬうぼうと立っていた。窪塚翔太さんだ。

黒とも紺とも言いかねる開襟シャツと、紺とも茶とも判断しかねるスラックス姿で、首には使い古した白タオルを巻きつけている。泥を洗い流す前のゴボウを連想し、タオルでごしごしこすりたくなった。そんな思いが伝染したのか窪塚さんが指でタオルをつまみ、額を拭いた。細い首には線のような青黒い痣《あざ》まであって、まるで傷みかけたゴボウだ。

三和土に立つ彼の背後には、黒田喜三郎さんの部屋とは対照的に、家具や段ボールや雑誌などが雑然と置かれていた。

窪塚さんは急ににたりと笑うと、勢いよく頭を下げた。

「ほんとにすんませんでした。そんなに大きな音を出したつもりはないけど、もう迷惑かけませんからよろしく。じゃ」

扉を閉めようとした。が、デビルがとっさに僕を押し、それを阻止した。ストッパー代わりに挟まれた僕は、驚き顔の窪塚さんとばっちり目が合ってしまった。気まずい。そして痛い。

神崎くららはドアを開けさせると、にこやかに言った。

「初めまして。神崎と申します」窪塚さんは少し照れたように名刺を受け取った。「先日から何度か澤村がお電話を差し上げているかと思いますが、今日は室内を確認させていただきたくて伺いました」

窪塚翔太さんはわざとらしく「あはは」と笑った。

「明け方に落語のテレビ見ていて、笑いすぎてうるさくしちゃったんです。もうしませんからカンベンしてください」

明るい表情ながらも、部屋に入られたら面倒だと顔に書いてある。

「お時間は取らせません」デビルは一歩も引かぬ様子で言った。「階下の方はテレビの音が響くようだとおっしゃっているのですが、テレビは奥の部屋に?」

「そうだけど」

「ひょっとすると部屋の構造上、音が響いてしまうのかもしれません」

窪塚さんは僕とデビルの顔を交互に見たあと、ため息をついて扉を大きく開けた。

「散らかっているから恥ずかしいんだけど」

彼は引き違い戸を開け、薄い絨毯《じゅうたん》敷きの六畳の部屋を見せた。

とたんに、きつい お線香のようなにおいが漂ってきた。なんだろう。

「失礼いたします」

デビルはそう言いながら、僕の背中をぐいと押した。はい、見てきます。

薄暗いダイニングキッチンを抜け、奥の部屋に入った。白いローテーブルの上にはノートパソコン。半畳ほどの大きさの木製クローゼットと引き出し、角のキャビネット上には小ぶりのテレビ。右側の壁の半分以上を占める本棚には、分厚い文学全集や文庫本などがぎっちり詰め込まれている。読書家だな。

狭いベランダのある正面の掃き出し窓からは夕暮れの公園が見下ろせた。園内に子供はおらず、中年の女性たちが滑り台のそばで立ち話をし、古びたベンチの上に黒猫が寝そべっているのみだ。

窓際から一歩退いて、顔を上げた。

左側上部に二畳分くらいのロフトがある。布団がはみ出ているところを見ると、ベッド代わりに使っているようだ。ロフトの手すりは少し手前に傾いており、ハンガーが数本かかっていた。いつもは服を吊るしているのだろう。

デビルもようやく入ってくると小さくくしゃみをして、顔をしかめた。においが気になるようだ。ロフトの上部にある、細めに開いた小さな張り出し窓を睥睨《へいげい》した。眼力で全開にしようと試みているのか。デビルなら、あるいは可能かも。

彼女は壁をコンコン叩いたり絨毯の上で少し大げさに足踏みをしたりした。

「確かに、ちょっと下に響きそうな構造ですね」

テレビもパソコンも普通の音量に設定されていた。他に音の出るものはないという。

デビルが肘でついてきたので、僕は恐る恐る言った。

「一階の方は居酒屋にお勤めで寝るのが明け方近いそうなので、足音にはご注意いただければと思います。ええと、テレビの音量も、くれぐれもご注意を……」

窪塚さんは大げさに背を反らすと、勢いをつけてペコリと頭を下げた。

「だから、もうしませんてば。だけどさ、あの人の部屋をちらっと見たことがあるけど、家具がぜんぜんなかったんですよ。ちょっとした音でも響くんじゃないかな」

デビルはうなずいた。

「集合住宅ですので、お互いに気持ちよく過ごせるよう、ご協力お願いしますね」

「はいはい〜」彼はおどけて右手で敬礼した。「了解しました。わざわざご苦労様でした〜」

再び一〇五号室の黒田さんと話した。足音は、微かながら聞こえたという。強く足踏みをすると響く構造なのは間違いない。窪塚さんが気をつけてくれることを祈りつつ、アパートをあとにした。

夏目坂通りを若松町《わかまつちょう》の交差点まで上りながら、デビルが眉間に皺を寄せて言った。

「またクレームが来そうな嫌な予感がします」

「え、ほんと。こうして訪ねたから、わかってくれたような感じがしたけど」

デビルは首をすくめて、ぶるっと震えた。

「ザワザワしました」

「ザワザワ？」

「なにか嫌なものを感じました。女の勘ですかね。先輩は窪塚さんと何度も会っているんですか？」

「この春の契約更新で一度だけ。そのときも、今日みたいに飄々とした感じだったよ」

「窪塚さんは黒田さんのことを嫌っていて、わざと騒音を立てているのでしょうか」

「どうして？」

「黒田さんの部屋に家具がないと言ったとき、一瞬だけど、怒りを露わにしていました」

「ぜんぜんわからなかった」

デビルは歩みを止めると、なんで気づかないのよ、と言いたげな顔で僕を見つめた。

「す、すみません」

「窪塚さんは私たちになにか隠しているような気がします。二人の間の溝は、意外と深いかもしれません」

デビルの〝女の勘〟を侮ってはいけないのだ。僕の胃はまたキリキリした。

大久保通りをてくてく歩き、ほどなく、土井垣邸に到着した。

門を抜けて緑豊かな庭を通ったとき、風がふわりとそよいだ。湿度の低い空気が初秋を予感させる。

玄関扉は大きく開かれ、内装の作業員たちが出入りしていた。ホールの中央では、グリーン・リフォームの大和田《おおわだ》さんが図面を広げて睨んでいる。僕たちに気づくと、丸い頬にえくぼを作って短い腕を上げた。

「やあ、どうも」

緑色の作業服の上着からTシャツの白いお腹が突き出ていて、典型的な中年太りだ。

「こんにちは、大和田さん」僕は歩み寄った。「近くまで来たのでついでに寄っ……」

デビルが僕のふくらはぎを思いきり蹴っ飛ばしたので、悶絶した。

「お世話になってます、大和田さん。そろそろ塗装に入っているころかと、時間を作ってわざわざ見にきたんですよ」

「そりゃほんとにすみませんねえ、神崎さん。細かい修繕が多くてなかなか進まなくてね。人手も足りなくて参りますよ。でも、ようやく明日から入れそうです」

「工程はだいぶ遅れていますから、超特急でお願いしますね」

すぐにテナントが入る予定はないし、そんなに急がせなくてもいいんじゃないかな。

心中のつぶやきが聞こえたかのように、デビルに横目で睨まれた。

彼女は大和田さんに、さも困ったような表情を見せた。

「いつ入居申し込みが入るかわかりません。内装が遅れたせいで契約ができなかった、なんてことにならないよう、ぜひよろしくお願いしますね」

確かに正論ではある、と痛む足をもう一方の足でこっそりさすりながらうなずく。

「神崎さんには逆らえないなあ」大和田さんは苦笑いすると、ホールの右側にある家具を指した。「このきれいな棚は、このままでいいんですよね」

「ええ」デビルが答えた。「作り付けの家具なので」

初めてここに来たときにデビルのいとこのレン君が飛び出してきた、棚に見える隠し扉のことだ。実は、土井垣夫人も隠し扉だと知らず、ご主人からは「扉が壊れて開かないのだけれど、さる高貴な方から頂戴した高価な棚で下手に修繕できないから、そのまま置いておく」と聞いていたという。

——レンさんはなぜ知っていたのでしょう

デビルは答えた。

——おおかた、探検ごっこでもしているうちに気づいたんですよ

開け方がわからないのでレン君に聞いてみたらとデビルに言うと、睨まれた。

——教えてなんて言ったらレンが調子に乗ります。それに、あの扉が使えるようになったら隠し階段の修繕も必要になりますので、開かない棚のままでいいんじゃないでしょうか

土井垣夫人も賛成したのでそのままにしておくことに決まったが、僕は汚れが気になり磨いてみたのだ。黒だと思っていた表面は美しい紅茶色に変化し、今や立派に〝さる高貴な方から頂戴した〟家具に見える。

屋敷を出たとき、携帯が鳴った。ブランメゾン西早稲田の管理会社からで、管理人に電話し

たが、再度彼から話を聞いて五十嵐さんに伝えてくれ、とのことだった。

「わかりました。五十嵐さんと会う予定なので、その前に管理室に伺います」

電話を切ってデビルに報告すると、あきれた顔をされた。

「結局、先輩が動くんですね。管理会社の人は一度電話しただけで、あとはなんにもしないってことですよね」

「まあ、どのみち僕も関わらざるを得ないし、五十嵐さんと約束した十八時までまだ時間があるから、管理人に会って話を聞いてくるよ」

「わかりました。ここまで来たら、付き合います」

ブラン《白い》メゾン《家》西早稲田は築十年ほど。その名のとおり白い外壁の、ハイグレードな五階建て分譲マンションだ。エントランス部分には手入れの行き届いた低木が茂り、ホールや廊下部分は明るく、ゆったりと造られている。ワンルームから3ＬＤＫまで異なる間取りが混在しており、居住者は単身者・夫婦・ファミリーなど、様々だ。ワンフロアに八室。五十嵐さんの住む五〇八号室は一番端に位置している。

エントランスのオートロックテンキーで管理室の番号を押した。すぐにドアが開き、僕たちは正面にある管理室を訪ねた。

丸顔の室町さんは小柄な身体をグレーの作業着に包んでいた。六十歳前後だろうか、色黒の顔に深い皺が刻まれている。苦労人の風貌だ。ゆったりと動く人で、物腰は柔らかい。僕たちを管理室の中に通してお茶まで出してくれた。

六畳ほどの室内には、受付用窓ガラスの前に事務机、中央に簡易な応接セット、その他キャビネットなどが窮屈そうに並んでいる。デスクにはファイルや文房具の他に、週刊誌、薄緑色の包装紙、茶筒や小ぶりの木箱などが雑多に置かれており、思わず片付けたい衝動にかられた。住み込みだそうで、隅の扉の向こうが居住空間になっているようだ。

彼は、デスク上方にある二台の監視カメラモニタを見つめながらゆっくりと口を開いた。

「五〇七号室の河津《かわづ》クメさんは、穏やかな優しいおばあさんです。前任者からも、彼女は誰とも諍《いさか》いをおこしたことはないと聞いとります。ゴミを廊下に捨てるなんてあり得ないし、私も見たことがない。あの貼り紙は、河津さんと私を恨んでいる誰かの嫌がらせに違いない」

デビルが質問した。

「実際に廊下にゴミが落ちていたりすることは」

「そりゃ、ゴミはたまにはあるし、植木のところは誰でも入れるから近所の子供がいたずらして葉っぱをむしることくらいあるでしょう。だけど、河津さんがそんなことをしているのを見たことはないし、そんな話も聞きません」

「もし五十嵐聡美さんの狂言だとしたら、なぜ河津クメさんのことを書いているのだと思いますか？」

「私が五十嵐さんのゴミの捨て方を注意したときに、偶然、河津さんも見ていたんですわ。それで、彼女のことも逆恨みしているんじゃないかと」

「五十嵐さんと話は」

室町さんは困ったように首を振った。

「いや。私を避けているようです。だからこそ、貼り紙なんて姑息な手段に訴えているのでしょう。かないまへんな」

「室町さんは関西ご出身ですか？」

「大阪暮らしが長かったので、どうしても関西弁が抜けないようですな」

「長かったというと、ご出身ではないのですか」

「実は、生まれは新宿です。十代の終わりに大阪へ行き、長年あちこちの会社で働いていましたが、四年前に知人の紹介で東京での管理人の仕事を得ました。まあしかし、短期の契約社員なので安定はせんのです。ここも、正社員があと半月で赴任してくるまでのつなぎです。次の赴任先はまだ決まっとりませんで、独り身とはいえ、ちょっと焦っとります。どこかいいところありませんかね」

僕は思わず乗り出した。

「私は管理部ではないのでわかりませんが、もしあったら、必ず声をおかけします。大阪でも管理会社だったんですか」

「いや。別の仕事を。害虫駆除なんかのね」

「害虫駆除？」デビルが顔を輝かせた。「ひょっとして、室内に湧き出る緑の虫を駆除する薬をご存じではないですか？」

質問が唐突だったようで、室町さんはびっくりしたような顔になった。

「知らんでもないですが、お困りですか」

「はい」僕も答えた。「非常に困っています」

室町さんは僕をじっと見つめた。

「最近じゃインターネットでもいいのが売っている。入手しやすそうなものを調べて、お教えしましょうか」

「ありがとうございます」僕はデビルと笑みを交わした。「助かります」

管理室を辞去し、エレベーターホールに向かった。紫色の杖をついたちっちゃな老婦人が、スーパーの袋を提げてエレベーターを待っていた。短く切りそろえられた白髪と穏やかな表情。佇《たたず》まいが上品だ。

ご婦人が会釈をしたので、僕たちも黙礼した。

彼女も五階で降り、五十嵐聡美さんの部屋のひとつ手前で立ち止まった。小さなハンドバッグを開いて中をごそごそと掻き回している。

デビルが優しく声をかけた。

「よかったら鍵をお探しの間、お荷物をお持ちしましょうか」

五〇七号室の河津クメさんは目尻の皺を深くした。

「それはご親切に」

僕が荷物を持つと、ご婦人はさらに時間をかけてようやく鍵を取り出し、開錠した。扉を押さえてあげると、彼女は焦げ茶色のロングスカートを揺らしてゆるゆると中へ入っていく。玄関部分と、それに続く廊下の光景が自然と目に飛び込んできた。三和土には、いったい何人住んでいるのかというほど靴が並んでいるし、廊下には箱やら紙袋やら掃除用具やら種々雑多なものが所狭しと置かれ、左脇の靴箱の上は電気ポットほどの大きさの毒々しい赤色の花瓶で占領されていた。ついつい視線を向けると廊下の壁にも、同じような禍々しい赤色の、狐が中央に描かれた小ぶりの水彩画が掛けられていた。彼女の外見からは思いもよらぬ猥雑《わいざつ》ぶりに、まさに狐につままれたような心持ちになった。

彼女は丁寧にお辞儀をすると、扉を閉めた。僕は思わずつぶやいた。

「河津さん、よくわからない人だなあ」

「そうですか？　私はすごく親近感が湧きましたけど」

ライトブルーのテーラードジャケットと九分丈パンツを粋に着こなすデビルを横目で見ながら、お世辞にも整頓されているとは言えない彼女のデスクを思い出した。

河津クメさんからも事情を聞くべきか。いや、まずは五十嵐さんから。

五〇八号室を訪ねると、五十嵐聡美さんは不機嫌そうな顔で出てきた。すらりと背が高く、帰宅したばかりなのかグレーのパンツスーツ姿だ。光沢のある生地はイギリス製だろうか、仕立てもいい。

強いオーラを放つ人の前では大いにビビる僕とは裏腹に、デビルはさっそうと名刺を差し出した。五十嵐さんは上品で控えめなデザインのネイルアートが施された細い手でそれを受け取ると、僕たちを室内に通してくれた。

短い廊下の正面にはグレーの細かい格子模様のガラス戸があり、その先に十五畳ほどのリビングダイニングルームが広がっている。黒と白とライトグレーを使ったモノトーンのインテリアは、頬骨が高く唇が薄い彼女の、怜悧《れいり》な雰囲気にぴったりだった。

僕たちが黒い革張りのロングソファに座ると、五十嵐さんは向かいの一人用ソファに浅く腰掛けた。背筋が伸びていて、まだ仕事中みたいにピリピリした表情だ。こういう人は怒りを露わにしなくても充分恐い。僕は遠慮がちに口を開いた。

「貼り紙の件ですが」

僕を値踏みするかのように彼女が首を傾けると、手入れの行き届いたショートボブが、さらさらと頬の脇で揺れた。

「あの管理人ね、自分の気に入っている一部の住人の世話しかしないの。私みたいに気に食わない相手には、とことん冷たい。お隣のご婦人のことも気に入らないから、あんな貼り紙で嫌がらせしているのよ」

「ですが、管理人さんはまったく知らないとおっしゃって……」

「ところで、どうして仲介会社の澤村さんが来たのかしら。私は管理会社に電話したはずですけど」

事情聴取を押し付けられたとは言えず、さあ、と苦笑いして首をかしげる。

「私がゴミ置き場で資源ゴミをうっかり違うところに捨てたら、あの人、鬼の首でも取ったみたいに得意げに注意してきて、頭にきたわ。それに先日偶然見たのだけれど、河津さんが廊下で転びそうになったとき近くにいたのに、手も差し出さなかった。あんな感じの悪い人が管理人だなんて」

「五十嵐さんは、河津クメさんとは親しいのでしょうか」

「挨拶を交わす程度です」そして、冷笑を浮かべた。「というか、私は河津さんからも嫌われているみたい。声をかけても避けられちゃうの。私、冷たい人間だと見られやすいから」

危うくうなずきそうになったが、必死に否定の表情を浮かべつつ言った。

「私のほうから管理会社に連絡をしてみたのですが、今一度、管理人から話を聞いてもらうよう話してみます」

彼女はへえ、というように少し眉を開いた。

「澤村さんが管理会社に掛け合ってくれたの？」

「はい」急にデビルが身を乗り出した。「澤村がかなり頑張って交渉しました」

「そう。ありがとう」彼女は僕をじっと見つめた。「まずは管理人をよく調べてください。あの人、澤村さんみたいな温《ぬる》い……いえ温かい雰囲気の人にはすぐに馴れ馴れしくなると思う。そうしたらきっと本性が出るわ」

はあ、と僕は弱々しく微笑んだ。眼力の強い女性は、恐い。

アポがあるというデビルと別れ、僕は急いで会社に戻った。事務仕事が山積みだ。今日も残業決定。

パソコンと格闘するうちに午後八時を過ぎた。一人またひとりと社員は帰っていく。フロアに誰もいなくなり、来週の契約書類一式とグランハイツ十二社の募集図面がようやく終わった。一息入れるべくコーヒーを飲もうと席を立ったところで、部屋の入口から楽しげな話し声が聞こえてきた。

入ってきたのはデビルと、今日は休みのはずの二課の後輩、大橋滉輔だった。

「先輩、お疲れ様です」デビルはにこやかに言った。「契約書類できました?」

「う、うん」

大橋には見えない角度で、デビルが僕に冷たい視線を送ってきた。

「さっき試しに私から大橋さんに電話してみたら、すぐに捕まったんですよ」

僕が三回も電話して出なかったのに、なぜ?

クールな細面の大橋は、濃紺のポロシャツにカーキのチノパンツというラフないでたちだ。デビルより一歳年上で、家族代々K大出身というボンボンだ。

彼はウェーブのかかった前髪を指先でちょっとつまみながら、淡々と言った。

「サワさん、お疲れ様。聞きましたよ、コーポ・スカイのこと。具体的な留守電を残してくれたらコールバックしたのに。いつもの書類の確認なら明日でもいいかと思って」

緑の虫の件で、とメッセージを入れたような気もするけど、ちゃんと伝えられていなかったのかもしれない。

「神崎さんから電話もらって、すぐにオーナーに連絡を入れました。最初は、虫ぐらい入居者のほうで対応してほしいってスタンスだったんだけど、マンション全体で駆除すれば効果的だと説得して、検討してもらえることになりました」

「そうか。ありがとう」

「今、管理部に寄って、見積りを出してもらうよう依頼しました。それが出たらオーナーと相談するので、しばらく時間がかかると思います。入居者にはサワさんから説明しておいてください」

わかった、と言う前にデビルが口をはさんだ。

「急いだほうがいいですよ。入居者の星雅也さんはものすごくお怒りで、対応が遅かったら都庁にクレームを入れるとまでおっしゃっています」

都庁に？　僕は聞いてない。

「まずいな」大橋はいつもの平静な表情を少し崩した。「わかった。できるだけ早くやるよ」

不動産業者は〝都庁にクレーム〟という言葉に弱い。東京都の不動産業者免許を取り仕切っているのは都庁だ。お客様からのクレームによって、最悪の場合は免許取り消しまであるのだ。

「ところで神崎さん、今日はもう終わり？」大橋は前髪を親指と人差し指でつまんだ。「行きつけのイタリアンバーに行こうと思ってるんだけど、一緒にどうかな」

「ご一緒したいところですが、仕事が残っていて今夜は残業です。また誘ってください」

「残念だな。じゃあまた」大橋は去りかけて、振り向いた。「そうだサワさん。昨日、若宮課長のところに奈緒《なお》さんからメールがあったそうですよ」

胃が、ずん、と重く沈み込んだ。

「フランス語のことで質問してきたって。元気らしいですよ。じゃ、俺はこれで」

大橋は明るい表情で去っていったが、僕は少々うろたえていた。

奈緒さんって誰ですか、と聞かれたらなんと答えよう。

しかし、デビルは恐い顔でこう言った。

「もっと大橋さんに強く言わないとダメですよ」

「でも、お休みなのにわざわざ会社に来てくれたんだし」

「甘いです」睨んできた。「大橋さん、けっこういいかげんですよ。頼んだことを忘れているときがあるし、やったと言ったのにやってなかったこともあります。明日、管理部にも確認してくださいね」

「はい」

「昼間会った室町さんから、害虫駆除の薬の情報を聞くのも忘れないでください。それで時間を稼ぎましょう」

「そのう、星さんは本当に都庁にクレームを入れると言ったっけ?」

デビルの目がギラギラと燃えた。

「言ってませんよ。あのくらい強く出ないと大橋さんが動かないから」恐るべし、デビルの駆け引きの妙。「契約書類、できてますか？」

「できたよ。内容、確認する？」

彼女は書類を受け取ると、ころりと表情を変えて微笑んだ。

「澤村先輩が作ったんですから、間違いないでしょ」

こういう言葉に、かなり救われた気分になる。僕は少し立ち直って言った。

「募集図面は登録済みだよ。下宮様の物件は数件ピックアップしたけど、もう少し見つけて明日アポを取るよ」

「ありがとうございます。じゃあ、今日は帰りましょうか」

残業があるのでは？　あれもブラフか。

おおくま荘一〇五号室の黒田喜三郎さんが勤める居酒屋のショップカードが上着のポケットにあるのを思い出し、取り出して眺めた。夏目坂近くの渋そうなお店だ。パートナーとして二ヶ月以上行動を共にしていながら、二人きりで酒を飲みに行く機会はまだない。誘っちゃおうかな。黒田さんもぜひ来てくれと言っていたし……

「そういえば」彼女は書類をデスクの引き出しにしまいながら言った。「さっきの話に出てきた奈緒さんって、以前総務部にいた方ですよね」

思わずショップカードを取り落とした。

「……なんで知っているんだ？」

「酒井さんの同期だと聞きましたよ。パリでインテリアの勉強なんて、カッコいいですね」

「そ、そうなんだよ」声が思いきり上ずった。「ええと、実は、彼女は僕の元奥さんで、二年前に結婚して一年前に離婚したんだけどね」

口走ってから、墓穴を掘ったと気づいた。

「そうですか。じゃ、お疲れ様でした」

デビルはどうでもよさそうに挨拶して去っていった。

わざと黙っていたわけではないが、バツイチであることをデビルに言いそびれていた。

篠山《しのやま》奈緒は二歳年上で、総務部の先輩だった。なかなか仕事を覚えられない僕を辛抱強く指導してくれた。姐御《あねご》肌で面倒見がよく、しっかり者で明るい彼女が好きになったが、告白できないでいると、奇跡的に彼女からアプローチしてくれ、二年の交際期間を経て結婚した。しかし、わずか一年で離婚した……いや、離婚された。

そもそも僕が賃貸営業部に異動したのは、夫婦が同じ部署にいるのはいかがなものか、片方を別の部署に移そう、ついては優秀な事務員である篠山を残して澤村を……という上層部の思惑によるものだった。

総務にいるころは、朝礼で「今月は〇〇万円売り上げました」「契約本数は〇本です」と誇らしげに発表する営業員を羨望のまなざしで見ていた。彼らはみな〝俺たちが社員を食わせてやっている〟というプライドを持っており、自分もそんなふうになってみたいと憧れた。しかしいざその立場になった今、考えが甘かったとつくづく思う。

がらんとしたフロアを眺めて、寂寥《せきりょう》感を覚えた。総務部にいたころはまだ自分の居場所があった。事務仕事を正確に処理していれば、そこそこ評価してもらえたからだ。しかし、営業に出てからは空回りばかり。一生懸命やっているのに、大橋やデビルのように成績を上げられない。

向いていないとつくづく思うのに奈緒が辞めたあとも営業部に留まらされている。いつも、いっつも損な役回りだ。どうして僕はこうなってしまうのだろう。

「今日はモカですか。美味しいですね」

喫茶まるものいつもの席の向かい側で、デビルが満足げに微笑んだ。

本日、月曜日。代休が取れたので、例によって午前中はぐうたら過ごし、昼下がりに至福のひとときを過ごすべくお気に入りの喫茶店にやってきたのに、見計らったかのようにデビルが電話してきて（『先輩、お休みでいいですね。どこにいるんですか？　あ、やっぱり。ではちょっとお邪魔します』）、あっという間に僕の前に座っている。

「書類、ありがとうございました。無事契約終了しました」

「お疲れ様でした」

デビルが美味しそうにコーヒーを飲むのを見ていると、押しかけられたにもかかわらず、かなり癒される。

「それと今朝、おおくま荘の黒田喜三郎さんから電話がありました」

「えっ」和みムードが一瞬で掻き消えた。「また二階のクレーム?」

「あのアパート、近々建て替えるのかって」

「いや、ないと思うけど」

「すぐオーナーに確認し、予定はまったくないと黒田さんに伝えたら、安心していました」

「なぜそんなことを聞いてきたのかな」

「今朝、ゴミを捨てるときに二〇五号室の窪塚翔太さんと会ったそうで」

警戒しながらすれ違うと、『どうせもうすぐおさらばだから』と言われた。思わず「出ていくのか?」と聞くと、窪塚さんはそそくさと行ってしまった。前々から隣のアパートに建て替え話があると聞いていたので、こちらも一緒に行うことになったのではないかと不安になり、問い合わせてきたという。

「窪塚さん、引っ越すつもりなのかな。手狭な感じはあったなあ」

「それから、大橋さんと早稲田のそば屋でランチしてきました」

「……えっ?」なぜ早稲田のそば屋に、わざわざ大橋と。「そう。美味しかった?」

「へぎそばが美味で、ざる五枚も食べてしまいました。で、窪塚さんはお休みでした」

……ああ、彼が勤めているそば屋に行ったのか。だけど、なぜ、大橋と。

「このところ休みがちだそうです」

「体調が悪いのかな。この間はそんなふうには見えなかったけれど」

「窪塚さんね」デビルは眉根を寄せた。「三週間ほど前に、お客さんと揉めたそうです。それが尾を引いているようだって、店主さんが」

「……どうやって聞き出したの？」

「仲良くなって」いつもながら仕事が早い。「窪塚さんの実家は長岡《ながおか》の老舗そば屋だったけど、四年前に潰れてしまったんですって。お父さんが過労で亡くなったあと、お母さんはお店の再建を夢見ていて、それで窪塚さんが東京に修業に来ているそうです」

「そんな話まで聞いたんだ」

「店主さんが窪塚さんのお母さんと幼馴染《おさななじみ》だそうで、ちょっと水を向けたらペラペラ話してくれました」僕ではぜったいに聞き出せない。「窪塚さんの扱いに困っているみたいでした。お客さんと諍いを起こしてから休みがちだそうで」

「ところでそのう、それと、騒音となにか関係があるのかな」

　恐る恐る聞く僕に、デビルはすまして答えた。

「それを考えるのは先輩の役目でしょ。知恵を絞ってくださいね」

　そ、そう言われても……そうだ。

「そういえば彼、首にタオルを巻いていたよね。ちらっと見えちゃったんだけど、痣みたいなのがあったんだ。お客さんとケンカしたショックでぼうっとしていて、ベッド代わりのロフトから転げ落ちて大きな音を立てたっていうのはどうかな」

「あり得ますね。テレビの大音量はなぜかしら」

「ええと、一時的に耳がおかしくなった、とか」

「建物の構造にも多少は問題があるのだから、窪塚さんがきちんと謝れば、黒田さんもあれほど怒らないと思うんですよね」

「一度『うるさい』と言った手前、謝りにくいのかな」

「二人の間に、私たちの知らない確執があるのかもしれませんね」それにしても、どうして大橋とそば屋に行ったのかなあ。「黒田さんは騒音そのものより、窪塚さんの態度に怒っていますし、窪塚さんは黒田さんを嫌っているみたいだし」僕を誘ってくれてもいいのに。どうせ代休の日も出勤したりしているし……

「先輩、聞いてますか?」睨まれた。「先輩のためにわざわざ偵察にいったんですからね」

「あ、ありがとう」

「ところで、さっきからあの貼り紙が気になっていて」壁に貼られた半紙には達筆なマスターの手書きで『自家製団子《だんご》』とある。デビルはうっとりと言った。「ぜひとも食べてみたいな～」

「じゃあ、ええと、僕がおごるよ」

「ありがとうございます! マスター、お団子ください。コーヒーのお代わりも」

先ほどから水のピッチャーを持って僕の背後をうろうろしていたマスターは即座にカウンターに戻ると、小ぶりの三色団子が二串載った渋い古伊万里《こいまり》皿を運んできた。

「マスター、すごく美味しいです!」

デビルが目を輝かせて言うと、マスターの顔がみるみる赤くなった。

「松山土産《まつやまみやげ》にもらった団子を食べて研究しました。中の餅は少し固めでしっかりとした食感でしょう。小豆《あずき》もうずら豆も国産にこだわりました。その一口感がまたいいんですよね」

マスターがこんなに長くしゃべったのを初めて聞いた！

「澤村先輩、めっちゃ美味しいです」デビルは僕を見据えて、力強く繰り返した。「めっちゃ美味しいです」

「よ、よかったらお代わりして」

「ありがとうございます！」

デビルは、〝タスマニアデビル〟の名のとおり大食漢である。一見たおやかな文化系女子だが、食欲はまるきり体育会系だ。昼食はしっかり食べてきたはずなのに、すでに三皿目がなくなりつつある。まさか四皿目に？　デビルは澄まして言った。

「かわいらしいサイズだから、いくらでも食べられちゃいますね」

他の客をほったらかしてコーヒーのお代わりをしきりに注いでくれるマスターが、ふとつぶやいた。

「坊っちゃん団子」

「ああ、そうか」僕はうなずいた。「小説『坊っちゃん』に出てくる団子ですね」

デビルは首をかしげた。

「『坊っちゃん』って、夏目漱石《そうせき》でしたっけ？」

「うん。それで思い出したけれど、おおくま荘のそばの〝夏目坂〟は、漱石のお父さんが名づけたと言われているんだ」

「どうして?」

「あの近くに漱石が住んでいたから。彼は新宿出身なんだ」

「漱石は、四国出身かと思っていました」

「『坊っちゃん』は、東京在住の主人公が松山の旧制中学校へ教師として赴任する話だよ」

「そうでしたっけ」彼女は悪びれもせず言った。「小説、読まないもので」

「漱石は今の新宿区喜久井町《きくいちょう》で生まれて、晩年は夏目坂のそばの早稲田南町の〝漱石山房〟と呼ばれた家で、執筆をしていたんだ」

「先輩、もの知りなんですね」

「たまたまだよ。新宿に長くいるから」

謙遜《けんそん》したが、まんざらでもない気分でコーヒーをすすっていると、デビルが急に顔を上げた。

「そうだ。ブランメゾン西早稲田の管理人の室町さんから電話があって、害虫駆除の薬を入手したから、取りに来てくれと言っていました。つてがあって、タダで手に入ったからあげますって」

それは助かる。いい人だな、室町さん。

「和菓子を持っていってくださいね。管理室に羊羹と最中《もなか》の箱が置いてありましたから」

なるほど、デスクにあった包み紙と木箱は和菓子屋のものか。さすが観察眼が鋭い。

坊っちゃん団子をひと串つまみあげ、明日これを持っていけるだろうかと思案した。

「それと、五〇八号室の五十嵐聡美さんからも電話がありました」

「管理会社にも話しておいたけれど、五〇七号室の河津クメさんから話を聞く場合は、くれぐれも慎重にお願いしますって」

「な、なんて?」

あの品のよいご婦人に、「あなたを中傷する貼り紙に心当たりは」などと、聞きづらい。もう少し状況が掴めてからにしよう。

デビルは僕をじっと見つめて言った。

「五十嵐さんは、先輩のことが好きですね」

「は?」団子を取り落としそうになった。「そ、そんなバカな」

デビルが手をひらひら振った。

「恋愛感情とまでは言いませんが、大いに気に入っている感じです。好き嫌いが顔に出るタイプですから、すぐわかります」

「……君が言うなら、そうなんだろうな」

「私のことは苦手そうです。そういう空気がビシビシ伝わってきました」デビルは僕を睨んだ。

「気に入られたからといって、ほいほい雑用を引き受けないように気をつけてくださいよ。先輩は巻き込まれ体質なんですから」

「はい。だけどそんなふうに思われていたなんて、ぜんぜん気づかなかったなあ」

デビルは首をかしげた。

「先輩はお客様に興味がないんですか?」

言われてドキリとした。

「仕事をこなすのに精一杯で、人を見る余裕がないというか」

「私はお客様のことを知りたいから、いろいろ観察します。人と話すのって楽しいし」

デビルのように周囲を惹きつけるオーラを持っていれば、人との会話は楽しいだろう。印象の薄い僕は、次に会ったときに「どちらさまでしたっけ」と聞かれることが多く、わかっていてもけっこう凹む。

初めてデビルと会ったときから気づいていたが、雰囲気や性格が奈緒に似ている。明るくて社交的で、人と接するのが好きで観察力に優れている。

でも、奈緒とは決定的に異なる点がある。それが最近わかってきた。デビルは自分の要望を伝えるだけで、僕からの返答は求めない。つまり言いっぱなし。

奈緒はどんな些細なことでも僕に意見を求めた。どう思う？　どうしたい？　どう進めようか？　僕の答えはいつも同じ。

――奈緒のいいほうでいいよ
それが本音だったし、そう言うのが正しいと思っていたけれど、うまくいかなかったのだから、正解ではなかったんだろう。僕は最後まで、彼女の望む答えを与えられなかった。

「じゃ、私はこれから案内なので。ごちそうさまでした」

結局、なんで大橋とそば屋に行ったのか聞きそびれたな。

デビルを入口まで見送ったマスターが戻ってきて、テーブルに薄い文庫本を置いた。

『坊っちゃん』だ。

喫茶まるものカウンターそばにある書棚には、マスターが趣味で集めたのであろう本が置いてある。流行りのミステリや漫画に交じって、純文学作品もちらほら。

「漱石、お好きなんですか?」

マスターは微かにうなずくと、なにか言おうとして照れたように下を向き、行ってしまった。なんだろう。

年季の入った文庫本のページをめくってみた。有名な書き出しから始まり、どんどん惹きこまれていく。

主人公の坊っちゃんこと〝おれ〟は東京で生まれ育ち、旧制中学校の数学教師として四国の松山に赴任する。真っ直ぐな性格の江戸っ子が初めて田舎に行き、個性豊かな同僚に囲まれてあれやこれやと事件が起きる。初めて読んだのは中学生のころだろう。改めて読み返してみると、切れのよい文章にわくわくさせられる。

赴任先の中学の同僚教師たちにあだ名をつける(僕も同僚にあだ名をつけたっけ)。小さな町なので一挙手一投足を監視され、閉口する。寮の宿直で生徒たちにからかわれる。下宿屋の旦那に骨董品をしつこく勧められる……無鉄砲な〝おれ〟が苦労している様子が、なかなか楽しい。

読み進むうち、どこかで聞いた話だと気づいた。

団子屋で団子を食べると、翌日、教室の黒板に『団子二皿七銭』と書かれるくだり。

「ブランメゾン西早稲田の貼り紙みたいだ」

寮の宿直室の布団に入ると、バッタ（実際にはイナゴ）がたくさん入れられていた。

「これはまるで、コーポ・スカイの緑の虫じゃないか」

これまた宿直室でのエピソードだが、寝ていると二階で騒がしい音がする。走って見にいくと、生徒たちは静かに寝ている。しばらくするとまた騒音。詰問するが、知らん顔。

「おおくま荘の騒音と一緒だな」

現代の東京の賃貸クレームと明治時代の松山のエピソードが同じだとは不思議なものだ。

会計の際に、マスターに本を返した。

「坊っちゃん団子、美味しかったです。漱石が新宿に住んでいたこともあって、親しみがわきますね」

マスターは下を向きながらつぶやいた。

「……神崎さん」

「彼女がなにか？」

無言が続き、マスターは無愛想につぶやいた。

「ガラス戸のうち。おすすめ」

それきり黙ってしまった。相変わらず、僕には最低限の単語しか発しない。

団子の持ち帰りができるか聞いてみると、本日は売り切れとのこと。残念。

外に出た。九月ももうすぐ終わり。今日は暑くも寒くもない。日差しが柔らかく、そよ風が心地よい。一年中こんな陽気だったらいいのに。鼻歌を歌いながら住宅街を歩いた。

就職してからずっと新宿区の西の端あたりで暮らしている。ごちゃごちゃした戸建てや小さなアパートが密集している地域だ。最初に住んだワンルームアパートは神田川沿いだった。結婚して引っ越した2DKのマンションは商店街の裏手。

現在は、築三十年ほどの五階建てマンションの、最上階の一室を借りている。エレベーターはない。だから相場より安い。

えっちらおっちら階段を上がり、我が城の扉を開けた。

三十五・四〇平米の1LDK。玄関を入り短い廊下を右折して木目格子のガラス戸を抜けると、十畳のリビングダイニング。奥には六畳の寝室。量販店で買った家具や家電は雑多な色合いだが、ひととおり揃《そろ》っていて不自由はない。僕は、僕の住まいを見回した。

離婚してこの部屋に引っ越してきた直後は寂しかった。一人。独り。ひとり。

就職してから七年間も一人暮らしをしてきたのに、たった一年の共同生活を経ただけで、一人があんなに寂しいと感じるとは思わなかった。しかし、最近は忙しすぎて寂しがる暇もない。僕をこき使うパートナーに感謝すべきか。

自分の部屋のガラス戸を見つめたとき、マスターとのやりとりを思い出した。

待てよ。マスターはデビルに漱石の本をおすすめしたかったのでは？　僕は『坊っちゃん』をデビルに渡すべきだったのだ。つくづく気が利かないな。

ということは『ガラス戸のうち』も漱石の本だろうか。

携帯で検索すると、無料で読めるサイトにその作品があることがわかった。概要と感想が書かれたサイトも見つけた。

『硝子戸《がらすど》の中《うち》』は、漱石が亡くなる前の年に発表された随筆集だ。病気がちでウツ気味で〝漱石山房〟の書斎に閉じこもっていた漱石。その硝子戸の中で、訪ねてくる人々のこと、飼っていた犬の死、幼少期の思い出、近づく〝死〟などについて淡々と書き綴《つづ》っている作品だという。

「ガラス戸のうち、か」

ふと、おおくま荘の、ダイニングキッチンと奥の部屋を隔てる磨りガラスの引き違い戸を思い出した。

ブランメゾン西早稲田のリビングダイニングの入口は、グレーのガラス入り格子戸だった。室町さんがいる管理室にも、ガラス戸がある。

そして、劇団員の星雅也さんが住むコーポ・スカイの部屋にも、玄関を入ってすぐのところにガラス入りの木製格子戸があったことを思い出した。

ガラス戸の中に住む人。みんな、独り暮らし。

僕はリビングを抜けて寝室に入った。正面の窓からは、多くの低層マンションやアパート、その合間に一軒家、奥に高層ビル、その上方には薄まった水色の空が見える。ベランダの戸を開けると、ゆるい風が頬を撫《な》ぜた。

人と居住空間を結びつける。それが不動産仲介業。

営業職に就いて二年。向いていないと心の中で愚痴りつつも、必死に走ってきた。ようやく最近、ちょっぴりだが来し方行く末を見回す余裕が出てきた。

不動産屋はマンションやアパートや一軒家を〝物件〟と呼ぶ。それが飯のタネだ。でも、ひとたび入居者が決まり引っ越してくると、そこはただの〝物〟から、〝住まい〟という名の空間に変わる。

新宿の街に数限りなく建つマンションやアパート。その一部屋一部屋に人が住んでいて、人生がある。喜び、怒り、哀しみ、楽しみ。一人ひとりが想いを抱えて生きている。

お客様の居心地よい住まいのために、僕になにができるだろうか。

ベッドに寝転ぶと、『硝子戸の中』を読み始めた。

翌朝早く、新宿中央センタービルの桜屋で小鯛焼きを買い、そのままブランメゾン西早稲田に向かった。

管理人の室町さんは手土産の和菓子に感激してくれた。

苦労人という第一印象。関西に長く住んでいたという情報。彼を嫌う五十嵐聡美さんというファクター。そんなものをひっくるめて、僕は彼を観察してみる。

最初は慇懃《いんぎん》な感じだったけれど、何回か会ううちに旧知の間柄みたいに親しみを持って接してくれる。僕の観察力や直観がどれほどのものかはわからないが、五十嵐聡美さんが言うほど高飛車なタイプではないと思うのだが。

「これです」二センチほどの白くて丸い塊が数個、袋に入っていた。「業者だけが入手できる特殊な薬でして高価なものなんですが、特別にタダでお分けします。いろんな害虫に効きますよ。使い方はね……」

見た目はただの虫よけ団子だが、室町さんの丁寧な説明を聞いたら、いかにも効きそうだ。これなら星さんも納得してくれるだろう。僕は感激して礼を言った。

「お役に立ててよかった」相好《そうごう》を崩した室町さんは、一転して深刻そうな表情を浮かべた。「実は、この間お会いしてからちょっと気になっていたんだが、澤山さん、最近、ずっと不運続きじゃないですか？」

「そ、そうです」

「私、けっこう霊感が強くてね。大阪にいるときに、有名な占い師のもとで修業をしていたんですわ……」彼はじっと僕を見つめた。「ああ、やっぱり！」

「な、なんでしょうか」

「このあたりに」僕の頭の右上を指した。「悪い〝気〟が、怪しい〝霊〟が取り憑いている」

「えっ！」

「心当たりはありませんかね。最近、周囲で変な死に方をした人はいませんか」

「……まさか」僕は土井垣邸を思い描いた。「いま預かっている物件の所有者が三年ほど前におかしな亡くなり方をしたんですが」

「それだ」彼は僕の頭上の空間をじっと見つめた。「老人かな。気難しそうな」

「ご老人です。お会いしたことはないんですが、気難しい人かもしれません」

彼はしばし宙を睨んだのち、僕を見据えた。

「かなり強い霊のようだ。大阪の占いの師匠に相談してみましょうか。いいお祓い方法があると思うんです」

お祓いと聞いて須賀神社を思いついたが、室町さんの真剣な表情に心を打たれた。僕のことを本気で心配してくれているのだ。

「では、その師匠に聞いてみていただけますか」

「わかり次第、ご連絡します。それまで身の回りに注意を払って生活したほうがいい。それと、他人には話さないように。話した相手まで取り憑かれる場合があるから」

「わかりました。誰にも言いません」

そうか、クレーム続きなのは、悪い〝気〟のせいだったのか。

——クレームがきたら淡々と処理する……それだけです

デビルはそう言ったが、通常業務をこなす間も、誰かの〝怒り〟が僕の胃の腑《ふ》に重い塊として沈殿してしまう。たとえ直接僕が責められているのでなくても、ひどく滅入ってしまう。そういう性分なのだ。

しかし、室町さんの話を聞いてちょっと救われた。今回は僕の性格のせいばかりではないようだ。この際、室町さんのお祓いに頼ってみよう。

コーポ・スカイ一〇三号室の扉を開けた星雅也さんは、ほんの少しだけ嬉しそうだった。

「宇宙人を撃退してくれるんだって?」

彼の目が怪しく輝いたので、僕は緊張した。

「あのですね」慌てて、室町さんからもらった袋を鞄から出した。「この餌を害虫が食べると徐々に効いてきまして、巣に戻ると死ぬくらいのタイミングでして、するとその巣にいる虫たちにもじわじわと効いてくるそうで、卵にも効き目があるそうで……」

星さんがじっと見つめてくるのでますます硬くなり、話にとりとめがなくなっていく。いつものまずいパターンだ。ようやくひととおりの説明が終わると、星さんは僕を睨みながら言った。

「はたしてその薬で本当に宇宙人がいなくなるのだろうか」

「は、いえ、その」

「緑色の宇宙人だよ。虫みたいな形はしているけれど、あれは確かに地球外生物だ。今の話だと、まるでゴキブリ退治の薬みたいに聞こえるけど、大丈夫なのか?」

「外見が虫ならば、この薬も効くのではないかと。以前に害虫駆除会社に勤めていた知人が私のために取り寄せてくださり、それを譲っていただいたものなので……」

鋭い視線に怯んだ。知り合いにもらったなんて言わずに管理会社が動いたと説明したほうが説得力あったのかな。彼は怒りを露わにし、黄泉《よみ》の国から轟くような重い声でまくしたてた。

「あなたは、バカなのか? ボクの話を真に受けているのか。この前の幽霊もトイレの侵入者もスパイも、みんな信じているというのか。なぜそんなに愚直に対応してくる。少しは怒ったらどうなんだ」

そう言われても、僕の神経回路には〝怒り〟というモードはほとんどない。

「お、怒ったほうがいいんでしょうか」

「そうだ、怒れよ！　今すぐ怒ってみろ！」

こういう直截な怒りは、じっと耐えて嵐が過ぎ去るのを待つしかない。恐怖で震えつつ、ひたすら頭を下げ続けた。

しかしあまりの沈黙の長さに、恐る恐る顔を上げた。星さんは憤怒の形相のまま僕を睨んでいた。

「澤村さん」

「は、はい」

「悪かった！」彼が突然、頭を下げた。「嘘をついたのさ。宇宙人なんていないんだ」

真剣な表情だ。

僕は、おずおずと聞いた。

「緑の虫は、いなかったってことですか」

「ちょっとむしゃくしゃして、澤村さんに文句を言いたくなっただけなんだ」

つまり、狂言だった。

身体中から力が抜けて、思わず半歩前によろめいた。

「そう、ですか」

そりゃ、宇宙人ではないと思ったよ。だけど緑の虫が何匹も布団でもぞもぞしていたら気持ち悪いだろうと思って必死に対応しようとしたわけで、それが嘘だったとは。

なあんだ。

でも、これでクレームのひとつは片付いたのだ。僕はようやく笑みを浮かべた。

「虫がいなくて、本当によかったです」

星さんがまた怒りの表情に戻った。

「なに、その反応」

再び緊張する。

「ね、念のため薬は置いていきますので、よかったら使ってくださいね」

星さんの怒りのボルテージが再上昇していく。

「どうして怒らないんだ！　こんなにバカにされたのに！　おかしいだろ！」

僕は慌てた。

「そのう、実は、星さんが病気で幻覚を見ているのかもしれないと心配していたんです。でも違った。私をからかいたかっただけですよね。星さんは病気じゃない。虫も出ていない」薬をやっていたのでもない。「怒るどころか、いいことだらけで安堵《あんど》してます」

星さんは目を剝いて僕を睨みつけたのち、がっくりと頭を垂れた。「すみませんでした！」

「失敗した」いったん背筋を伸ばすと、最敬礼をした。

「……あのう？」

「澤村さんて」急に丁寧な物腰だ。「最初に会ったときからぜんぜん怒らないタイプだなと思っていたんだ。そういう人がどんなことで怒るのか、知りたくなったんだよ」

意味がわからない。

「究極のいい人とちょい悪な奴とではどちらがより面倒な人間か、というテーマで次の芝居を書いているんだ。常にいい人が突然キレたら、いったいどんな怒りを見せるのか。そういう怒りは普段から怒りを小出しにしている人とどう違うのか。爆発的な怒りの表現とは……そんな脚本《ほん》を書きたいんだが、ここに越してきて以来、なんだかスランプで」

この場所のせいなんだろうか。

「前のアパートより静かで広くて駅から近くてエアコンは快適だし給湯もばっちりで、こんなに環境がいいと、究極の怒りとか苦悩とか、そういう感覚が鈍っちゃって」

「アパートに不備がないのはなによりですが、そんなことに」

「だから、ここを紹介してくれた澤村さんに責任を取ってもらおうと思って、不動産屋が嫌がりそうな変てこりんなクレームを連発してみたってわけ」

そこは、わかるような、わからないような。

星さんはじっと僕を見つめたのち、ちょっぴり苛立ったように身体を揺らした。

「これでも怒らないの？」

僕は混乱しきった頭を実際にブルブル振って、どうにか気持ちを落ち着けようとした。

「本来なら、管理部や物件担当や害虫駆除の薬を用意してくれた方のために怒るべきなのでしょうが、実は今、他にもトラブルを二つ抱えておりまして、星さんの問題が片付いて心底ほっとしたところなんです」

ぎこちなく微笑むと、彼は突然笑い出した。

「すごいね、澤村さん」なぜか腹を抱えて笑っている。「究極のいい人は、ちょい悪の奴より強《こわ》いってわけだ」

「こ、恐いですか？」

「いやいや」室内に引っ込むと、茶色い小封筒を持ってきた。「本当に申し訳ない。これ、お詫びです」

とんでもないと必死に断ろうとしたら、星さんの所属する劇団の無料チケットだというのでいただくことにした。次の作品のチラシも入っていた。『吾輩はなにものでもない』前衛劇だろうか。難しい内容だと寝ちゃうんだけどな。

コーポ・スカイを出て脱力したところで、携帯が鳴った。

『室町です。さっきの件ですが、師匠に聞いてみたところ、以前に私が買っておいたお札が除霊に効くようです。ちょうどよかった。私が念を込めたものを安くお譲りしますよ』

すでにクレームがひとつ解決したところを見ると、もうお札の効果が出たようだ。

できるだけ早く取りにいくと約束した。このまま一気に、すべてを解決できる気がしてきたぞ。

会社に着き、二階への階段を上がりながらデビルの顔を思い浮かべた。星さんのこと、怒られるかな。

――先輩は巻き込まれ体質なんですから

二課のシマに行く前にちょっとコーヒーでも、と逃避気味に給湯室に入ろうとすると、中から声が聞こえた。

「だけど、神崎さんも災難だよね。よりによってサワさんがパートナーだなんて」

大橋だ。僕は入口の陰で固まった。

「片方が不在や多忙のときにもう片方が補うのがパートナー制度の主旨であって、一緒に動くものじゃないよ。神崎さん、サワさんの面倒を逐一見てあげているじゃないか。大変だよね」

「いえいえ」デビルの明るい声に、僕はますます身体を硬くした。「そうでもないですよ」

「営業成績はほとんど神崎さんが上げていて、そのおこぼれをサワさんがもらっているんだろう。おまけに、どうでもよさそうなクレーム処理とかで神崎さんの時間が取られていては、効率が悪すぎるよね」

「澤村先輩、なんでも真面目に受け止めちゃうから、時間がかかるんですよね」冷や汗が出た。

「でも、私は契約書類や募集図面の作成を全部やってもらっているので、けっこう助かってます」

「サワさん、丁寧なのはいいけれど、例えば募集図面にあんなに細かく条件を書かなくてもいいと思うんだよ。ぱっと目を惹く図面構成が大事なのであって、あとは口頭で説明すればいいんだからさ」

デビルがふいに給湯室から出てきたので思わず回れ右をしたが、むろん気づかれた。

「先輩、おはようございます。星さんに害虫駆除の薬を届けたんですか」

「う、うん」

後から出てきた大橋が、少々気まずそうに前髪を指でつまんだ。

「例の緑の虫の人ですね。薬って?」

星さんのクレームが狂言だったと言おうとして、デビルの言葉を思い出した。

――先輩には駆け引きがないんですよ

「ええと、その、知り合いから駆除の薬をもらったので届けたんだ。そうしたらすごく喜んでいたよ。とても効く薬だそうだから、これでクレームも収まるかもしれない」

かなり早口になったが、嘘も方便。やればできる。

「そうですか」大橋の声が弾んだ。「実はあのオーナー、言うことがコロコロ変わっちゃうので厄介なんです。もしその薬でうまくいったら、助かるな」

ほっとした表情の大橋の後ろで、デビルがいぶかしげに片眉を引き上げている。なにか察したようだ。あとで説明せねば。

「神崎さんから聞きましたが、サワさんはほかに二つもクレームを抱えているそうで」

大橋がしきりに前髪をなでつけるのを見て、ふと『坊っちゃん』の教頭先生、通称〝赤シャツ〟を思い浮かべ、僕は言った。

「この間、漱石の小説を読んだんだけど、本の内容と今回のクレームがシンクロしていて、なんだか不思議でね」

シンクロの内容を話すと、赤シャツ……いや大橋はなぜか気の毒そうに微笑んだ。

「おもしろいこと考えるんですね」

やっぱり変だったかな。チラリとデビルを見る。会話を聞いていないのか、微動だにせず沈思黙考している様子。新発売のケーキのことでも考えているのだろうか。

大橋が言った。

「騒音のクレームはよくありますよね。たいてい音を出すほうが悪いんだが、ご近所同士の仲が悪くてわざと文句を言うなんてケースもあって、面倒ですよね」

「今回も、一階と二階の人がいがみあっているみたいで」

「もうひとつの自作自演疑惑は謎ですねえ。自分で貼った貼り紙を自分で発見するなんて、まったく無意味だ」大橋は冷たく言い放った。「犯人はやっぱり管理人なんじゃないですか。あと半月でマンションからいなくなるんでしょ。今のうちに、気に食わない居住者に嫌がらせしておこうと思っているとか」

「そんなことはないと思う。管理人さん、すごくいい人なんだよね」

大橋は小さく肩をすくめた。

「じゃ、俺はアポがあるんで」

彼が出ていったあとも、デビルはコーヒーカップを握りしめたままフリーズしている。

「神崎さん、どうかしたの？」

「閃きました！」

彼女は唐突に叫ぶと、カップを僕に押し付けて走り出した。

追っていくと、デビルは自分のデスクで鞄をごそごそと掻き回している。

「先輩、これです！」

薄い文庫本を取り出した。

「それ、漱石の」

「おおくま荘のザワザワは、これだったんです」

デビルの話を聞き、僕は大きくうなずいた。

「あり得るね。ダメじゃないはずだけど、契約書にはそのことを明記していないし」

……待てよ。

デビルは、おおくま荘はこれだと言った。確かに説明がつくけれど、なにか、こう、デビルではないがザワザワというかモヤモヤした嫌な気分が、胸に去来した。

三物件のクレームと漱石の作品中のエピソードが、くるくると頭の中を回っている。

ブランメゾン西早稲田の貼り紙、窪塚さんの騒音、星さんの緑の虫。

狂言？　隠しごと？　ウツ状態……？

「ひょっとして……！」

思わず小さく叫んだ。

疑念を口にしようとしたとき電話が鳴り、デビルがすかさず取った。

「星様からです」

まさか、またクレームの狂言が復活？　しかし、星さんの声は明るかった。

『さっきの害虫駆除の薬なんだけどね……』

彼の話を聞いて、はたと思いついた。『坊っちゃん』の、あのエピソード。

受話器を置き、デビルを凝視する。

「あのさ確認だけど、僕は巻き込まれ体質なんだよね」

彼女は、待ってましたとばかりに蠱惑的な笑みを浮かべた。

「今度はなにに巻き込まれたんですか？」

風に秋のにおいが混じり、日差しは柔らかい。十月初旬の早朝。街はまだ眠たげだ。

固唾《かたず》を飲んでいた僕の耳に、ガタッ、という鈍い音が響いた。

「きた！」

僕は部屋を飛び出して、隣室の扉を叩いた。

「窪塚さん！　おはようございます。いらっしゃいますよね。開けてください」ドンドン叩くが、返事はない。「窪塚さん！　鍵を開けますよ！」

合鍵を使って扉を開けた。奥の部屋に通じるガラス戸は閉まっている。飛びつくようにガラス戸を開け、予想していた光景を見て一瞬だけ怯んだ。

「早く、助けろ！」

背後から黒田喜三郎さんが叫んだので、ようやく僕は室内に飛び込み、ロフトの手すりから首を吊っている窪塚翔太さんを下から抱え上げた。

その間に黒田さんがロフトの梯子をよじ登り、ロープをカッターで切った。

僕と窪塚さんは薄い絨毯の上に倒れ込んだ。

思わず、室内を見回す。いない。

いや、いた。

薄く開いた窓の向こうに、大きな目をした太った黒猫。

「大丈夫か、若いの」黒田さんが梯子にへばりついたまま声をかけた。「救急車呼ぶか？」

窪塚さんは倒れたままひどく咳き込み、片手を弱々しく振った。そして、細い赤痣が横断する首をさすった。その指先も赤く変色している。手でロープを摑んでいたようだ。

僕はようやく一息つくと、窪塚さんをゆっくりと起こして座らせた。彼は涙目だ。

「さ、澤村さん……」

僕は絨毯の上に正座して言った。

「ここ三日間、隣の二〇四号室で待機していました。こういうことが起きるのではないかと思って」

「すげえな」黒田さんは興奮気味に言った。「おまえさんの言うとおりになったぜ」

僕は携帯で連絡を入れた。

「やっぱりだったよ。でも無事に救出できた」

『よかった。五分ほどでそちらに行きます』

「えっ、近くに来てるの？」

『車内で待機していました』

「誰が来たって？」黒田さんが嬉しそうに言った。「神崎さんかい？」

デビルはダークブルーのスーツ姿でおおくま荘二〇五号室に入ってきた。早朝にもかかわらずすっきりとした顔をしている。

　四人はダイニングキッチンに落ち着いた。椅子は二つなので僕とデビルは立ったままだ。猫はいつの間にか消えていた。

　デビルはテーブルにあたたかいペットボトルのお茶を置いた。窪塚翔太さんはそのお茶をじっと見つめたまま、つぶやいた。

「……どうして」

　誰も答えなかった。黒田さんはぐびりとお茶を飲み、デビルは窪塚さんを見つめ、そして僕は、ガラスの引き違い戸に近づいた。

「ガラス戸のうち」僕の言葉に、窪塚さんがぴくりと動いた。「先日、神崎と夏目漱石について話をしました。その昔、この近くに漱石が住んでいたんです」

「ああ」黒田さんはうなずいた。「坂の下に、誕生の地の碑《ひ》があるねえ」

　僕はガラス戸の向こうへ行き、本棚を見つめた。文学全集の背表紙の中に『夏目漱石』の文字。本を取り出し、パラパラとめくった。

「『硝子戸の中』という随筆があります。漱石はこの本の中でたびたび〝死〟について言及している。亡くなる前年の作品なので、病気がちだった彼は自らの死を意識していたのかもしれません。ガラス戸という言葉で」磨りガラスを指した。「僕はこのアパートの引き違い戸を思い浮かべました」

三人がガラス戸の向こう側から、こちらを見つめていた。

「漱石の随筆の中には自殺願望のある女性が出てきます。自分の美しい思い出を守るために死んでしまうか、それとも生き続けるのか……女性と漱石はそんな会話をするのです。この随筆を読んだあと、僕は、窪塚さんがこのアパートのガラス戸の中で、死を考えているのでは、と思いついてしまったのです」

彼は嗚咽《おえつ》をこらえている様子だった。デビルが、静かな口調で言った。

「窪塚さんの実家は、長岡でも評判の老舗おそば屋さんだったそうですね」

そば屋は長引く不況のためか四年前に倒産し、父親は過労で亡くなってしまった。窪塚さんは再建を願う母のために、高校卒業と同時に東京に出て有名なそば屋で修業を始めたが、店主とそりが合わずに二年で辞めた。今のそば屋でも、順調とはいかなかった。

デビルがそば屋に何度か通って話すうちに、店主はこうこぼしたという。

――つかみどころがないんだよな
いつもおちゃらけているくせに意外と神経質で、ひとつのことが気になるとそればかりやって、一歩も進めなくなる。お坊ちゃん育ちで叱られることに慣れていないせいか、注意をするとムキになって言い訳するので、店主はさらに怒る。すると翌日は無断欠勤するのだが、その次の日には飄々とした顔でやってきて、なにごともなかったかのように仕事をする。厳しくしたらいいのか少しはおだてたほうがいいのかわからず、ほとほと困っている……

デビルは淡々と言った。

「窪塚さんのことを穿鑿《せんさく》するみたいになってしまって、すみませんでした。でも、私が初めてここを訪れたときに、なにかザワザワしたものを感じたんです。それで気になって」

デビルは喫茶まるもで夏目漱石について聞いたあと、殊勝にも作品を読んでみようと本屋へ行き、『吾輩は猫である』を買った。そして、給湯室で僕が漱石の話をしたときに気づいた。

窪塚翔太さんの部屋に入って、なぜザワザワしたものを感じたのか。

――あれは、猫アレルギーのザワザワでした

デビルは、窪塚さんが猫を飼っていることを隠そうとしていたのでは、と言った。それを聞いた僕は、同じ漱石でも『吾輩は猫である』ではなくて『硝子戸の中』を思い浮かべた。

仕事場でのトラブル。そりの合わない近隣住民。家族からの期待。

ロフトの柵が曲がっていたこと。首に痣があったこと。「もうすぐおさらば」とつぶやいたこと……

「神崎の推測だけでは説明のつきにくいことがいくつかあり、どうしても気になって、放っておけなくなったんです」

おおくま荘のオーナーに「明け方にへんな虫がたくさん出るというクレームがあるので、試しに二〇四号室に待機してもいいか」（我ながら嘘がうまくなったものだ）と言ってマスターキーを借り、可能な限り隣室で見張ることにした。デビルはあきれたが、止めなかった。──先輩も、ひとつのことが気になるとそればかりやるタイプですものね

黒田さんが、ぼそりと言った。

「自殺のきっかけは、なんかあったのかい？」

窪塚さんはうつむいたまま答えなかった。

黒田さんは、椅子の上で居心地悪そうに身体を揺すった。

「オレを見て、嫌気がさしたんじゃねえか？」窪塚さんの肩がびくりと動いた。「飲食店に勤める独り身の中年が小さなアパートに住んでいて、その室内にゃ家具がろくになくて、なにが楽しくて生きているのか、なんの夢があるのかって、そう思っちまったんじゃねえか？」

窪塚さんが固まったままなので、デビルが優しい表情で言った。

「三週間ほど前にお店のお客さんと言い合いをしたそうですね。知り合いのようだった、と店主さんから聞いたんですが」

彼は、くしゃりと顔を歪ませた。僕たちは待った。

やがて窪塚さんは、とつとつと話し始めた。

「……高校時代の同級生が、彼女を連れてやってきたんです」掠れた声で続けた。「久しぶりに会ったらすっかり変わってた。彼女のことや大学に通っていることを自慢するし、俺の実家

が倒産したことなんかを平気で彼女に説明したりして……なにしにきたんだろうって思った」

彼の固く握りしめられていた両手が、ぶるぶる震えた。

「あいつ、高校時代はサエなかったのに、すっかり垢《あか》抜けた大学生になってた。それにひきかえ、自分は草臥《くたび》れた労働者だ。みじめな気分になった」

僕のほうを向くと、少しだけ微笑んだ。

「澤村さんは読書家なんですね。俺は、作家になるのが夢だったんです。大学に行っていろいろ勉強するつもりだった。でも父さんが死んで、のんきなことは言っていられなくなった。俺は不器用で料理なんて向いていないから地元の企業に就職しようとしたんだけど、『そば屋を再建したい』と拝むように泣く母さんを見たら嫌とは言えず、修業に出たんです」

彼は再び顔を歪めた。

「でも、最初の店では怒鳴られてばっかりだった。けっこう我慢したんだけどついに頭にきて、店長とケンカして、クビになった。今の店に移っても、俺はまったくの役立たずで」彼は寂しそうな表情を見せた。「ここいらは大学生が多いでしょ。彼らが食べにくるのを見るたびに思った。ほんとなら俺はあっち側にいたはずなのに……みじめでした」

期待をかけてくる母親が、日に日に重荷になった。帰りたくても帰れない。前に進めそうな気配すらない。暗闇の中で、もがき苦しんだ。

「黒田さんの部屋を見たとき、すごく焦ったんです。俺も一生、この狭いアパートから逃れられないのだろうか、って」

毎晩、実家の物置部屋程度の広さしかないアパートに帰るたび絶望に打ちひしがれたが、誰にも相談できなかった。

「どこかにいなくなってしまいたいと毎日思っていた」彼の視線はロフトの柵へ向いた。「同級生とケンカした翌朝、もう修業をやめてしまおうかと思いながらロフトを降りたとき、閃いた。この柵にロープを結んで首にかけたら、すべてをやめられる、と」

僕たちは切れたロープを見つめた。

「俺が死んだら、あんなに小うるさく言ってきた母さんも、バカにしていた同級生も前の店長も、かわいそうにと泣いてくれたり、後悔したりするだろう」

その思いつきは、日に日に頭の中で大きくなったという。

「ある朝、ロフトに座り込んでロープを柵に結びつけた。今日こそこの世とおさらばだ。俺はロープを首にかけた」

そのとき、ロフトの小窓から突然、ニャア、という声が聞こえた。彼はびっくりして滑り落ちてしまった。当然のことながら首が絞まってしまい、パニックを起こして梯子をつかんで、慌ててロープを外して下に落ちた。

「それが」黒田さんが目を見開いた。「あのドスン、という音か」

黒猫は部屋に入ってくると、茫然とする窪塚さんの周囲をぐるぐる回っていたが、やがて、小窓から出ていった。

「……自殺さえも満足にできなかった。その日は落ち込んで、店にも行かなかった」

翌朝、再び決意して柵にロープを結んでいると、同じように猫がやってきた。

「小さいときに実家で飼っていたネロって名の黒猫にあいつが似ていて、すごく気持ちが安らいだ。俺を励ましにきたのかな、って」

しかし、猫は大声で鳴きドタバタ走り回るので、アパートの住人に知られたらまずいと思い、テレビを大音量でつけた。猫はしばらく室内で遊んだあと、ひょい、と出ていった。

「数日後に猫はまた来てくれた」彼は小さく笑った。「猫の餌を買ってきて窓のところに置いてみたら、それから毎日来るようになった。だけど、黒田さんに怒鳴り込まれたときはビビった。バレたらここを追い出されるかも」

東京で最初に入居したアパートはペット禁止だったため、このアパートでも禁止だと思い込んでしまい、猫が来ることを隠さねばと考えた。

僕たちの来訪前には、猫のにおいを消すために線香を焚いたのだという。それがあの、きつい変なにおいだったのだ。

「ところが、三日前からまったく来なくなって、俺はついに猫にも見放されたのかと……」

丸めた肩の中に、顔をうずめた。黒田さんが、上目遣いに聞いた。

「そんなに死にたかったのかい」

窪塚さんは、ゆっくりと首を横に振った。

「よく、わからない」

黒田さんはふう、とため息をついた。

「そうだよなあ。オレだって、もう嫌だやってらんねえと思ったことは何度もある」一瞬、遠い目をした。「オレの実家の食料品店も、オレが若いころに潰れてよ」

窪塚さんがはっと顔を上げると、黒田さんは苦笑いを浮かべた。

「もともと継ぐ気もなかったんだが、倒産のあとお袋も親父も次々に死んじまって、踏んだり蹴ったりだった。だが一流の割烹料理屋の板長になるという夢があったから、懸命に修業した。しかしよ、有名店の板長になれるのは板前のうちのほんの一握りだ。努力だけじゃあ埋められねえものも確かにある。オレにゃ目を瞠るような才能はない」

彼は腕を組み、天井を見つめて続けた。

「オレぁ結婚もできなかったし、ずっと独りだ。親が死んだとき家の始末が大変だったんで、いつなんどきくたばっても周りに迷惑かけねえように、余分なものは一切持たねえ主義だ。『飛ぶ鳥跡を濁さず』ってやつだな。だけどよ、てめえの命を捨てようと思ったことだけは、いっぺんもねえ」

黒田さんは、窪塚さんを見据えた。

「オレたちのような凡人は、今いる土俵で精一杯戦うしかねえだろ。一流どころの花板にはなれなかったが、オレの料理が美味しいと言ってくれるお客さんはいる。おまえさんだって今の店でお客さんに感謝されたこと、一度や二度はあるだろう。同級生は、そりゃ、ちっとは自慢したかったかもしれんが、おまえさんの様子を見にわざわざ来てくれたんじゃないかね」

窪塚さんはすすり泣いている。黒田さんはささやくように続けた。

「オレぁ学はないが、漱石の名前の由来なら店のお客さんから聞いたことがある。知っているかい」

窪塚さんは小さな声で言った。

「漱石枕流《そうせきちんりゅう》……自分の失敗を認めないで、屁理屈《へりくつ》を並べて言い逃れをすること、です」

黒田さんが、よし、というように大きくうなずいた。

「うまくできねえことはいっぱいある。できないならできないと、認めちまえ。だけどよ、ただダメダメ言ってる奴はもっとしかたねえ。そりゃあしかたねえ。そっから、じゃあなにならできるかを考えりゃあいい」窪塚さんの涙は止まらなくなっていた。「愚痴ったあげく自殺なんぞ思いつくくらいなら、さっさとおかあちゃんのところに帰っちまえ。親は生きてるうちに大事に……」言葉を止め、片頬で笑った。「いや、甘えさせてもらっておけ」

窪塚さんは堪えきれず号泣し、誰にともなく繰り返した。

「すみません、すみません……」

翌日の土曜日、僕とデビルはブランメゾン西早稲田五〇八号室にいた。

五十嵐さんはTシャツにジーンズというラフな服装で、足を組み、ゆったりとソファの背もたれに身体を預けている。

モノトーンの室内にはコーヒーのふくよかな香りが充満していた。僕は一口飲んだ。ものすごく美味しい。

五十嵐さんは小さく微笑んだ。

「ありがとうございます。あの管理人を追い払ってくださって」

「ぼ、僕が追い払ったわけでは」

「いえ、澤村さんが彼の悪事を暴いてくれたんです」

室町さんは〝いい人〟ではなく、〝ちょい悪〟な奴だったのだ。

星さんからの電話のおかげで気づいた。

――せっかくだから使おうと思って袋を開けたら、うちにある市販の〝すぐさま虫退治〟って薬と寸分違わないみたいで。澤村さんが説明してくれた効能とは違うので、大丈夫なのかなと思って
特殊で高価な薬のはずなのに、おかしい。

ちょうどそのとき頭の中が漱石モードになっていた僕は、ふいに『坊っちゃん』の〝おれ〟が、下宿の主人から骨董品をしつこく勧められているシーンを思い出した。

無料の虫退治薬は、お祓いのお札を買わせるための布石だったりする？

五十嵐聡美さんは室町さんの本性が〝いい人〟ではないと主張していた。その根拠は、貼り紙に書かれた河津クメさんと関係がある？

室町さんを訪ねると、「もっとご利益のあるものがある」と、壺や数珠《じゅず》などが次々出てきた。それらはどれも、毒々しい赤い色だ。

勧誘に弱い僕はすぐさま、外で待機してもらっていたデビルを呼んだ。彼女が詰問すると、

室町さんはお札も壺もすべて引っ込めた。そして、その日のうちに姿を消したのだった。

デビルが静かに言った。

「河津クメさんはやはり騙されていたんですね。うちの管理部からの情報ですが『高齢者が赤い壺を高額で買わされた』という被害届が新宿区内で数件寄せられているそうです」

五十嵐さんはうなずいた。

「河津さんはちょっと呆《ぼ》けていたのよね。管理人はそのことを見抜いて親しくなり、二束三文の美術品を『高名な工芸家の作品だ』と偽って次々と買わせていたんだわ」

「五十嵐さんはそれを察知したんですね」

「あの管理人が来る前から、河津さんの様子が少しおかしいなと思っていたの」

通りすがりに玄関内が見えてしまう機会の多かった五十嵐さんは、以前はきれい好きだったはずの河津クメさんの部屋がだんだん汚れてきたことに気づいた。近所付き合いは面倒な性分だったが、さすがに気になって声をかけてみたところ、なぜか河津さんに警戒されてしまった。そんな折に室町さんが赴任してきて、河津さんに親切に接している。もし本当に彼女が呆けているなら管理人が対処するだろう、と安心した。ところが、事態は違う方向に進んでいるようだった。

「あの花瓶が置かれたとき、怪しいと思ったの。とても河津さんの趣味とは思えない。それで嫌われているのを承知で無理やり彼女に尋ねたのだけど、『もらった』とか『買った』とかはっきりしない。嫌な予感がして管理人を注視したわ。といっても、昼間は会社だから朝や土曜日くらいだけど」

十日ほど前に管理人が五〇七号室から出てきたところを偶然見た。彼の手には銀行の封筒が。河津クメさんの部屋の廊下には趣味の悪い絵が。

「ますます怪しい。でも彼女に聞いても答えが返ってくるとは思えない。こういうときにどこに連絡をしたらいいのかわからなくて、管理会社に電話をしたのよ。誰とは言わずに、住人の中に認知症の疑いのある人がいると言ってみたの。でも、行政に相談してくれと、逃げ腰で。どうも私が強く言うと、みんな引いちゃうのよね」

それで五十嵐さんは架空のクレームを貼り紙にして、管理会社が調べてくれることを期待した。

「でも管理会社は、クレームを処理するように管理人に言うだけで、誰も来なかったわ」

室町さんは五〇七号室が注目されて慌てたのか、できるだけ河津さんと距離をおくことにしたようだ。

「河津さんへの態度が急に冷たくなって、さらにおかしいと思いました。でも、管理会社は動かないでしょ。私ね、仕事では最前線でキリキリやっているから、家に帰ったときくらい世俗を忘れてのんびりしたいのだけれど、お隣さんの前を通るたびに『騙されているんじゃないか』と気になって、どうにも落ち着かない。面倒だけれど行政に連絡しないといけないかなあと思っていたら、澤村さんが来てくれた。で、『これはいいかも』と思ったんです」

僕ならきちんと調査をしてくれそうだと思ってくれたのだ。

デビルが小さな声で言った。

「いいカモ。適材適所でしたね」

「まさにそれ」五十嵐さんはクールに微笑んだ。「こんなにうまくいくとは思わなかったわ」

二人の女性は親密げに目配せしあった。いつの間にか意気投合している。

デビルが言った。

「河津さんのお金が戻ってくる可能性が低いのが残念ですけど、行政の人が来て、今後の生活の相談に乗っているそうですね」

「因果応報。あの管理人もいつか捕まるわよ」五十嵐さんはふうっとため息をついた。「いろいろとありがとう、澤村さん。お世話をおかけしました」

冷たく見えた五十嵐さんは、お隣さん思いの、おせっかい焼きだった。

僕とデビルは五〇八号室を出て一階へ降りた。エントランス前に行くと、臨時の女性管理人がガラス戸の中でぼんやり座っているのが見えた。

ここ、ブランメゾン西早稲田では、狂言が問題なのではなく管理人の隠しごとを暴くことが重要だった。

おおくま荘では、窪塚さんの隠しごとを見抜くことではなく彼のウツ状態を発見することが大事だった。

コーポ・スカイの星さんは、ウツ病ではなく狂言だった。

三つのクレームがくるりと輪を描いた。

これに気づけたのは『坊っちゃん』のおかげかもしれない。

「神崎さん、せっかくだから、漱石山房跡地の公園に寄ってみようか」

「だったら」満面に笑みを浮かべた。「ついでに、ランチにへぎそばを食べましょうよ」

八幡坂《はちまんざか》を歩きながら、立ち並ぶビルやマンションを見上げた。

窪塚翔太さんは、おおくま荘の賃貸借契約はペット飼育可だと知ると、たまに遊びに来る猫に〝ネロ〟と名前をつけ、律義に届けを出してくれた。そして、黒田喜三郎さんから煮物の作り方を教えてもらうことにしたそうだ。

ガラス戸の中で今日も誰かが、笑ったり怒ったり、落ち込んだり頑張ったりしているのだ。

夏目坂下の〝漱石誕生の地〟碑の前でデビルが立ち止まり、僕を見た。

「ふと思ったんですけど、三日間猫が来なかったのって、先輩が隣の二〇四号室で三日間見張っていたからじゃありませんか？」

僕が窓際で猫が来るやもしれぬと睨んでいたから、ネロは警戒して入ってこなかった……

「えっ、自殺の引き金は僕？」

デビルはにんまりと笑った。

「まあ、『人間なにごとも漱石の猫』とかいうことわざもありますから、結果オーライということで」

『人間万事塞翁が馬』だけど、いいか。今回は漱石が活躍したから。

第三話　入居申込人の事情

『阿部《あべ》さんと連絡が取れないんですが、どこにいるか知ってますか？』

デビルが切羽詰まった様子で電話してきた。

「阿部なら、さっきからずっと携帯で電話しているよ」

目の前の席にいる二課の営業員、阿部宏樹《ひろき》は、深刻そうな顔で携帯に耳を傾けていた。

『まだかかりそうですか。今ご案内している高瀬《たかせ》様がメゾンオパール落合《おちあい》の三〇二号室をご覧になりたいとおっしゃっているんですが、すぐ来られないでしょうか』

一向に電話が終わらないようなのでメモを差し入れると、阿部は困り顔で返事を書いた。

『ちょうどオーナーと話していますが、話が込み入っていて』

引き出しから鍵を取り出し、手刀を切って僕に詫びた。

つまり、物担の彼に代わって僕が鍵を届ける、ということだ。

ジェスチャーで「了解」と手を振ると、彼は何度も頭を下げた。

賃貸営業部二課のメンバーは、若宮課長と僕とデビルと大橋、そして阿部の五人。

スマートで知性派の大橋とは対照的に、阿部はガッツあふれるスポーツマンタイプだ。学生時代は野球に明け暮れていたそうで、背が高く肩幅や腰回りはがっちりしており、顔も四角くてごつい。体育会系の営業員は年配のお客様の受けがいいが、阿部はまさにそれだ。男女の別なく中高年のオーナー様から可愛がられている。

年は大橋より二歳上で営業歴は長いが、中途入社なので社歴としては新卒入社の大橋より後輩になる。年上の僕をちゃんと立ててくれるので、大橋よりも話しやすい。

僕はデビルの携帯に到着予定時刻をメールすると、鍵を摑んで飛び出した。

デビルは本日、築浅の2DK、2LDKを探している男性客を落合方面へ案内している。これから見せるメゾンオパール落合は築二十五年の1LDKだ。お客様が間取りの条件を途中で変えることはしばしばあるが、どちらかというと「もう少し広く」になることのほうが多い。今回は違うケースのようだ。

新宿駅でJR山手線《やまのて》に乗り、高田馬場《たかだのばば》駅で西武《せいぶ》新宿線に乗り換えた。

メゾンオパール落合は、その名のとおり落合界隈にある。

落合は新宿区の北西の端だ。北は豊島《としま》区、西は中野区に隣接しており、環状《かんじょう》六号線、通称・山手通りが縦断している。

豊臣秀吉が小田原《おだわら》攻めの際に徳川家康を連れションに誘って「無事平定したら関東をお前にやる」と約束し、小さな漁村と沼地を家康に押し付けたのが江戸の始まりと言われている。そのお江戸の町は、江戸城、現在の皇居を中心に発展した。

明治以降も、皇居をぐるりと取り巻くように環状道路や鉄道が整備された。その名残なのか、都心部の千代田区《ちよだ》・中央区・港区《みなと》は政治・経済・文化の中心地として栄えており、地価が高い。そのため我々不動産屋は一般的に、環状線であるJR山手線の〝内側〟にある物件のほうが〝外側〟よりも資産価値が上だと見なす。その次に目安となるのが山手線の一・五キロ外側を通る山手通りの〝内側〟か〝外側〟か、ということだ。

メゾンオパール落合は山手線の外側で山手通りの内側という、そこそこの好立地だ。落合界隈は、地価の高い新宿区の中では賃料相場や物価が比較的抑えられており、学生や収入の低い若者にも優しい街だと言えるだろう。

最寄り駅である西武新宿線の下落合《しもおちあい》駅を出た。大通りは整然とビルや高層マンションが立ち並ぶが、一歩裏に入ると、都心のわりには長閑《のどか》な住宅地だ。晴れた秋空の下、静かな通りを歩いた。風が少し肌寒く感じられる。気づけば十一月も半ば。冬はもう近い。

物件の前に着いたとき、道路の向こうからやってくる会社の車が見えた。デビルが運転席から手を振っている。

「先輩。ありがとうございます～」

紺のノーカラージャケットとワンピース姿のデビルが車から飛び出してきて、両手を合わせてすまなそうに微笑んだ。こういうときのデビルは、本当にかわいい。

後部座席から降りてきた四十代と思われる男性が、小さく頭を下げた。

「急にすみませんでした。神崎さんに図面を見せていただいたら見たくなっちゃって」

とんでもないですと言いつつ、視線が吸い寄せられたのはヘルメットみたいに黒光りしている頭髪だった。量の多い毛髪をワックスで固めているようだ。顔もなかなか個性的で、両目が離れ鼻が広がり唇が厚い。黒のストライプスーツはお腹回りがちょっときつそうだ。

彼のすぐ後ろに、小柄で清楚な雰囲気の女性が立っていた。夫に寄り添う物静かな奥さんのような、控えめな雰囲気だ。肩までのストレートヘアの上半分を後頭部でまとめてピンクのシュシュで飾っており、同色のフェミニンなワンピースがよく似合う。二十代後半くらいだろうか。

僕が名刺を差し出すと、デビルが二人を紹介してくれた。

「こちら、高瀬和彦《かずひこ》様とフィアンセの山田美沙《やまだみさ》様です」

高瀬さんは大いに照れた。

「神崎さん、まだ正式に婚約したわけでは。ほら、親に挨拶とか、いろいろあるでしょう」

「それは失礼しました」デビルは楚々《そそ》とした面持ちで微笑んだ。「でも、本当に1LDKでよろしいのですか？　遠からずお二人でお住まいになるわけですし、ご予算的には2LDKも可能ですが」

「美沙さんが、その予算が高すぎるのでは、と言うものだから」

高瀬さんは困ったように、それでいて嬉しそうに彼女を見た。美沙さんは、はにかんだ笑みを浮かべると涼やかな声で言った。

「あまりお高いところを借りたら、お義母様《かあさま》がきっとなにかおっしゃるわ」

「まあね」高瀬さんは一瞬見せた戸惑いの表情をすぐに打ち消した。「いや、母さんにはとやかく言わせないよ。僕が決めて、僕が家賃を払って借りるんだからね」

美沙さんは優しく諭すように言った。

「もちろんそうなのだけど、お義母様に『美沙さんがそそのかした』なんて思われたら困ります」二人の交際は母親から手放しで祝福されているわけではなさそうだ。「それに、私は和彦さんといられるなら、どんなところでも」

彼女が目を伏せると、高瀬さんは赤くなった。

「そうだね。正式に結婚が決まったらいろいろと物入りになるだろうし、贅沢《ぜいたく》しないで、予算を下げて探すことにするよ」

すぐに社に戻るつもりだったが、二人が微笑ましくて、案内に付き合うことにした。

「わあ、リビングが広々としていていいですね」

三〇二号室に入ると、美沙さんは楽しそうに室内を見回した。内装のテイストや設備は古いが、広いのが取り柄ではある。

デビルが二人をキッチンにいざなった。

「ガスコンロは三口ですので、お料理もいろいろできます」

美沙さんはぱっと高瀬さんのほうを向き、両手を合わせた。

「いいですね。私、お料理は大好きなので」

「そうなんだ。早く食べてみたいなあ」

彼女の手料理はまだなのか。初々《ういうい》しいなあ。

昨日のデビルの話によれば、高瀬さんは実家から通勤する大手IT企業のサラリーマンで、結婚を前提に付き合っている人のために思い切って一人暮らしを始めることにしたという。一度も実家を出たことがなく、母親の干渉が激しくてデートもままならないらしい。

相変わらず、デビルは顧客から情報を聞き出すのが上手い。

美沙さんは指先で耳の後ろの髪をなでつけながら、柔らかい口調で言った。

「和彦さん、ここでいいのではないかしら」

「本当にいいの？　オートロックはないし、管理人も常駐していないし、君みたいな若い子が」彼は一瞬、口籠った。「ほら、一人で留守番してくれることもあるかもしれないし」

「お隣もこぢんまりとしたマンションだし、そんなに危ない感じはしないから」

「それに、さっき見たマンションよりかなり古いよ。最新の設備が整った部屋のほうがいいんじゃないかな」

「私はそういうことにはこだわらないんです」

彼女がそう言いながら、ふと僕を見た。

「そ、そうですね」なにか気の利いたことを言わねば。「私も結婚を機に新居を探すときに、新築や築浅がいいのではと思いましたが、奥さんは築年が経っていても間取りが広々としているほうがいい、と言ってくれまして」

高瀬さんが感心したようにうなずいた。

「結婚されている澤山さんの言葉は、説得力がありますねえ」

「はあ。しかし、もうわかれ……」

そのとき、デビルが僕の右肘のすぐ上を思いっきりつねったので、目の前に星が瞬《またた》いた。

「さすが先輩」デビルは力強く言った。「経験者は違いますね」

僕は涙目で精一杯微笑んだ。バツイチからのアドバイスでは、確かに微妙な気分になるだろう。

「ここ、申し込んじゃおうかな。あのう、澤山さん」高瀬さんは僕の名刺を改めて眺め、慌てて顔を上げた。「すみません、澤村さんでしたね。いろいろと細かい相談に乗っていただけますか？」

「はい、もちろん」

「もしお二人がよろしければ」デビルがにこやかに僕を示した。「今後の契約手続きは澤村の担当でいかがでしょうか。もちろん、私もフォローさせていただきますが、やはり経験者の澤村のほうがいろいろとアドバイスができるのではないかと」

高瀬さんが快諾すると、美沙さんも嬉しそうに微笑んだ。

デビルは申込用紙を差し出した。

「詳細をご記入いただいて、澤村宛てにファックスかメールでお送りください。こちらの物件は交通の便がよくてリビングや寝室がゆったり造られている割にお家賃が手頃なので、すぐに決まってしまいます」実は三ヶ月以上空室状態であることをおくびにも出さない。「ご決心が固いのなら、できるだけ早くお申し込みくださいね」

高瀬さんは用紙を大事そうに鞄にしまった。

「せっかくだから」美沙さんは弾んだ声を出した。「このあたりを散策してから帰りましょうよ」

「そうだね。〝落合〟って地名は知っていたけれど、来たことがなかったから」

「落合は」デビルが言った。「神田川と妙正寺《みょうしょうじ》川の二つが落ち合う場所、ということで名づけられたようですよ」

「なるほど」

「川を底辺にして北側に台地が広がっているので、川沿いから何本も坂があり、ひとつひとつに名前がついています。それぞれ由来があるそうです」

「そういうのを散策するのも楽しそうだな」

僕も負けずに、落合界隈の知識を披露した。

「落合は大正から昭和の初期にかけて芸術家がたくさん住んでいた街です。当時はこのあたりも都心から少し離れた、自然豊かな地域だったんですね」

「へえ」高瀬さんは目を瞠った。「そういえば、新宿の由来も〝新たな宿〟って意味で、江戸時代、甲州《こうしゅう》街道を行く人が日本橋《にほんばし》から歩きはじめて新宿で一泊した、と歴史で習ったのを思い出しました」

「小説家の檀一雄《だんかずお》、画家の佐伯祐三《さえきゆうぞう》などが住んでいました。建物を見るのがお好きなら、佐伯祐三アトリエ記念館や林芙美子《はやしふみこ》記念館など見物されてはいかがでしょう」

「林芙美子?」

「『放浪記』を書いた作家です。有名な女優が長年主演を務めた舞台で知られています」

「でんぐり返しするやつですね」

デビルの言葉に、高瀬さんもうなずいた。

「ああ、ありましたね。あとでいろいろ調べてみよう」

「ほかには、牡丹が有名な薬王院《やくおういん》というお寺や、ホタルが見られるおとめ山公園など、自然いっぱいの場所が今も残っているので、ぜひ行ってみてください」

「おとめ山?」高瀬さんは美沙さんを見つめた。「おとめか。いい名前ですね」

「〝乙女〟がいる山……」ではなく江戸時代に将軍家の狩猟場だったので、一般人立ち入り禁止という意味の〝御留〟山です、と言う前にデビルに左肘の上部をキリキリとつねられたので、密かに無音の悲鳴をあげる。

二人をマンションの前でお見送りすると、とたんにデビルが睨んできた。

「『言わぬが花』ってことわざ、ありますよね。これから結婚しようという二人の気を挫《くじ》くような情報は不要です」

「ご、ごめん」

「まあ」デビルはすぐに微笑んだ。「高瀬さんと気が合ったみたいですから、あとはよろしくお願いします。先輩のお客さんにしてください」

つまり、営業成績も僕のもの、ということだ。申し訳ない。

「代わりに、先輩が手こずっている安西《あんざい》夫妻を引き受けますよ」

「……いいの？」

「先輩、安西さんに振り回されているでしょ」

デビルは僕を軽く睨みながら車のキーを差し出した。帰りの運転はもちろん僕だ。

安西道雄《みちお》さんは三十代後半。小さな貿易会社の社長で、市ヶ谷の2ＬＤＫのマンションを所有していた。奥さんの弥生《やよい》さんも同年代で、専業主婦だ。子供はいない。一ヶ月ほど前に、僕が問い合わせの電話を取った。

――いやね、知り合いが僕のマンションを気に入って、ぜひ譲ってくれと。まあ手狭になったし、いい値段を言ってきてくれたので売買契約をしたんです。一、二ヶ月で引き渡さないといけないので、とりあえず賃貸物件に移ろうと思ってね
さっそく市ヶ谷近辺で2ＬＤＫか3ＬＤＫの賃料三十万から四十万の築浅マンションを紹介したのだが、いざ案内の当日になったら、賃貸物件にはそう長くいないだろうからもっと小さな物件でいい、場所も市ヶ谷にはこだわらない、築浅で最新の設備が整っている1ＬＤＫを探してほしいと言い出した。

次は四谷や神楽坂の築浅のマンションを紹介したが、またもや案内当日の朝に、やはり2ＬＤＫにしてほしい、場所も静かな住宅地がいい、ただし新宿区内で、と言ってきた。

いろいろ探したあげく、落合界隈の物件を数件紹介した。すると場所は気に入ってくれたが、またもや間取りの変更を言ってきた。

――すまないけど、やっぱりもう少し狭いところを探してよ。引っ越しを機に今の家具は処分することにしたから荷物も少ないし

そこでつい先日、メゾンオパール落合に案内したのだが煮え切らず、なかなか決まらない。

「希望がコロコロ変わっちゃうお客様はいますけれど、時間も手間もかかりすぎです」

「す、すみません」

「なんとしても今月中に決めましょう」

デビルは今月も売り上げトップを狙っている。パートナーである僕からの配分も多少は助けになるはずだが、今のところ足をひっぱるのみ。

「安西夫妻には私もお会いしていますから、担当が替わったことを連絡しておきます。高瀬さんはお任せしますね。私よりも先輩のほうが、お二人と気が合いそうですし」

僕は気づいていた。美沙さんはデビルのことを好もしく思っていない様子だった。さもありなん。単なる不動産営業員ではあるが、若くてかわいい女性が自分の彼氏と親しげに話すのを見るのは嫌なはずだ。それにデビルも珍しく、美沙さんを持て余しているように見えた。如才ない彼女にしては、美沙さんへの対応は少しそっけない。若い女性同士、ライバル意識が芽生えたりするのだろうか。

そんなことを思い巡らしながら晩秋の新宿通りを運転した。びっしりと隙間なく並ぶビルの合間から、高くて薄青い秋空が覗いている。

携帯を見ていたデビルが、急にこちらを向いてにっこりと笑った。

「先輩、時間ありますよね。ちょっと土井垣邸に寄っていきましょう」

「そうだね」僕も微笑んだ。「もう家具の搬入は終わっているはずだ」

土井垣邸は内外装が完成したあとも、一向に案内が入らないままだ。打つ手がない中、つい先日、思わぬ助け船があらわれた。

「家具がタダで借りられますが、例のお屋敷にいかがですか？」

数日前の夕方、事務仕事をしていると、阿部が声をかけてきた。僕の横にいたデビルが、ぱっと顔を上げた。

「どんな家具なんですか？」

「豪華な雰囲気だから、合うと思うんだよね」

タブレットで写真を見せてくれた。

「わあ、いいですね」曲線のきれいなアンティーク調のソファやテーブルはどっしりと存在感があり、土井垣邸のリビングに置くのにもってこいだ。「家具付きの写真を図面に載せたら、反響がありそうです。どうしたんですか、これ」

「海外転勤が決まったお客様から、家具を処分してほしいと頼まれたんだ。それで課長に相談してみたら、リース家具として引き取って、試しにどこかで使ってみようということになって」

「土井垣邸を思いついてくれたんですね」デビルが心底嬉しそうに言った。「さすが、阿部さん」

阿部はごつい顔を思いきり緩ませて笑った。

「お役に立てたのならよかった。サワさん、運搬の手配をお願いできますか。箪笥《たんす》町《まち》のマンションです」

「至急手配するよ。ありがとう、阿部君」

「お礼はなにがいいですか？」デビルはとびきりの笑顔で言った。「阿部さんは洋菓子派でしたよね」

阿部はいかつい外見に似合わず、スイーツに目がない。もっとも、野球で鍛えた引き締まった身体には今のところ糖分の影響は表れていない。

「お礼なんていいよ、神崎さん」彼は細い目をさらに細めた。「でも、今度一緒に食事でも……」

「そうだ。パティスリー・ユサの、一日二十個限定販売のチョコレートスフレケーキはどうですか？」

「手に入るの？」デートのお誘いをスルーされたものの、阿部は破顔した。「予約は受け付けないし、行くといつも行列ができていて、なかなか買えないんだよ」

デビルは、野獣のごとく目を光らせて答えた。

「お任せください。狙った獲物は逃しません」

「なんの話？」

営業から戻ってきた大橋が声をかけてきた。阿部の営業パートナーだ。

大橋と阿部は、痩身《そうしん》とがっちり型、知性派と体育会系、酒好きと甘い物好き、と対照的で、仲がいいとは言えないが、仕事上は協力しあって共に営業成績は全社の中で上位を保っている。

「阿部さんが、土井垣邸にリース家具を見つけてきてくれたんです」

デビルが弾んだ声で言うと、大橋はいつもの癖で前髪をちょっとつまみながら言った。

「ふうん。あれ、サワさんが物担だよね」

「もとは私のいとこの紹介なんです。一刻も早く決めないと」

大橋は肩をすくめた。

「いつも一生懸命だね、神崎さん。そうだ」携帯を取り出して操作した。「土井垣邸って牛込《うしごめ》柳町《やなぎちょう》駅のそばですよね。先日、有名な芸人が書いた日本近現代史の本を読んでいたらその地名にまつわるエピソードが出てきて、おやっと思って詳細をネットで調べたんですが」

大橋は携帯画面を指した。

排気ガスが全国的に大問題になるきっかけとなった事件が一九七〇年に牛込柳町駅の近くの交差点で起きていた、という記事が載っていた。

「市谷柳町交差点は東西に延びる大久保通りと、南北に走る外苑東通りがクロスしていて、東と西の双方から急な坂を下ったどん詰まりに位置します。そのため交差点で渋滞が起きると、排気ガスが溜まる。谷底には商店が密集しているためガスの逃げ場がない。そのせいで住民が健康被害をこうむった……と大騒ぎになったそうです」

その後、行政がいろいろ対応したので、公害騒ぎは収まったという。

「そんなことがあったんだ」阿部がうなずいた。「でも土井垣邸は坂の中腹だから、当時も関係ないね」

「よかったです」デビルが微笑んだ。「昔の話でも、変な噂が立ったりしたら営業に差し障りますから」

「ところで神崎さん、もう仕事終わり?」大橋が気取った手つきで前髪を払った。「このあとドイツビールの店に行こうと……」

「土井垣邸に明るい兆しが見えましたね。じゃ、私は予定があるのでこれで」

デビルが明るく手を振って去ると、阿部と大橋は名残惜しげに見送った。

結局、リース家具は管理部管轄となり(さすが課長、きっちり押し付けたに違いない)、運搬も管理部が手配してくれて、今日の昼過ぎに搬入されているはずだった。

土井垣邸にやってきた僕たちは、感嘆の声をあげた。

リビングルームは、これからダンスパーティでも始まりそうな華やいだ空間に変貌していた。窓際の丸テーブルと二組の瀟洒な椅子もシンプルなデザインながら華やかさを醸している。サイ背もたれに細かい花模様をあしらったソファと優美な曲線の脚を持つローテーブルがいい。窓室内ができる限り広く見えるように、ドアの手前から構えたり、部屋の角にへばりついたり、寝っころがるほどの姿勢で写したりしてみる。

いいねいいね〜、と怪しげなカメラマンのように夢中で撮り続け、ふと顔を上げると、デビルがソファに座って携帯を見つめているのに気づいた。唇がゆったりと小さく動いている。

ソファの後ろにそっと回り込んだ。横向きの形のよい頭部と、華奢な肩がえんじ色の革張りのソファの背から覗いている。

いつも感心するのだが、デビルはとても姿勢がいい。今も、背筋がすっと伸びていて凛とした佇まいだ。子供のころにバレエでもやっていたのだろうか。

晩秋の陽光が大きな窓から差し込み、まるで印象派の絵みたいに彼女の白い横顔を浮かび上がらせた。思わず、シャッターを切る。

断じてストーカーではない、室内を撮っていたら偶然に写り込んでしまっただけだ、と自分に言い聞かせていると、デビルがこちらを向いてにっこり笑った。

「いい写真、撮れました？」

「ええと、その」慌てて天井なんぞを撮りまくった。「だいたい、撮れたかな」

突然デビルが、悪魔のように恐い顔で睨んだ。

「これ、先輩の物件なんですからね。いとこの紹介だから手伝っていますが、預かってすでに三ヶ月、そろそろ案内の一件も入れないと」

「す、すみません」

「土井垣夫人に募集賃料の値下げはお願いしてみました？」

「もう少しこのままで、と言われていて」

「年末年始は人が動かないんですよ。できれば十二月中旬までに決めましょう。空気に部屋を貸しても賃料は一銭も入らないんですから。いっそのこと二割ぐらい下げてもらうよう、夫人に交渉したらどうですか」

そんな無茶なことは、ぜったいに言えない。

「『値こなし上手は営業上手』ってことわざ、ありますよね」ことわざじゃないけど、説得力のある言い回しです。「オーナーとの募集賃料交渉も重要な営業の仕事です。ゴリゴリやってくださいね、ゴリゴリ」

ルノワールの絵から抜け出した女性は、悪徳不動産屋みたいに不敵に笑った。

「……できるだけ交渉してみるよ」

「じゃ、私はアポが入ったので、ここから直帰します」

「車は使わないの？」

「はい。たぶんお客様とお食事に行くことになるので」

そのお客様は男性なのかな。まあ、別にいいんだけど僕には関係ないし。

社に戻ると、すぐに阿部がやってきた。野球で鍛えた肩幅の広い長身を、ちっちゃく屈めて頭を下げる。

「サワさん、すみませんでした。さっき神崎さんからメールもらいましたが、今日のお客様がメゾンオパール落合を気に入ってくれたそうで」

彼は安堵したように破顔した。僕が客担を引き継いだのに、物担の阿部に連絡するのを忘れていた。

「昼間は参りました。オーナーから散々文句を言われてしまって」

半年ほど前にメゾンオパール落合三〇二号室に入居した女性が、たった二ヶ月半で退去した。内緒で犬を飼っていたようで、室内はこの短期間でかくまでと思うほどあちこち破損、汚損。おまけに最後の半月分の賃料を払わずに出ていき、連絡が取れなくなってしまった。

「保証人は？　保証会社は使っていなかったのかい？」

「最近はほとんどのオーナーが保証会社を使って賃料保証をしてもらいますが、ここのオーナーは、保証会社のシステムがよくわからないから不安だというタイプで」

入居時に賃借人が保証会社に一定の契約金を納めると、賃料が滞った際に保証会社がいったんオーナーに立て替え払いし、賃借人からの回収業務を行う。しかし、年配のオーナーの中には、取り立て屋のようなイメージを保証会社に持つため、敬遠する人もいる。

「それで、いとこを連帯保証人に立ててもらったんですが」賃借人になにかあったときに、賃借人と同様の債務を負うのが連帯保証人で、親や兄弟などの親族が請け負うことが多い。「そのいとことも連絡が取れなくなったんです」

「珍しいね。阿部君がそんな人を入居させるなんて」

入居者や保証人の身元を調べるのは意外と難しい。住民票や運転免許証などを出してもらうが、もし本気で騙そうとする人たちにかかると、なかなか見破れない。探偵社を使う場合もあるが費用がかかるので、営業員が可能な限り調査する。

「その女性は、入居申込書通りに新宿の食品会社に勤めていたんです。連帯保証人の大手商社勤務も本当。違ったのは、二人がいとこ同士じゃなくて不倫関係だったということで」

手に手を取って行方をくらましてしまった。

「オーナーは未納賃料や修繕費など、三十万以上の損害が出てしまったんです。おまけに次の借り手がなかなか決まらないものだから、ここ数日、文句の電話ばかりです。愚痴のあげくに、人を見る目がない、営業マン失格だ、とまで言われています」

僕なら一ヶ月くらい立ち直れないだろう。しかし、阿部は胸に拳を当ててなにかに誓うように顔を上げた。

「今回のことは張り手を食らわされた気分です。気を引き締め直しました」スポーツマンは打たれ強くて前向きだ。「なかなか案内が入らなかったんですが、三日前にようやく別会社の客が一組見ていったものの、脈はなさそうでした」

案内をしていて、お客様がその部屋に興味を持っていない場合はだいたいわかる。

「ちょっと軽そうな三十歳前後の男性で、ぐるっと見回して一分で帰っていきました」

「それは難しそうだね」

「担当者からもその後連絡はないし、たぶんダメでしょう。オーナーからは切られそうな気配が漂ってきているので、焦っています。一昨日のサワさんのお客さんも返事がないんですよね」

条件がコロコロ変わる安西さんのことだ。

「すまん。ちょっとなにを考えているかわからないタイプで」

「今日のお客さんが申し込んでくれればいいんですが」

決まるといいね、と言おうとして、言葉を変えた。

「頑張って決めような」

「はいっ」元気よく答えたのち、ため息をもらした。「今日は帰ります。サワさんは？」

「まだ事務仕事が残っているから、もう少し頑張るよ」

「では、お先です」

元外野手は、遠投で鍛えた自慢の右腕をしならせ額に手を当て敬礼すると、肩を落として出ていった。カラ元気を出しているのが、ありありとわかる。

阿部のガッツに触発され、気合いを入れ直して書類作成業務に没頭した。

一段落したところでメールをチェックすると、高瀬和彦さんから来ていた。メゾンオパール落合の入居申込書が添付されている。やった。

阿部に電話しようか。時刻は九時過ぎ。彼は疲れていた。明日の朝でいいだろう。

メールの文末には『澤村さんに受け持っていただけて本当に良かったです』とある。丁寧で誠実な人だ。添付の入居申込書を開いた。

『高瀬和彦　四十二歳。

国分寺《こくぶんじ》市××町在住。

株式会社ライトナウ勤務。職種・システムエンジニア。勤続二十年。

年収一千万円』

思わずつぶやいた。

「……一千万？」

あのヘルメット頭の人が。いや外見は関係ない。優秀なんだな。

現在は両親と同居。親の持ち家に住んでいる。連帯保証人となる父親は大手商社の顧問。それなのに、初めての一人暮らしが家賃十三万円の１ＬＤＫとは、堅実そのものだ。豪華な結婚式を挙げたのちは、高級マンションか立派な戸建てを買うのだろう。

しばし、オフィスの天井を見上げた。

結婚前、僕は高瀬さんみたいにウキウキしていただろうか。いや、いつも緊張していた。デートのたびにコチコチになっている僕を、奈緒は優しく支えてくれた。ご両親への挨拶のときは緊張しすぎてビールを注がれるまま飲んで潰れてしまったし、式場選びは僕があまりに優柔不断なので奈緒と奈緒のお母さんが決めた。新居も、営業に出たての僕が必死に探してきた物件はぜんぶ却下され、奈緒がさらりと見つけてきた……

溜まっていた事務仕事をようやく片付け、最後に、阿部のＰＣメールアドレスに高瀬さんの申込書を添付して送った。念のため〝申し込み一番手〟という証拠を残すためだ。本日の業務は終了。スーパーの惣菜コーナーで値引きシールの貼られたおかずを買って帰ろう。

デビルは、どこで誰とご飯を食べているのだろうか。


翌朝、出社途中の道端で携帯が鳴った。デビルだ。最近は朝一番のデビル攻撃にも慣れてきて、普通に出られるようになった。

「もしもし、急ぎの仕事でも？」

『高瀬さんは申し込み入れてきました？』

「入ったよ」僕に引き継いだとはいえ、もともとデビルのお客様だ。昨夜のうちにメールくらいしておくべきだった。「昨夜メールで来たから、阿部に転送しておいた」

『実は安西さんに担当が替わったと連絡したところ、』これまで優柔不断だったのに急にメゾンオパールに申し込みをしたいと言ってきたという。『高瀬さんが一番手。これぱかりはタイミングですから、しかたないですね』

メゾンオパール落合が急に人気物件になったわけだ。

何ヶ月もまったく案内が入らなかったのに、急に立て続けにお客様が見にきて二件同時に申し込み、というようなことはままある。物件にも、説明のつかない人気不人気の周波があると、僕はかなり本気で信じている。

「安西さん、二番手でも申し込むって言うかな」

『たぶん、そこまではしないと思います。大丈夫、別の物件を紹介してみます』

会社に着くと、阿部がにこにこ顔で待ち構えていた。

「メール見ました。いいお客さんのようですね」阿部は申込書を確認しながら言った。「条件交渉もないんですよね。すぐにオーナーに連絡します。オッケーは間違いないと思いますけど」

実は、入居申し込みを承諾するかどうかは完全にオーナー個人の意思にかかっている。例えばオーナーが「こういう職種の人は嫌だ」と言うと、どんなに真面目でいい人でも入居できない。国籍や性別で差別してはいけないのが建前だし、オーナーも商売なので一刻も早く入居者が決まってほしいはずだが、「これだけは譲れない」という〝気持ち〟の部分が、けっこうあるものだ。

高瀬和彦さんには、拒否されそうな要件はまったく見当たらないので、僕も安心している。

「サワさん、本当にありがとうございます」

阿部は律義に頭を下げると自席に戻り、嬉しそうに電話をかけ始めた。

お礼ならデビルに言ってくれ。でも、僕の言葉が最後の一押しになったようだから、少しは役に立ったかも。これから入居まで、きっちりお世話させてもらおう。

電話がオーナーに通じたようで、阿部は熱心に話し出した。

おや。雲行きが変だ。阿部が立ち上がって必死に訴えている。なにか不都合でも？

しばらく真剣な顔で話し込んでいたが、やがて電話を切ると、のろのろと僕のほうにやってきた。

「すみません、サワさん。他社に飛び込まれたみたいです」

……えっ？

「四日前に案内したところかもしれません。オーナーが話していたお客様の内容が、それっぽいんです」

メゾンオパール落合は、阿部が今年の初めに開拓した物件だ。賃貸物件を所有するオーナーにコンタクトをとり、我が社でも募集をさせてほしいと営業をかけて物件を確保するのも仲介営業員の大事な仕事である。

阿部はオーナーに気に入られるのが上手い。最初は他社と同列に扱われていても、やがては我が社だけに任せてもらえるようになる。しかし、メゾンオパール落合では、まだ専任になっていなかった。つまり、他の仲介業者がオーナーのところへ行き「うちでも募集させてください」ということができる。

しかし、我が社を通して案内した不動産会社が、「客がいる」とオーナーのところに飛び込んだとしたら、違法ではないが業界の仁義に悖《もと》るあくどいやり方だ。もっとも、業界内では〝よくあること〟とも言えるのだが。

「もしそうなら、ひどいな。案内してきた業者はどこ？」

「サム・エステートです。最初の問い合わせは高田《たかだ》という女性だったんですけど、来たのは鹿取とかいう男性でした。ちょうど切らしているからと、名刺はくれなかったんです」

「えっ、鹿取？」

山本マサさんのところにパティスリー・ユサのケーキを持ってきていた、ホストみたいな営業員だ。それを話すと阿部は「オーナーのところに行ってきます！」と走り出した。

僕も思わず追いかける。

渋谷の高層マンションに住むオーナー、里《さと》ますみさんは、しぶしぶながら僕たちに会ってくれた。

七十歳前後かと思われるやせぎすの女性は極彩色のワンピースを纏《まと》い、神経質そうにゴールドのネックレスをいじっている。

「そりゃ、阿部さんは熱心で明るくていい人よ。だけど、前の入居者があれでしょ」里さんは〝あれ〟を強調した。「不信感はどうしてもね。そしたら昨夜、サム・エステートっていう会社から連絡があって、ぜひ借りたい人がいるっていうじゃない。三〇二が空いて三ヶ月以上経つし、アタシも家賃収入で生活しているんだから早く決まってほしいのよ。だからオッケーって言っちゃったの」

彼女は一度言葉を切ると、少し怒ったように付け加えた。

「アタシ、なにも悪いことしてないわよね」

「もちろんです」阿部はきっぱりうなずいた。「前入居者のことでご迷惑をおかけしたのは事実ですし、里さんとは一般媒介契約ですので、他社がお客様を連れてきて、そちらがよければなにも申し上げることはありません」

里さんはほっとしたようにうなずいた。

「この間も話したと思うけど、アタシも長年、一人で苦労してきたでしょ。鹿児島の片田舎で生まれ育って、親の反対押し切って上京して、一度は結婚したけれどうまくいかなくて……そのとき決めたの、男に頼らず生きていこうって。いろんな仕事して頑張ってお金を貯めて」

「それであのマンションを購入されたんですよね。すごいことです」

「銀行の融資担当が偶然、同郷でね。いろいろアドバイスをくれて、うまく買えたの。でもローンはまだいっぱい残っているから、一刻も早く空室が埋まらないと困るのよ」

「では、できれば同時申し込みということで弊社のお客様も審査していただければ」

彼女はため息をつきながら、テーブルに置かれた紙を見つめた。

「サムさんのお客さんは医療機器メーカーの営業員で、年収四百万なの。そちらはどんな方？」

高給取りの医療機器会社にしてはさほど高くない。新人だろうか。こちらにとっては有利だ。

阿部はすかさず、高瀬さんの申込書を差し出した。

「ＩＴ会社勤務で、年収一千万円です」

「えっ」ソファにもたれていた里さんの身体が、ぴょこんと起きた。「一千万？」

彼女が申込書を凝視する間、僕と阿部は固唾を飲んで見守った。

「……ほんとに一千万なの？」

「必要なら源泉徴収票も出していただけます」

「どんな人？　バリバリな感じの人？」里さんは不思議そうな表情で阿部を見つめた。「なんでこんな高収入で、メゾンオパールに住みたいのかしら」

阿部がふいに僕を見たので、急に緊張が襲ってきた。

「ええとですね、高瀬さんはバリバリというよりはですね」

とても高収入には見えない地味な感じの人で……

デビルの顔が浮かんだ。

——言わぬが花

「せ、誠実で、器の大きい方です。賃料はあまり気にされずに、メゾンオパールの場所や雰囲気を気に入られて申し込まれたんです。勤務先に近いですし、周囲に自然あふれる公園があるのがいいとおっしゃって」

「あら、そうなの」里さんは再び我が社の申込書に視線を戻した。「保証人の親御さんもしっかりしているようだし、問題はなさそうねえ」

顔を上げると、先ほどからテーブルに置いてあった別の用紙を持ち上げた。

「でもねえ。こっちの人は今週末には契約してくれるんですって」

サム・エステートの申込書を突き出した。僕は、手書きの小さな文字で埋められた申込書を凝視した。

『亀山修一《かめやましゅういち》　三十三歳。

株式会社栄興《えいこう》勤務。職種・医療器機販売の営業。勤続四年。

賃料等条件交渉なし。

契約希望日、今週末』

担当者の欄には大きくて雑な文字で『鹿取光史《みつふみ》』のサイン。字まで図々しそうに見える。

里さんは二枚の申込書をひらひらさせながら眉をひそめた。

「そちらさんは、すぐではなさそうよね」高瀬さんは『三〜四週間後の契約希望』と記入していた。「もしサム・エステートを断って三週間も待って、やっぱりやめましたって言われたら困るわ。それに、サムさんにはもうオッケーって言ってしまったのよね。アタシ、一度言ったことを撤回するのは好きじゃないのよ」

僕は冷や汗をかきながら、言った。

「で、できるだけ早く契約していただくよう、話してみます。もう少しだけお待ちいただけないでしょうか」

前のめりに訴えかけると、里さんは上半身を大きく後退させた。こちらに傾いていた里さんの気持ちも、ちょっと退いてしまったみたいだ。阿部が深々と頭を下げた。

「お願いします。チャンスをください！」

彼女はうーん、と声を出した。

「ちょっと考えさせて」

社に戻ると、珍しくデビルがデスクに座ってパソコンと格闘していた。

「ああ先輩、いいところに。この円グラフはどうやったらこっちにコピーできる……どうかしました？」

デビルがかわいく首をかしげたので、さらに暗澹《あんたん》とした気分になった。他社に物件を取られたなんて話したら、めちゃくちゃ怒られるに違いない。

阿部が率先して事情を説明してくれた。

「申し訳ない。自分がオーナーから信頼されていないからこんなことに」

話を聞いたデビルはしばしの間怒りの表情で黙りこくっていたが、やがて阿部に向かって力強く言った。

「悪いのはサム・エステートですよ。うちを介して案内しておいて飛び込むなんて最低。不動産屋の風下の、下の下にも置けません」

ほんとは『風上にも置けない』だけど、どこにも置きたくないという意味なら、非常によくわかる。

阿部が沈んだ口調で言った。

「向こうにオッケーを出す前に一度相談してもらえていたら、同時申し込みに持ち込んで、高瀬さんにも契約を早めてもらうよう言えたけど」

……あれ？

里さんのところにサムから連絡が来たのは昨夜だと言っていなかったか。もし僕がいち早く阿部に電話していたら、阿部は昨日のうちにオーナーに申し込みを伝えただろう。

冷や汗が全身を駆け巡った。

僕のせい？

「一応、オーナーも考えると言ってくれたんですよね。結果を待つしかないですよ。高瀬さんに連絡するのはそれからでも」デビルが怪訝そうに僕を見た。「ね、先輩」

「えっ？　そうだね」

デビルは僕をひたと見据えた。

「先輩に譲ったお客様ですから、もしメゾンオパールがダメでもよろしくお願いしますよ」

「は、はい」

「それでこの図なんですけど、阿部さんわかります？」

「ああ、グラフのコピーはね……」

僕がちゃんと連絡していたら今ごろは高瀬さんが一番手で、サム・エステートの鹿取のほうが悔しがっていたかもしれない。

黙ったままどんどん気が重くなるか、白状して怒られるか、究極の選択。

いや、そもそも、飛び込むってひどいだろう。あのチャラチャラした感じの鹿取という男とは因縁めいたものを感じる。しかし、サム・エステートの入居申込書は無駄のないすっきりしたフォームだったたな。我が社の申込書はかなり細かく書き込まないといけなくて……

なにか、引っかかった。なんだろう。

「阿部君」僕は、いつの間にかデビルに替わってパソコンをいじっている阿部に声をかけた。

「サムのお客さんに会っているんだよね。どんな人だった？」

阿部は天井を仰いだ。

「ええと、あの日は確か四件も案内があって……そうだ、ちょっとホストみたいな、茶髪のロン毛にパーマをかけた優男でしたよ」

「それは営業員のほうじゃないかい」

「そうだったかな」眉間に皺を寄せた。「すみません。ちょっと混乱して。ああ思い出した。間違いありません。サムの営業員もお客さんも似たような雰囲気だなと思ったので」

僕は自分のパソコンで、サム・エステートの申込書に書かれていた会社名を検索した。

『株式会社栄興』

スクロールの必要もないような簡単なホームページが見つかった。新橋《しんばし》にある、創業十二年の会社だ。業務内容には『医療機器の販売』とある。申込書通りだ。

……待てよ。

なにが違和感だったのだろう。ええと、ええと……

おとめ山……乙女、御留。

「ひょっとして……！」

僕が叫んだので、デビルが片眉を思いきり吊り上げた。

「どうしたんですか、先輩」

「ちょっと、気になることが」

メゾンオパール落合三〇二号室の入居申し込みの一番手は、高瀬和彦さんに決まった。

サム・エステートの客は怪しい、と阿部が里さんに進言したのだ。

医療機器の販売員である亀井さんが、やけに派手な髪型をしていたこと。創業十二年の会社にデビルが（大胆にも）電話をしてみると、中年と思しき女性が『はーい、もしもし、え？ はあ、うちは栄興です。亀山さん？ ああ、はい、今はちょっといません』と事務員らしからぬあいまいな対応をしたこと……

阿部は里さんに説明した。

——会社のホームページを見ると業務内容には『医療機器の販売』とあります。ホームページのどの説明でも『医療機器』と書いてある。しかし、昨日見せていただいた申込書には、会社の内容欄に『医療器機販売』と手書きされていたと記憶しています。『器機』は間違いではないですが、四年も勤めている三十過ぎの営業員がこんな大事な単語を、会社概要と異なる表記で書くでしょうか
さらに調べてみたら、怪しい電話番号について注意喚起するサイトに栄興の番号が掲載されていた。メゾンオパール落合を振り込め詐欺のアジトに使うつもりで申し込んできた可能性が高い。

里さんは不安を覚え、サム・エステートに株式会社栄興を詳しく調べてくれるよう依頼した。すると、サムは申し込みを撤回してきた。申込者にいろいろ質問をぶつけたら、連絡が取れな

くなったらしい。

「サワさん、ナイスでした。よく気づきましたね」

阿部は感動の面持ちだ。

「偶然だよ」読みが同じでも漢字が異なる単語がある。〝乙女〟と〝御留〟のように。「里さんも、怪しい人を入居させずにすんでよかったよね」

「里さんは自分を信頼すると言ってくれました。本当に助かりました」

こちらも助かったのだ。高瀬さんに「ダメでした」と言うのは、僕にはかなりの重荷だったから。


急に鋭い冷気が街中を駆け巡って思わずコートの襟《えり》を掻き合わせたくなる夜に、僕はメゾンオパール落合を訪れた。高瀬和彦さんと山田美沙さんの再案内のためだ。

約束の十九時より五分早く来たのに、高瀬さんがすでにエントランスに立っていたので慌てて走り寄った。

「すみません。お待たせしましたか」

「いえ。僕が早く着いちゃって」高瀬さんは寒そうにマフラーに顎をうずめながらも、柔和な笑みを浮かべた。「美沙さんはちょっと遅れるって」

寒いので、先に部屋に入ることにした。

「家具は当然、全部新調するつもりだったけど、美沙さんがもったいないと言うんですよ。僕の家具を最低限持ち込んでおいて、正式に婚約が決まったら、彼女の家具も持ちよればこと足りるだろうって」

「堅実な方ですね」

「そこがいいんだ」高瀬さんが照れ臭そうに言った。「白状しますと、僕はずっと女性に縁がなくて、かといって母が勧めてくるお見合いはしたくなくて、それで結婚相談所で美沙さんと知り合ったんです」

彼の幸せそうな顔を見ていると、こちらまであたたかい気持ちになる。

「出会いはどこでもかまわないと思います」

「澤村さんなら、そんなふうに言ってくれるような気がしていました。メールは丁寧だし、ベランダの奥行きは何センチかとかトイレの窓にはつっぱり棒が付けられるかなんて細かい質問にも、丹念に調べて答えてくださるし、今日も急だったのに対応してくださって、本当に助かります」高瀬さんはすまなそうな表情を浮かべた。「ここだけの話にしてくださいね。実は僕、神崎さんみたいなハキハキしている女性が苦手なんです」

「わかる気がします」

「そりゃ、きれいな人だし感じもいいと思いますよ。でも、なんというかコンプレックスを植えつけられるというか、言いたいことが言えないというか」

「実を言うと、僕もいつもそうです」

僕らは秘密を共有する仲間のように笑みを交わした。

「やっぱり、澤村さんとは気が合いそうだと思っていたんです」

僕は申し訳ない気分になり、バツイチであることを告白した。

「先日は、既婚者みたいな話し方をしてすみませんでした」

「いえいえ」高瀬さんは大仰に手を振った。「結婚したことがあるのは事実だし、わざわざ話してくださるなんて、澤村さんは誠実な人だと思います」

心底ほっとした。『言わぬが花』なのはわかるが、黙っていて心苦しかったのだ。

「ただ」彼は眉根を寄せた。「美沙さんには言わないでください。彼女、小さいころに両親が離婚して母一人子一人で苦労してきたので、そういう話題には敏感なんです」

美沙さんのお母さんは長年の苦労が祟って入退院を繰り返しているという。先日の案内のあと、落合を散策しながら林芙美子の『放浪記』を携帯で検索したら『父親が行商で詐欺をして捕まった』『母親が家賃を払えず管理人に謝っていて幼い娘は「父のせいだ、父なんか大嫌い」と思っている』などの映画のシーンが出てきた。自分の家族を思い起こしたのか、美沙さんは不機嫌になってしまったという。

「そ、それは申し訳ないことで」

「澤村さんのせいではありませんよ。それに」高瀬さんは決意を籠めた瞳を僕に向けた。「彼女を知れば知るほど、守ってあげたいと思うようになるんです。彼女、幸せな結婚を心の底から望んでいる。だから正式に結婚が決まったら、こんな狭いところじゃなくて立派なマンションを買ってあげるつもりです」

力強く言ってから、彼はバツが悪そうに苦笑した。

「ここが悪いという意味ではないんですよ。彼女が気に入ったのだし、場所はいいし。だけど男としては、妻にできる限りいい住居を与えてあげたいじゃないですか」

僕は力を籠めて言った。

「弊社には売買部もございます。その際にはまたお世話させていただけると嬉しいです」

彼はほっとしたようにうなずいた。

ほどなく美沙さんがやってきた。白いダッフルコートがよく似合う。髪はポニーテールにしてライムグリーンの髪飾り。清楚な雰囲気の中に、瑞々《みずみず》しい華やかさが垣間見える。

二人はリビングの家具の配置を、紙に書いて相談しだした。

「サイドテーブルはサイズが合わなそうだから、買おう」高瀬さんは携帯を取り出し、家具販売のサイトを開いた。「君の好きなタイプのを選んでよ」

美沙さんは右手でしきりにこめかみ脇の髪をなでながら画面を見つめたのち、言った。

「明るいのと渋い感じのと、どちらも捨てがたいわ。和彦さんはどっちがいい？」

美沙さんが聞くと、高瀬さんはうーんと首をかしげた。

「どっちでもいいよ」そうそう、男性はどっちでもいいんだよね。「でも、どちらかというとこっちのほうがいいな」

「わかりました」美沙さんはにっこり笑った。「私が決められないときにははっきり言ってくれるから、助かる」

「僕がこっち、と言っても反対するときもあるじゃないか」

「こっち、と言ってくれるから、ああ、やっぱり違うかなって判断できるの。そういうこと、あるでしょ」

ドキリとした。

僕はいつも、明言を避けた。

――奈緒のいいほうでいいよ
そして、いつも奈緒が決めた。

だって、本当にどっちでもよかったから。

でも、別れるときに奈緒が言った。

――あなたは最後まで、私に任せっぱなしだったわね
彼女の決断はいつも正しかったから、それでいいと思っていた。しかし、違ったらしい。僕が独断で決めたことに文句を言われるならともかく、ぜんぶ決めていいと任せたのに、それが不満だなんて、もうどうしていいかわからなかった。

しかし、今はわかる。

しっかり者の奈緒だって、迷うことがあったのだ。不安で前に進めないとき、僕という人生のパートナーが〝こっち〟と示してあげていたら、彼女はもっと安心して進むべき方向を決められたかもしれない。

熱心に家具の相談をする高瀬さんと美沙さんを見つめながら、自分の失敗を今ごろ痛感した。

二人が話し合う間、持ってきた一眼レフカメラで室内を撮った。退去時の原状回復の際に必要になる場合があるからだ。

フレームに二人が額を寄せ合って相談する様子がたまたま入ったので、シャッターを切った。新居祝いにプリントアウトしてプレゼントしてあげようか。いい思い出になるかもしれない。

携帯が鳴った。阿部からだ。律義な彼は、ちょうど近くにいるので挨拶したいという。

阿部はすぐにやってきて名刺を差し出した。高瀬さんは、体格のよい阿部に対しては萎縮《いしゅく》しているようだった。僕みたいな冴えない男のほうが受けがよいこともある。

採寸を終え、揃って部屋を出てエレベーターに乗った。一階でエレベーターを降りると、高瀬さんと美沙さんは自転車置き場への通路を確認しにいった。僕も付いていこうとすると、背後から阿部の声が聞こえた。

「東海林《しょうじ》さん。ご無沙汰しています」

振り返ると、阿部の向こう側にコンビニの袋をぶら下げたずんぐりした男性がいる。高瀬さんたちもちらりとこちらを見たが、すぐに奥の自転車置き場へ消えた。

「どうも」男性は疲れたように言った。「そういや三階に空き部屋があったねえ。決まりそうなの？」

「はい、なんとか」
四、五十代だろうか。よれよれのオリーブグリーンのモッズコートは寒々しく、ひどい寝癖頭で、全身から草臥れた空気が漂う。酒でも飲んでいるのだろうか、顔が赤い。

男性はけだるそうにエレベーターに乗っていった。阿部は言った。

「東海林さんはこの春に入居した方なんですけど、ちょっと問題ありなんですよ」

中堅の食品会社で経理をしていたが、使い込みがバレてクビになり、家も追い出されて引っ越してきたという。

「オーナーはよく入居を認めたね」

「公務員のお兄さんが保証人だったので、オーケーが出たんです。それに、申込時には、キャリアを伸ばすために勉強し直すから会社を辞めた、と嘘をついていたので」

「クビのこと、どうしてわかったの？」

「本人から聞きました」

マンションにいつもいるらしく、案内のたびに会ってしまい、あるとき長話になって自分から話してきたそうだ。嘘をついていた自覚がないのだろうか。使い込みをするくらいだから、常識やモラルが欠けている人なのか。

「今のところ、賃料の遅れはないんですが、お金のことにだらしない人だと困るなあと心配しています」

阿部は三〇二号室の前入居者のトラウマでピリピリしているのだろう。今日も、契約前に高瀬さんと顔を合わせておこうと、わざわざやってきたのかもしれない。

二人が戻ってきたので、阿部が、車でお送りしましょうかと声をかけた。

「じゃあ、西新宿までお願いします。八時に新宿中央センタービルの最上階のレストランを予約しているので」

夜気は冷たいが、いかにも幸せそうな高瀬さんは寒さをものともしていない様子だ。美沙さんはかなり寒そうにしていたが、彼にぴたりと寄り添っているから、きっと心はあったかいんだろう。

幸せになってほしいと、心から願う。

高瀬さんたちをお送りし、まだアポがあるという阿部を新宿駅で降ろしたのち、会社に戻った。車を駐車場に入れていると、裏口から若宮課長が出てきた。バーバリーのトレンチコートを粋に着こなしている。

「今まで案内？」

「お疲れ様です」車をロックしながら答えた。「高瀬和彦様の再案内でした」

「ああ、阿部君のメゾンオパールね」北風がひゅう、と課長の短髪を揺らした。「前の入居者のせいでオーナーの我が社へのインプレッションが悪くなっていたから、なんとしても挽回しないと」

「頑張ります」

「気を抜かないでしっかりね。じゃ」手を上げて行きかけ、ふと振り返った。「澤村君」

慌てて直立不動の姿勢をとる。

「最近、よくなってきたわね」

コートの襟を立て、課長は今度こそさっそうと去っていった。
なんと、課長に褒められた。

翌日、僕は代休を取った。昼下がりに喫茶まるもでまったりしていると、例によってデビルから電話があった。

「私、コナは初めて飲みます。いいですねえ」

こうして向かい合ってコーヒーを飲むことにもだいぶ慣れてきた。いや、むしろちょっとした楽しみだ。

喫茶まるものマスターは、あきらかに浮足立っていた。普段はカウンター内でむっつりグラスを磨いているのに、デビルが来たとたん水のピッチャーを抱えて僕たちの席の周囲を意味もなくうろつきだす。デビルのグラスの水が一向に減らないのを見ると、今度はなぜかコーヒーポットを捧げ持って行ったり来たりしている。

ランチの客がはけた昼下がり。外は晩秋の乾いた寒空で覆われていたが、店内は天窓からの採光のおかげで、常春《とこはる》の国みたいなあたたかい明るさに満ちていた。

今日のデビルはサンドベージュのショールカラージャケットにフレアスカート。先ほどワインレッドのマフラーと濃紺のチェスターコート姿で入ってきたときは、レトロな店内の情景に溶け込んで、映画の印象的なオープニングシーンのように感動的だった。写真に撮っておきたいほどだった。

先日土井垣邸でこっそり撮ったデビルの横顔を、携帯のフォトアルバムに移して保存してある。あくまでも物件写真を携帯に取り込んだのであって、そのうちの一枚にたまたま彼女が写っていただけだ、と心の中で言い訳する。

どこをファインダーで覗いて選んでも情緒あふれるベストショットが撮れそうな喫茶まるもの店内で、デビルはものうげにコーヒーカップを両手で包んでいた。香りごと印画紙に焼き付けておけたらいいのに。

僕の休日にわざわざ会いに来てくれるなんて、ひょっとしてひょっとするのだろうか。つまり、プライベートでもパートナーになりたい、とか……

デビルは、マスターお手製のアップルパイを頬張りながら言った。

「例の、条件変更の多い安西さんがなぜ何度も間取りや場所を変えたがるのかがわかりましたよ」会話は常に仕事《パブリック》のこと。そうだった、彼女は仕事中だ。「安西さんの所有マンションは、金融会社から仮差押えをされていました」

「じゃあ、知り合いに売ったというのは」

「嘘ですね。安西さんの会社が入っている北新宿のビルを訪ねてみたら、彼の事務所もなくなっていました」

事業が傾いたために所有マンションを借金のかたに差し押さえられ、借りていた事務所も解約したらしい。

「羽振りのよさそうな印象だったけどなあ」

「見栄を張ってしまうタイプなんでしょうね。事業が順調なときはいいですが、うまくいかなくなっても派手な生活がやめられないから、マンションまで手放す事態に陥ったのでしょう」

真の金持ちは、意外につつましい生活を送っていたりするものだ。

事務所ビルの管理人によれば（例によって仲良くなって聞き出したのだろう）、事業がうまくいっていないことは周囲にひた隠しにしていたらしい。しかし、借金の取り立てと思しき人が訪ねてきたり、催促らしい郵便物も頻繁に来たりしたという。

「安西さん、私たちにも見栄を張っていたんですね。予算がないのにカッコつけて高い物件を希望したりして」

いろいろと言い訳をして、築浅で広めの高級賃貸から古くて小ぶりな部屋へと希望を変えていき、思惑通りの予算に着地させようとしていたのだ。

「でも、新宿は譲れないみたいです」管理人の推測では、安西さんは奄美大島《あまみおおしま》出身の奥さんの親戚に見栄を張っているらしく、〝新宿在住〟というステイタスを失いたくないらしい。「目黒《めぐろ》でも世田谷《せたがや》でもよさそうなものですけどねえ」

「新宿は全国で有名だ、というイメージが強いからかな。そういえば安西さん、奥さんのことをすごく自慢していたよ」

僕は二回会ったことがある。目鼻立ちのくっきりした、明るい美人だ。

デビルが携帯の画面に、『私は焔《ほのお》の上に　元弥生』というCDのジャケットを出した。

「奥様は歌手になりたくて十代で上京して、一枚だけCDを出したこともあるんです。それで、田舎でも注目を浴びて、結婚してからも彼女の動向は親戚の話題の中心だそうです」

「もとやよい？　弥生は本名だから、旧姓なのかな」

「〝はじめ〟と読むそうです。安西さん曰く、自分と結婚して引退しなければきっと大スターになっていたはずだって」

「だからよけいに、奥さんの親戚に見栄を張るのかもしれないね」

「それと安西さん、保証会社を敬遠していたと思います。これまで紹介した物件のほとんどが保証会社必須でした。『審査に通らないかもしれない』とは言えなくて、あれこれ言い訳していたんですね」

「どうするの？」

「真の希望条件がわかりましたので、それに沿ってさりげなく物件を紹介します。『あなたが大変なのは知っていますよ』と言って、プライドを傷つけることはないですから」

『言わぬが花』か。最初から正直に打ち明けてもらっていたら、物件の探し方はずいぶん違っただろう。聞き出せなかった僕のせいか。

「手伝えることはあるかな」

　デビルは肩をすくめ、澄ました表情で言った。

「いつもの書類作成はもちろんお願いします。それに、高瀬和彦さんを引き受けてくれたので助かりました。実は私、彼もけっこうプライドの高い人だと思っていたので、先輩がうまく対応してくれてほっとしています」

「とっても腰の低い、穏やかな人だよ」

「気が合ったようで、よかったです」デビルは微笑むと、皿上に細かく散ったパイ生地を器用にフォークでかき集め、満足げにぱくりと食べた。「男のプライドってほんと面倒です。どうしてそこ？　ってあきれるような細《こま》っかいところにこだわるから」

デビルは、ふと気づいたように僕を見た。

「先輩は〝これだけは譲れない〟ってプライドを持っていること、なにかありますか？」

僕は天井を仰いで考えた。

「ない、かな」

別にあきれるでもなく、デビルは肩をすくめた。

「そこが先輩の、センパイたるゆえんかもしれませんね」

どういう意味だろう。

デビルのカップが空になったとたんにコーヒーのお代わりを注いでくれたマスターが、ぼそりとつぶやいた。

「ビリー・ジョエル」

「なんですか、マスター」デビルはかわいらしく首をかしげた。「聞いたことある名前ですけど、誰でしたっけ。昔の俳優？」

デビルの笑顔に見惚れて言葉を失っているマスターに代わって、僕が答えた。

「歌手だよ。一九八〇年前後に大活躍して、今でも現役で歌っているよ」

「どんな顔でしたっけね」

マスターはカウンターに走り込むと、CDではなくレコードジャケットを抱えて戻ってきた。デビルはマスターの説明に調子よくあいづちを打ちながら、ちゃっかりアップルパイのお代わりをおねだりしている。

僕は、〝プライド〟なんて言葉とはまったく縁がなかった。

誇れるものなんてあるだろうか。

きれい好きであること? 書類作成はわりと得意だが、時間がかかるから〝誇れる〟というほどではない。趣味でも特に自慢できるものはない。大学で学んだ西洋文化史の知識も、さほど豊富とは思えない。

世の中の端っこになんとなく漂って、目立たず騒がず何の役にも立たずに生きている自分を再認識した。僕の僕たるゆえんはこれだ、と自信を持って言えるものが見つけられたらいいのだが。

デビルの自信の源はなんだろう。容姿? 営業成績? 体力? 隠れた特技でも?

じっと目の前の彼女を見る。

デビルのデビルたるゆえんは、強さと美しさか。

翌日、例によって書類作成に追われていると、電話が鳴った。高瀬さんからだ。

『先日は、どうも』

声が沈んでいる。ここのところ急に寒くなったから、風邪でも引いたのだろうか。

『実は……』少し間を置いて、彼は一気に言った。『入居申し込みを取り消したいんです』

「えっ!」僕は大いに動揺し、慌てた。「なにか不手際がありましたでしょうか」

『あの物件じゃないほうがいいということになりまして』

阿部になんと言って謝ろう。しかし、すぐに頭を切り替えた。

「では、別の物件を探します。メゾンオパール落合のなにがいけなかったのでしょうか。それを参考に」

『もう結構です』

「……はい?」

しばしの沈黙のあと、冷たい声が聞こえた。

『もうツノハズ・ホームさんには頼まないことにしました』なぜですか、と聞く前に、高瀬さんは吐き捨てるように言った。『美沙さんが、澤村さんは嫌いだと言っているので』

電話は切れた。

衝撃のあまり、受話器を戻すことさえできずに固まった。

僕が嫌われたせいで契約がおじゃんになった。

高瀬さんは物件を気に入っていた。美沙さんも間取りがいいと言っていた。むしろ彼女のほうが乗り気だった。それなのに僕のせいで……

ようやく受話器を戻し、デスクにつっぷした。いつもいつも、どうしてこうなってしまうんだろう。

「どうしたんですか、先輩。お疲れですか」

頭上から明るい声が降ってきた。顔を合わせたくない。しかし、僕をこき使うのがとっても上手いデビルは、いかにも鼓舞するような元気な声を注ぎ続ける。

「ほらほら、先輩。今日はあと三つも契約書作らないといけないんですよ。そのうち一つはなんと先輩の契約じゃないですか。どんどん片付けていきましょう」

僕はしぶしぶ頭を上げ、恐る恐る告げた。

「高瀬さん、断ってきた」

デビルの片眉がぐいと上がった。

「なんで」

情けなかったが、ありのままを話した。

デビルは目を見開いたまま、自分の席にどすん、と座った。

「す、すまない」

数秒の沈黙ののち、彼女は思ったより優しげな声で言った。

「謝ることないです」

「でも……」

「大丈夫」彼女は僕をじっと見つめて励ますようにうなずいた。「なにか理由があるのかもしれません。少し冷却期間を置いてみたらどうですか」

ほんの少しだけ心が軽くなった。

「ありがとう。だけど、阿部に合わせる顔がないよ」

デビルは、ふいにいつもの強気な笑みを浮かべた。

「いるじゃないですか、申込人」


入居申込人が高所得の独身者から差押えを食らい立ち退きを迫られている夫婦に変わることを、メゾンオパール落合のオーナーにどう説明したものかと恐れおののいていたが、デビルはあっさりやってのけた。

十一月の終わりごろ。我が社の一階応接室で無事に契約を済ませた安西さんとオーナーの里さんは、すっかり意気投合していた。

「奥様の旧姓が〝元《はじめ》〟なんでしょ。元さんって人、たくさん知っているわよお」

里さんと、安西さんの奥さんは同じ奄美大島出身だった。これが効いた。

「アタシが東京でここまでやってこられたのは、同郷の知人友人が助けてくれたからなの。だからアタシも、同郷の人には恩返しすることにしているのよ」

紫のワンピースに深紅のバラのモチーフが連なるネックレスをつけた里さんと、紺とショッキングピンクのストライプスーツの安西さんを見ていたら目がチカチカしてきた。派手好きなところがシンクロしている。

ちょっと気取った口調で、安西さんは恰幅《かっぷく》のよい身体を小刻みに揺らしながら言った。

「もちろん、お家賃はきちんと払わせていただきますよ」

阿部が一瞬だけ身体を硬くしたが、デビルがすかさずにこやかに言った。

「例えば、たまたまお忙しくてお振込みが遅れるような場合には、まず弊社にご一報くださいね。里様にお伝えしますので」

「ああ」安西さんはきょとんとしたのち、肩から力を抜いて言った。「その通りですね。必ず連絡します」

遅れる前提で話しているわけでもないだろうが、こういう場合、まずは信頼関係の構築が大事になる。昨今の賃貸借契約では、オーナーとテナントが顔を合わせることはあまりない。しかし、きちんと挨拶を交わした相手には滞納をしにくかったり、遅れるにしても連絡を入れておこうと思ったりするものなので、我が社では、できるだけ両者を引き合わせることにしている。

「私は幸運でした」安西さんは照れながら微笑んだ。「神崎さんが親身になってくれたので、思い切って自分の恥を打ちあけてみたらうまくいった。おまけに大家さんまでこんないい方で、本当にラッキーです」

「幸運はね」里さんは派手なネックレスをいじりながら大らかに笑った。「いい出会いから始まるのよ。アタシも、阿部さんとの出会いはラッキーだと思っているの」

いろいろあったけどね、と阿部の肩をぽんぽんと叩いた。阿部は恐縮して、大きな図体を小さく縮こまらせた。

里さんはウインクした。

「迷ったときはアタシにきちんと意見をしてくれる人の言葉を信じることにしているの。そういう人が身近にいることが、幸運のもとだと思うわよ」

阿部が二人を車で送ることになり、僕とデビルは社のエントランスでお見送りした。車が小さくなると、デビルは小さくガッツポーズをした。

「よっしゃ。これで売上計上滑り込みセーフ！」

「ひょっとして、またトップ？」

彼女は嬉しそうにうなずいた。

「二ヶ月連続です」

「おめでとう。里さんと安西さんの奥さんが偶然同じ出身地で、本当によかったね」

デビルは瞳を輝かせて答えた。

「私のいとこのお父さん、つまり義理の叔父さんが奄美大島出身で、一文字の名字が多いと聞いたことがあるんです。安西さんの奥様が奄美大島出身なのは知っていたので、〝里〟という名前もそうじゃないかと探ってみたら、どんぴしゃでした」

いとこといえば土井垣邸を紹介してくれたレン君を思い起こすが、彼でなくて、もう一人のいとこが〝中〟と書いて〝あたり〟と読む名字だそうだ。元さんもそうだが、珍しい読み方の名前が多い島なのかもしれない。里さんが読みやすくて助かった。

「すごいな、神崎さん。さすがの情報収集力だね」

デビルは目と口を大きく見開いた。

「先輩から初めて褒められました」えっ、そうだっけ？「私は褒められると伸びるタイプなので、もっと褒めてくださいね」

はたと気づく。いつも心中ではベタ褒めしていたが、口に出して彼女を賞賛したことはあまり……いや、ぜんぜんなかった。僕はきっと、奈緒のことも褒めなかった。

「それと、阿部さんと一緒に申込書を持参するときに、パティスリー・ユサのチョコレートスフレケーキを持っていったのも効いたようです」

「限定品だよね。どうやって買ったの？」

「『ほんとにすみませんが、どうしても差し上げたいお客様がいらっしゃるのでなんとかなりませんか？』って情に厚いイケメンパティシエに頼み込むと、『そんなに望んでくれるなら』と用意してくれるんです」

恐るべし、デビルの折衝力。僕はさっそく、心から彼女を褒めた。

「神崎さんの言葉はみんなをその気にさせるから、すごいよね」

得意げにピースサインを出すデビルは、三歳児みたいにあどけない。なるほど、褒めるというのは楽しいものだ。

「ところで先輩、高瀬和彦さんには連絡してみましたか？」

「いや」とたんに胃が重くなった。「あれきり」

黒目がちの瞳が僕をじっと見る。

「そうですか」目を伏せてつぶやいた。「まあ、しかたないですね」

デビルは契約を決めたけれど、僕は客を逃した。本当は〝しかたない〟では済まされないことだろうに。

彼女は僕の些細なミスは口うるさく怒るが、決定的な失敗は強く責めない。むしろ慰めてくれる。

デビルのデビルたるゆえんは、こういうところかもしれない。

彼女は別の契約のために出かけてしまった。僕は書類整理だ。

不動産の契約って、どうしてこう書類が多いのだろう。B4サイズの書類二、三枚で事が足りた時代もあったらしいが、今はA4サイズが主流で、契約書、重要事項説明書、入居時届出書、鍵引渡書など何種類もの書類が必要だ。ペーパーレスとは程遠い。

メゾンオパール落合の資料を入れておいたファイルから、保存すべき書類以外の紙を処分していたら、高瀬さんと美沙さんが写った写真が出てきた。

中央の美沙さんが、真剣な表情で左側の高瀬さんに話しかけている。右耳に手をあて、彼の話をよく聞こうとしているように見える。横顔の高瀬さんも、いかにも幸せそうだ。とてもうまく撮れたのでプレゼントするためにプリントアウトして、何度も眺めていた写真だ。破くわけにもいかず、古い封筒に入れて捨てた。

数日後の午後。メゾンオパール落合に安西夫妻が越してくる前に、メールボックスのチラシを片付けに来た。こういう細かい作業を思いつき、ついつい動いてしまう僕だ。

郵便受けの前で作業していると、背後に人の気配がして振り返った。モッズコートを着た怪しげな中年男性が立っている。

不審者？

いや、高瀬さんを再案内したときに一階廊下で阿部と話していた住人だ。確か名前は、東海林さん。

顔が赤く足元はふらつき、据わった目で僕を睨んでいる。無視しようか。しかし、我が社のお客様ではある。僕は思い切って声をかけた。

「こんばんは」東海林さんはじっと見つめてくる。「ツノハズ・ホームの澤村と申します。阿部の同僚です」

「ああ」顎を突き出し、なげやりな雰囲気で言った。「不動産屋さんね。三階の案内？」

「あの部屋は入居者が決まりました」

「ふうん。独り者？」

個人情報の部類ではあるが、まあいいだろう。

「ご夫婦です」

東海林さんはおもしろくなさそうに首を振った。

「あ、そ。まあ、俺には関係ないけれど」じっと見つめてくる視線に、ものすごく嫌な予感。

「同僚から聞いてるよね」

巻き込まれそうな、不穏な気配。

「な、なにをでしょうか」

「俺が会社の金を使い込んでクビになったたって話」

東海林さんは近づいてくると、僕のコートの肘のあたりをがっちりと摑んだ。

「だけどさ、俺はやりたくてやったわけじゃないんだよ。成り行きでそうなったっていうか騙されたっていうか、とにかく俺は被害者なんだよ」

僕の腕を摑んだまま酒臭い息をまき散らし、結婚相談所で出会った女性のことを話し始めた。

「絵に描いたような美女って言い回し、あるだろ。まさにそんな感じ。小柄だけどメイクとかばっちり決めて派手で艶やかで、小悪魔的な冷たさがあって、とても俺なんて相手にしてもらえなそうな細身のいい女だった。でも彼女のほうから積極的に話しかけてきたんだ。付き合ってみるとかわいらしい面もあって、俺だけに見せる意外な素顔がまた、魅力的で」

まるで初恋の女性の話でもするように、東海林さんはうっとりと天を仰いだ。が、次の瞬間、復讐鬼みたいに激しく言葉を吐く。

「あいつ、周到に計算していやがった！　名前も住所も全部でたらめ。目黒のマンションに住んでいると言っていたが、付き合っている間は『うちは狭くて恥ずかしいから』と、決して俺を呼ばなかった。自分の写真も撮らせなかった。『自信がないから恥ずかしいの』だってよ。

今思えば、証拠を残さないためだったんだな」

そしてまた、未練の表情に戻る。

「ちょっとすねたりするところが、かわいかったんだよなあ。そりゃあ、金が目的で近づいたんだろうが、一時は本気で俺に惚れてたと思う。そうでなきゃ、あんなふうに自然にすねたりいじけたりなんて、できないよなあ」

答えようがないので無言で立ちつくしていると、東海林さんは僕を睥睨した。

「聞いてんの？」

「は、はい、もちろん」

また情けない表情に変わり、彼はコートのポケットから携帯を取り出した。

「一枚だけ、偶然に撮れた写真があって」

今でもまだ保存していらっしゃるんですか、とは言わずに、彼が示した画像を見た。

全体的にボケているが、中央に、斜め左を見ている女性の上半身がある。レストランかカフェのようなところで、少し遠くから撮ったのかもしれない。女性の顔は小作りだが、ウェーブのかかった長い髪と赤い口紅は派手な雰囲気だ。右手で耳にかかった髪をかきあげているさまは、いかにも艶っぽい。

「警察に聞かれたけど、この写真は提出しなかった。どうせこんなピンボケじゃあ参考にもならないだろうし」

提出したほうがよかったんじゃないかな。だってこの女性、逃げちゃったんでしょ。

僕と東海林さんはじっと携帯画面を見つめた。

……待てよ。

「そりゃあさ、俺みたいな男に、なんでこんなに若くてかわいい子が、って不思議に思ったこともあるよ。だけど、なんか夢見ちゃったんだよね。実際、彼女と付き合っている間は夢の世界にいるみたいだったし……ちょっと、聞いてる？　ええとサワなんとかさん」

「ひょっとして……！」

思わず叫んだ。まさか。でも、あり得る。

彼の腕を摑むと、僕は勢い込んで言った。

「東海林さん、見てもらいたいものがあります！」

「なんだよ、急に」

「あっ、もうなかったんだった！」

僕が頭をかきむしると、東海林さんは二歩ほど後ずさった。

「あっ」再び叫んだ。「もしかして、あるかも！」

携帯を取り出し必死に探すと、目的のものが見つかった。

彼に見せるのは守秘義務に違反するだろうか。でも、もしそうだったら……

「ええと、これはあくまでも、物件のご紹介なんですが」

半ば自分に言い訳しながら東海林さんにそれを見せ、僕の推測は確信に近づいた。

社に戻ると、デビルはいない。何度か電話したが出ない。じりじりしていると、メールが来た。

『案内が立て込んでいて夜までかかります。急用ですか?』

しかたない。『終わってからでいいよ』と返信した。

迷った。

おおいに迷った。

今さらなのは、わかっている。よけいなお世話かもしれない。やはり僕は、これまでのように目立たず騒がず……

いや。

こんな僕にだって、できることはあるはずだ。「最近よくなってきた」と若宮課長に褒められたではないか。教えてあげたら、きっと彼は感謝してくれるだろう。

喫茶まるものマスターがつぶやいた「ビリー・ジョエル」には、『オネスティ』という名曲がある。

嘘がヘタで、すぐ顔に出る。それは僕が〝正直者〟だから。僕がプライドを持てることといえば、正直であるということ。知らんふりは嘘ではないが、正直者は誠実であるべきだ。デビルにお伺いを立ててばかりいないで、自分で決めて行動せねば。

「お話ってなんですか?」彼は斜め下を向いたまま、神経質そうにコーヒーをスプーンでかき混ぜていた。「どうしてもっておっしゃるから来ましたけど、手短にお願いします」

その晩、僕は会社帰りの高瀬和彦さんを捕まえて、近くの喫茶店に誘った。

「すみません。すぐにすみます」

僕は緊張の頂点にあった。ここまで来てしまったら、もう話すしかない。

掌の汗を握りしめ、話し始めた。

「メゾンオパール落合の再案内のときに、一階の廊下で入居者の男性とすれ違ったのを覚えていますか?」

「……さあ」彼はコーヒーを一口飲み、言った。「そういえば、阿部さんと話していた人がいましたね。よく見なかったけど、酔っているようだった」

「あの男性は、付き合っていた女性にそそのかされて会社の金を使い込み、クビになってしまったんです」

彼は黙って眉をひそめた。僕は続けた。

「その方は東京郊外の実家住まいで、厳格なご両親と生活していた。女性に縁がなく、結婚相談所で一人の女性と出会い、付き合い始めた。少し経つと彼女から一人暮らしを勧められました。一緒にいる時間がもっと欲しいと」高瀬さんは片眉を少し上げた。「彼が都心のマンションで一人暮らしを始めたころ、彼女は妹が病気でお金がかかると相談してきました」

その女性が言うには、子供のころ両親を亡くし幼い妹と自分は冷たい親戚に育てられた、成人してからは自分が妹の面倒をずっと見てきた、心臓の弱い妹には入院費や手術費がかかるので、お金を貸してもらえないか……

「彼はお金を貸してあげたが、やがて自分の貯金だけでは足りなくなったので親御さんのお金もこっそり持ち出し、それでも足りなくなると、会社の金に手をつけてしまった。横領した金を彼女に渡したら、それきり連絡が取れなくなったそうです」

高瀬さんの目は動揺したように、ゆらゆら動いていた。

「今日、その女性の写真を見せてもらったんです。ちょっと不鮮明でしたが、私はその女性を見たことがあると思いました」

携帯を取り出し、東海林さんから送ってもらった写真の画像を表示させてテーブルに置いた。彼は凝視した。

その隣に、プリントアウトした写真を並べた。

「メゾンオパール落合の室内を撮ったときに、高瀬さんと美沙さんが偶然写っていたんです。美沙さんの部分を拡大しました」僕は喉がひりつくのを感じながら言った。「二枚の写真の女性、似ていますよね」

高瀬さんは不快げな表情でつぶやいた。

「雰囲気がぜんぜん違う。そっちは髪が長いし化粧も濃いし、美沙さんとは別人だよ」

「女性の右手を見てください。耳にかかった髪を指でかきあげているでしょう。美沙さんも同じ仕草をよくしますよね。彼女はいつもきちんと結わえているから、髪をかきあげる必要がないのに」

二枚の写真の、手の部分を指した。

「手の角度がほとんど同じです。髪型や化粧を変えても、こういう仕草はなかなか変えられないのではないでしょうか」

高瀬さんは、おこりのように震えていた。

「これは、彼女じゃない！」

「騙された男性は、この女性が」僕はプリントアウトの写真を指した。「例の彼女に間違いないと言いました」

紙の写真は契約後に捨ててしまったし一眼レフカメラ内のデータもすでに消去していたので、美沙さんの顔写真はどこにもないと、一度は焦った。

しかし、思い出した。カメラのデータを整理したときに土井垣邸でのデビルの横顔と一緒に、二人の画像を自分の携帯に移しておいたことを。言わばデビルのおかげで顔写真の消失を免れたわけだ。それを改めて拡大印刷したのが、この写真だった。東海林さんに「物件のご紹介なんですが」と言い訳しながら見せると、そこに〝たまたま〟写っていた女性は例の彼女だと断言してくれた。そして「お役にたつなら」と、彼の携帯の写真も貸してくれたのだった。

彼は僕を睨んでつぶやいた。

「……その人の思い違いだ」

どう言ったらわかってもらえるんだ。僕は必死に頭を巡らせた。

「美沙さんがメゾンオパールを断ろうと言ったのは、再案内のあとですよね。メゾンオパール落合に高瀬さんが入居したら、美沙さんは騙した元カレと遭遇してしまうかもしれない。だから、あなたに申し込みを取り下げさせた。私のことが嫌いだからと、弊社との関係も断ち切らせた。弊社と昔の彼氏が繋がっていると察したから」

「……それは」

「あなたも美沙さんから一人暮らしを勧められたのではないですか。実家にいたのでは、あなたがお金を自由に使いにくいから。そして部屋を借りる際には安くて小さなところでいいと言われていましたよね。元カレさんも同じで、いずれ二人で暮らすときのためにお金は取っておこうと提案された。彼女からすれば、相手が家賃にたくさんお金を使うくらいなら、その分を自分に貢いでほしかったのかもしれません」

「彼女は、単に質素なだけですよ！」

「林芙美子の『放浪記』を検索した際、彼女が不機嫌になったそうですね。もしかして、『父親が行商で詐欺をして捕まった』という部分が、引っかかったのではないでしょうか」

彼の口が大きく歪んだ。

「そんなことは」

「お母さんは病気がちだそうですが、お会いになったことはありますか？」

「……地方で療養しているそうなので」

僕は語気を強めた。

「ひょっとして、お金を貸したことは」彼は口を開きかけて、閉じた。「あるんですね。失礼ながら、いくらくらい」

突然、どん、と高瀬さんがテーブルを叩いた。

「なんの権利があってそんなことを！」

喫茶店の客の視線がいっせいに集まった。

彼は再びテーブルを拳で叩き、椅子を蹴飛ばして立ち上がった。

「嫉妬《しっと》ですか？　自分は不幸で、僕だけが幸せになるのが気に食わないんだ。でなきゃそんなひどい中傷、言えないよね！」

「わ、私は、ただ……」

彼は仁王立ちしてぶるぶる震えていた。

「僕みたいに冴えない男があんな若くてかわいい人と付き合うなんてあり得ないと、そう思っているんでしょう。そりゃ、本当に僕なんかでいいのかと最初はちょっと思ったよ。でも、美沙さんは僕のよさをわかってくれた。優しくて、いつも悩みを聞いてくれて、本当にいい人なんだ。そんな彼女を悪く言うなんて！」

僕はなすすべもなく、ひたすら高瀬さんを見上げていた。

彼は視線をそらすと、吐き捨てるようにつぶやいた。

「あなたがそんな人だとは思わなかった」

高瀬和彦さんからはそれきり連絡がなかった。

彼の冷たい視線が忘れられない。面と向かって自分に怒りをぶつけられることが、こんなに後味の悪いものとは。

もし美沙さんが例の女性とは別人だったら、今ごろ二人はどこかの物件を仲良く内見しているだろう。高瀬さんを激昂させ美沙さんを貶《おとし》め、会社に損をさせた僕は、大間抜けだ。

でももし美沙さんが詐欺師なら高瀬さんはすんでのところで救われたわけだから、少しは感謝されてもよさそうなものだ。怒鳴られたときにはひたすら萎縮していたが、時間が経つにつれ割り切れない気持ちが湧いてきた。

今日も残業。事務作業を一段落させると、例によってオフィスには僕一人だけ。

携帯を取り出し、保存しておいたツーショットの画像を見つめた。

美沙さんは真面目そうな顔でなにか話している。確か、サイドテーブルを決めるときだ。この表情は本物だろうか。高瀬さんを想って、二人の未来を想って、幸せな結婚を想って、真剣にテーブルの色を選んでいたのだろうか。

携帯が震えた。デビルから電話だ。

『先輩、まだ会社ですか？　飲みに行きましょうよ』

唐突なデートのお誘いも、今の僕には心躍るビッグイベントにはならなかった。断りたい一心だったが、『黒田さんのお店が五周年でサービスしてくれるんですって』という言葉に、重い腰を上げた。

黒田さんの勤める居酒屋は、客が十五人ほど入ればいっぱいになるような落ち着いた雰囲気の店だった。客の年齢層は高く、僕たちが最年少だ。僕とデビルはカウンターの端に並んで座った。そこから奥の厨房が覗け、黒田さんが真剣な表情で魚をさばいているのが見える。

ビールで乾杯したあと、デビルは珍しく無口だった。弾むような会話を僕が繰り出せるわけもなく、焼酎《しょうちゅう》の水割りを黙々と飲んだ。僕は四対六、デビルは三対七。

つまみはどれも美味しかったが、食欲はなく、ボトルがどんどん減った。初めて知ったが、デビルは酒も強い。顔色ひとつ変えずに淡々とグラスを傾けている。

やがて視界がゆらゆらしてきたころ、ついに僕は言った。

「……どうしてこうなっちゃうんだろう」デビルは黙って僕のグラスに焼酎を注いだ。「高瀬さんのために勇気を振り絞って言ったのに、あんなに怒鳴られるなんて。穏やかな人だと思っていたのに」

デビルは前を向いたまま、静かに言った。

「しかたないですよ。高瀬さん、意外とプライド高そうでしたし」

「僕は間違ったことをしたのかな」

「先輩は、忠告することが優しさだと思ったんですよね」

「だって、もしあのまま騙されて、お金を取られて、あげくのはてに会社の金を使い込んだりしたら彼の人生は終わりだし、それこそプライドがずたずたになるじゃないか。せっかく僕が気づいたんだから、そうなる前に教えてあげなきゃかわいそうじゃないか」

デビルはグラスに水を注いでマドラーで掻き回すと、僕の前に置いた。

「昔の映画のキャッチコピーに〝男は……優しくなければ生きている資格がない〟とかいうの、ありましたよね」

「もとは、チャンドラーという作家の小説のセリフだよ。映画は」酔いの回った頭で記憶を辿った。「森村誠一《もりむらせいいち》原作の『野性の証明』かな。そんな古いの、よく知ってるね」

「父が大好きで、うちにビデオがあるんです。父曰く、それが日本で流行ったころはまだ、男が優しさを見せたら『ダサい』って言われる時代だったそうです」

デビルはちょっと間を置き、前を見つめたまま淡々と語った。

「昔と違って今は、男が優しさを出してもいい、むしろ歓迎される時代だそうです。でもまだ、優しさに理由をつけないと表現しにくい。〝こんな色〟っていう説明をつけないとちょっと恥ずかしいというか」

僕は、彼女の端整な横顔を見つめながら朦朧《もうろう》とした頭で聞いていた。

「〝カッコよく見せたい〟という見栄っ張りの色、〝人が自分をそう見ているから〟という周囲を気にしての色、〝自分がやってあげねば〟という思い込みの色……」

彼女の唇から発せられる言葉にも色がついているんだろうか。

酩酊した目で睨む。

ふわふわした、七色のしゃぼん玉みたいなものが宙に舞っている……ような気がした。

「でも、思うんですけど……」

彼女が黙り込んだので、僕は少々なげやりに聞いた。

「なに？」

デビルはこちらを向くと、澄んだ瞳で言った。

「相手の幸せだけを想っての純粋な優しさはきっと、無色透明なんでしょうね」

返す言葉がなかった。

デビルは焼酎を自分のグラスになみなみと注いで、カウンターの奥に向かって言った。

「黒田さん、おつまみが美味しすぎてお酒が進んじゃいます。ボトル、もう一本」

第四話　その土地の事情

「落ち着いて！　お、お、落ち着きましょう！」

と言いつつ、落ち着いていないのは僕のほうだ。なにしろデビルが、男からナイフを突きつけられている。

「うるさい！」

ニット帽とマスクで顔を隠した男は、彼女を羽交《はが》い締《じ》めにしたままじりじり移動した。ナイフが細い首のあたりでうごめく。やめろ！　彼女を傷つけるな！

僕は、裏返った声で聞いた。

「な、なにが目的ですか」

くぐもった声が返ってくる。

「あんたもツノハズ・ホーム？」

「澤村と申します。あの、これはいったい」

男がデビルと共に近づいてくる。逃げたい。いやダメだ。デビルを守るんだ。

「彼女を放してください。こ、こ、殺すなら僕を……」

ふいに腕を掴まれた。

「来い」

男はデビルを突き飛ばし、僕の首元にナイフを突きつけるとものすごい力で家の奥へ引きずり込んだ。

彼女は助かった。が、どうしてこんなことに？


土井垣邸に入居申し込みが入ったのは、十二月上旬のことだった。夏から募集をかけて四ヶ月。そろそろ案内の一件も入らないとまずい、と焦っていたので、デビルのお客様であるアパレルメーカー社長の弓木野氏から顧客を紹介してもらったときには、ひとまずほっと胸をなでおろした。

弓木野社長の知人が新宿で結婚相談所を開こうとしていた。ステイタスがあり収入にも不自由していないが人生のパートナーに巡り合う機会のない独身者は、案外多いそうだ。そういう人たちが優雅にくつろぎながら互いに知り合える場所を提供するために、ゴージャスな雰囲気の建物を探していた。

さっそく案内するといたく気に入ってくださり、とんとん拍子に話が進んで、年末ぎりぎりに契約予定となった。

「本当によかったわ」

ツノハズ・ホームの五階小会議室で、若宮課長が淡々と述べた。

本日は三週間ぶりの賃貸二課のミーティング。毎週のように会合を行う部署もあるが、〝会議ばかりでは効率が悪い〟との若宮課長の方針で、二課は全員が集まれる日時に不定期にミーティングを開く。

「土井垣邸はこのまま年を越してしまうかと思っていたのよ。澤村君、承知しているでしょうが契約書類の作成は細心の注意を払ってね」

「はい。一課にも確認してもらっています」

主に居住用賃貸物件を扱っている我々賃貸二課に対し、一課は事務所店舗用物件をメインに扱う。本社のある新宿は事務所店舗の需要が多いので、一課のほうが二課よりも規模が大きい。居住用と事務所店舗用では、契約期間、賃料にかかる消費税、退去時の原状回復義務など、細細した相違があるので、フォローし合うことはよくある。

「事務所用のほうがある意味、居住用より楽な部分がありますね」大橋がいつもの癖で前髪をかきあげながら言った。「原状回復義務が比較的明確だから、退去時に揉めることも少ないですし」

体育会系の阿部は背筋を伸ばして生真面目にうなずいた。

「一課の連中も、土日祝日は比較的休めるし、賃料相場が高いから売り上げもあげやすいと言っています」そのためか、一課は二課を下に見ているフシがある。「でも、自分は居住用のご案内が好きです。住まいを探す理由は人それぞれで、そのお世話をするのは楽しいですよ」

課長が糸のような目をさらに細めた。珍しく穏やかだ。

「進学や就職で初めて一人暮らしをする。結婚を機に新居を探す。息子家族と同居するために家を建て替えるので仮住まいが必要だ……私たち居住用賃貸の営業員は、お客様の人生の節目に立ち会うことが多いわ」

「そう、そうなんです」阿部が目を輝かせた。「そういう瞬間に遭遇できるって、嬉しいですよね」

「もっとも」大橋は肩をすくめた。「事業に失敗して家を引っ越さねばならない、死別や離婚で独りに戻った、なんてケースもありますけどね」

「それも人生の節目よ」課長は言った。「住まいを変えるということは、新たな生活の第一歩。新しい住環境が心地よければ幸先のよいスタートが切れる。そんなふうに思っていただけるようにお客様の手助けをするのが、我々の仕事だわ」

「私も居住用の営業は好きです」デビルが嬉しそうに発言した。「ご案内の際には、私ならこんなふうに家具を置きたいとか、駅までの道に美味しそうなパン屋があったから毎日帰りに寄っちゃおうかな、なんて考えてしまいます」

「パン屋か」阿部がごつい顔に笑みを浮かべた。「自分も案内のついでに、美味しそうなケーキ屋を物色していますね」

「僕はおしゃれなバーかな」

大橋の言葉に、課長が微かにうなずいた。プライベートはまったく知らないが、スイーツ派よりはアルコール派のイメージだ。

「ところで」デビルが言った。「今回の結婚相談所は、顧客獲得のチャンスだと思うんです。結婚を決めた方の新居を探すお手伝いを我が社がさせていただく、というのはどうでしょうか、課長」

「結婚相談所と提携するってこと？」

「優先的にお客様を紹介していただくんですよ。パンフレットとか置いてもらって」

「いいわね。すぐに動いてちょうだい」

「すでに大藪《おおやぶ》社長には、口頭でご提案させていただいています」

弓木野社長の知人の大藪氏は、関東に結婚相談所を五ヶ所展開している会社の社長だ。今回の土井垣邸の相談所は、都内では銀座《ぎんざ》に続いて二店舗目にあたる。

「さすが神崎さん」阿部が目を輝かせた。「目の付け所がいいね」

「ありがとうございます。提案書作成は澤村先輩の担当です」

初耳だったが、もちろん知っていますという表情を精一杯つくろった。いつものことながらデビルは猪突猛進《ちょとつもうしん》だ。

「それと」課長はスケジュール帳を眺めながら言った。「管理部にリース家具の運び出しを依頼したのだけれど、インフルエンザが蔓延《まんえん》していて人手不足だそうで、二課で搬出することになりました。悪いけれど、阿部君と大橋君も手伝ってちょうだい」

阿部は元気よく、大橋はしぶしぶという感じでうなずいたので、すかさずデビルがすまなそうな表情で頭を下げた。いつものことながら同僚への気配りもばっちりだ。

「頼むわね」全員を見回した課長は、最後に僕を睨んだ。「今さらだけど、しっかりね、澤村君」

「は、はい」

今さらだが、僕がしっかりしていないことは自分が一番よくわかっている。

先月、入居申し込みを取り下げてきたお客さんのところに押しかけ、あなたは詐欺に遭っているかもしれませんと得意げに伝えて徹底的に嫌われて以来、もともとほとんどなかった自信が根こそぎ引っこ抜かれて、いまだにペンペン草も生えてこない。

「ところで」若宮課長は、僕が作成した土井垣邸賃貸借契約書のフォームを手に取った。「オーナーの土井垣様は、株式会社ドイ製薬の一族?」

「はい」デビルが答えた。「亡くなられた土井垣氏は、ドイ製薬の現社長の叔父です」

「やっぱり。四十年以上も前のことだけれど、あのあたりで公害騒ぎが起きたそうなの」阿部がリース家具を土井垣邸にと提案してくれた際に大橋がネットで調べたと言っていた、交差点付近の排ガス騒ぎのことだ。「そのときにドイ製薬がいち早く、鉛中毒による体調不良を改善させる薬の研究をしていると発表したんですって。先日、私のお客様に土井垣邸を勧めたら、そんな話が出たの」

「なるほど」大橋はうなずいた。「親族が地元にいたから、会社をあげて薬の研究にいち早く乗り出したんでしょうね」

僕は言った。

「よく通る場所なので、その騒ぎのことが気になって少し調べてみたんですが、今の市谷柳町交差点は当時、牛込柳町交差点と呼ばれていたようです」

一九七〇年、民間の医療団体が旧牛込柳町交差点付近の住人の健康診断を行ったところ、四十九人中十三人が体内に鉛を異常に蓄積していることがわかった。交通量の多い大久保通りのその交差点では、信号待ちのたびにアイドリング状態の車が数珠つなぎになるため、吐き出される一酸化炭素の量が非常に多い。おまけに、交差点が谷底なので排気ガスが拡散されにくく、そのために住人に健康被害が生じたと判断された。

「東京一の排ガス汚染の場所として一斉にマスコミに取り上げられて、『牛込柳町鉛中毒事件』なんて言われたそうです」

大橋がややあきれた様子で片頬を上げた。

「よくそこまで調べましたね、サワさん」

「調べだしたら止まらなくなって、当時の新聞を閲覧してみたんだ」

政府は、信号の場所を変えたりバス停をずらしたりと対策を取ったが、マスコミが騒ぎたてたせいか、住人が子供を親戚の家に〝疎開〟させる羽目《はめ》に陥ったり、風評被害で商店の客が激減したりした。

「その後、都が大気測定や健康診断を数回行ったところ、数値の悪化は見られず、そもそも健康被害があったのかという議論まで生まれ、騒ぎは尻つぼみになりました。この報道のおかげで東京都内の交通量の多い場所が交通規制されていったので、大騒ぎになったことは結果オーライと言われたようです。が、引っ越しを余儀なくされた家庭や休業せざるを得なくなった米屋などもあったみたいですね」

「その土地の地形のせいで起きた事象が、住人の人生を変えてしまうこともあるんですね」

阿部が深刻そうに言うと、大橋は眉をひそめた。

「確かに、排気ガスにまみれた米は食べたくないと思うだろうな。そんなところで米屋をやっていたのが不運でしたね」

「今は事件の面影はないわね。通り沿いの建物も様変わりしたし」

課長の言葉に、デビルが明るく言った。

「でも、一歩脇に入るとお寺が多く残っていたりして、都心のごちゃごちゃした雰囲気とは少し違う印象です。シエイカンもありましたし」

「シエイカン?」大橋が首をかしげた。「なんだい、それ」

デビルは一瞬、口を引き結ぶと、楚々として微笑んだ。

「いえ、なんでもありません」

「では」課長がびしりと締めた。「家具の搬出は迅速に、契約は粛々《しゆくしゆく》と進めてください」


翌日、僕は打ち合わせのために土井垣夫人の住む市ヶ谷のマンションを訪ねた。八階建ての高級マンションだが、彼女の部屋は一階にあり、小さな庭がリビングから見渡せた。室内は、床の間、違い棚、鎌倉《かまくら》彫の箪笥など和風テイストで整えられている。

相変わらず女王のような貫禄の夫人が、緑茶と羊羹を自ら出してくれた。お手伝いさんの二、三人でもいるのかと思いきや、一人暮らしだそうだ。

「バリアフリーなので車椅子でも不自由ありませんし、まったく歩けないわけではありませんので、必要な用事だけヘルパーさんにやってもらっています。人を使うのは存外わずらわしいものなのです」

人を使ったことのない僕は、さもありなんとうなずいておく。

入居者が決まって安堵したのか、夫人はやや饒舌《じょうぜつ》だった。

「正直なところ、わたくし、あのお屋敷はあまり好きになれませんでした。二十代後半で嫁に来て以来、四十年以上住みましたが、いつも落ち着かない気持ちでおりました」

あんな広い家ならば、落ち着かないのも道理であろう。

「わたくしの実家は鎌倉でして、総檜《ひのき》造りの日本家屋でございましたので、あのように中途半端なごちゃごちゃした造りの洋館は、どうもね」

庶民の発想はやめよう。鎌倉の実家はもっと広かったのかもしれない。僕は言った。

「私は、土井垣邸はとても美しい建築物だと思います。非常に凝った造りになっていますね。基本はアールヌーボーですが、ホールの上部はバロック風、二階の客間はゴシック調、浴室はアールデコですっきりまとめてあるなど、それぞれが主張しすぎずにバランスを保っています」

「さすが不動産屋さんですわね。建物にお詳しい」

「学生時代に西洋文化史をちょっとかじったので」

「わたくしは洋式の作法に疎《うと》くて」夫人は少し遠い目をした。「お姑《しゅうとめ》さんによく叱られました。テーブルマナーや紅茶の淹れ方など、いちいち文句を言われておりましたわ」

それは居心地も悪かろう。

「姑は妙に外国かぶれで、やたらとコーヒー、紅茶に凝っておりまして辟易《へきえき》したものです。そうそう、嫁《とつ》いだころにいた使用人の一人が……二十歳前後の男の子だったのですけれど、その子の淹れる日本茶は美味しかったわ」

「男のお手伝いさんですか」

「ご両親を亡くした天涯孤独の青年が住み込みで働いていました。彼のご両親と主人の間にお付き合いがあった縁で、うちに来たと聞きました。もっとも、わたくしが来て一年もしないうちに辞めてしまいましたが」

僕は緑茶を一口飲み、思わずつぶやいた。

「美味しい」

夫人はゆったりと微笑んだ。

「ありがとう。人をもてなすのは久しぶりです」

熱すぎず温すぎない。口内で馥郁《ふくいく》と広がるまろやかな味は、僕を古都鎌倉の日本庭園に運んでくれる。

鶯色の羊羹を食べた僕は、はっと顔を上げた。この味は確か……

「この羊羹もすごく美味しいのですが、特別なものですか？」

彼女は満足げにうなずいた。

「澤村さん、なかなか舌が肥《こ》えていらっしゃるのね。それは甘泉屋《かんせんや》というお店のものです」

「カンセン？　ひょっとして、甘泉園公園の甘泉ですか？」

「博識ですわね」

新宿区にある甘泉園公園は、徳川御三卿のひとつ、清水《しみず》家の下屋敷跡だ。庭園に湧き出る水がお茶に適していたことから名づけられたと聞く。

夫人は車椅子を少し動かすと、テーブルの端から薄緑色の包装紙を出して広げた。

「西早稲田にある小さな和菓子屋です。店主が変わり者で宣伝もしていないので、知る人ぞ知るお店なのですよ」

品のよい包装紙には小さく『かんせんや』の文字。僕は言った。

「これと同じ羊羹を以前、四谷に住むオーナー様からごちそうになったんですが、店名を聞きそびれていました。お店の場所を教えていただけませんか」

「住所をお教えすることはできますが、わたくしは行ったことがありません。いつも頼むヘルパーさんによれば、看板もなくて非常にわかりにくい場所で、おまけに店主が偏屈で、気に食わない客には『売り切れだ』と言って断ってしまうとか」

夫人は小さな手帳を取り出し、所在地をメモしてくれた。

「無添加にこだわっているのが、いいのですよ。わたくしが嫁ぐ少し前までは土井垣邸のそばにあったのですが、その後、今の場所へ移ったと聞いています」

近々寄ってみよう。デビルが喜ぶに違いない。総務課の酒井さんにも持っていこう。無添加なら、お子さんにも食べてもらえるだろう。

……久しぶりに奈緒のことを思い出した。

彼女は和菓子も洋菓子も食べたけれど、なにが一番の好物だったんだろう。思い出せない。というか、たぶん知らない。今さらながら思う。僕は彼女のなにを見ていたのか。

デビルはお客様のことを知りたいから観察すると言っていたが、僕はお客様であれ人生のパートナーであれ、相手をちっとも見てこなかったのだ。

結婚して八ヶ月ほど経ったころ、彼女がフランスでインテリアの勉強をしたいと打ち明けてきた。僕は気楽に賛同した。ほんの数週間だと思ったのだ。しかし奈緒はこう言った。

――二年は勉強したいの。会社を辞めてついてきてくれる?

うろたえた僕は、なんでも君の好きなようにしていいと答えた。そうしたら、離婚された。

今ならなんとなくわかる。彼女は僕に親身になって相談に乗ってほしかった。一緒に悩んでほしかった。あるいは、反対してほしかったのかもしれない。

しっかり者の奈緒に甘えるばかりで、僕は彼女をこれっぽっちも支えてやれなかった。

「どうかなさって?」

夫人が首をかしげたので、僕はしみじみと答えた。

「土井垣邸は結婚相談所になるわけですが、人生のパートナーを理解するのはなかなか難しいことだと、ふと思いまして」

夫人は、大きな腰高窓越しに庭を見つめた。東京の空にはどんよりと重い雲が垂れ込め、夕暮れの室内にもうら寂しい気配がひっそりと侵入しつつあった。

「主人は十歳も年上で気難しい人でした。無趣味で、仕事一筋、研究一筋でしたわ。舅《しゅうと》も同じタイプで、二人とも新薬の研究の話しかしておりませんでした。そんな二人を姑は誇らしげに見守っていましたが、わたくしにはまったく理解できませんでした」僕のほうを見た。「あなたは仕事人間？」

「仕事に追われている感じですが、仕事人間かと聞かれると」

夫人は不思議なほど色の薄い瞳で僕を見つめた。

「家族は大事になさいませよ。あの人は研究にすべてを捧げてしまったので、定年後は孤独でした」彼女はふいに表情を曇らせた。「亡くなる前の三ケ月ほど、主人は少し……かなり様子がおかしかったのです。こんな話を不動産屋さんにするのも変ですが、今日はなんだかおしゃべりしたい気分なの。聞いていただけますかしら」

デビルから、ご主人はウツ病のような状態で部屋に籠り、最後は心不全だったと聞いていた。看病していた奥さんはさぞご苦労だったろう。僕は夫人の話を静かに拝聴した。

ご結婚は？

あら、そうですか。今は、ダメならやり直せる時代ですわ。さっさと次をお探しなさい。まだ若いんですから。

わたくしの結婚にロマンスは皆無でした。親の決めた相手と添い、嫁いだ家のために心血を注ぐ……それが正しいと信じていました。今となっては、なんと味気ない人生だったかと悔やまれますけれど。

主人は、恵まれた環境で生まれ育った人です。大手製薬会社の一族に生まれ、薬の研究に没頭し、親に言われるまま結婚して娘を二人儲けた。

酒もタバコも博打も、たぶん女も興味のない人でした。楽しいのは研究。自宅にも研究室をしつらえて、四六時中なにやかやといじっていました。人様のお役に立つ仕事に関わっているわけですから、わたくしなりに尊敬の念は持っておりましたが、主人が画期的な新薬を開発したことはなかったと認識しております。

主人は家にいても、いつもどこか違う世界にいるような人でした。こちらの話をぜんぜん聞いていないかと思いきや、急にわたくしの言葉遣いの誤りを厳しく指摘したり、娘たちが食事中に騒いでも気にも留めない中で、ちょっとした不正を行った会社員の逮捕のニュースがテレビで流れると悪しざまに罵ったりと、ちぐはぐなやりとり。一緒にいると疲れましたわ。子育てはわたくしに任せっぱなし。当時はそれが一般的でしたが、娘たちはまったく主人になつかず、嫁に出てからは主人を敬遠して遊びに来ませんでしたし、孫ができても、あの人のほうから娘の家に出向くなんて思いもつかないものだから、いつも孤独でした。

定年後は、週一回研究所に顔を出す以外は自宅の研究室に籠りっきり。一階の玄関ホールの上の、回廊につながっているあの部屋です。ベッドを入れドアの鍵をわざわざ付け替えて中から鍵がかかるようにして、昼も夜もなにやらごそごそやっていました。

もともと無口で暗いタイプでしたがますます頑固で陰鬱《いんうつ》になっていき、顔を合わせるのも苦痛でしたわ。

そして……あれは亡くなる三ヶ月ほど前でした。

主人はほとんどお酒を飲まないのですが、たまに、近くの居酒屋へ一人でふらりと出かけていました。つまみが美味しいので寄りたくなるのだ、と言っていました。一緒に行ったことはありません。居酒屋というところの雰囲気が好きではないので。

その晩、主人は珍しく酔って帰ってきました。まっすぐ研究室に入ったので、わたくしは声をかけて自室にさがりました。

ちょうどわたくしが寝入ったころ、急に叫び声が聞こえて、驚いて飛び起きました。主人の声でしたが、恐ろしくて、なかなか駆け付けることができませんでした。

先ほども申しましたが、わたくしは使用人が屋敷内にいるのが好きではないのです。実家では使用人たちは別棟に住んでおり、夜に母屋に入ってきたりはしませんでした。あの屋敷の敷地内にも昔は小さな木造の小屋がありましたが使わずにいて、やがて主人が取り壊したので、使用人用の家屋はありませんでした。

そんなわけで、姑が亡くなってからは通いのお手伝いさんだけで、夜は主人とわたくしの二人きりでした。

わたくしの寝室と主人の研究室をつなぐ二階の廊下は、小さな窓越しに吹抜けのホールを見下ろせるようになっています。廊下の壁を挟んですぐ外側に回廊があり、窓は嵌《は》め殺しです。

わたくしは、廊下を主人の部屋の前あたりまでようよう進みました。ふと右手の小窓に目をやると、主人の姿が見えたのです。彼は回廊に出て、下に向かって叫んでいました。

「あれは、わたしのせいではない！　なにを今さら！」

瘦身の主人が取り乱した様子で叫ぶさまは、まるで亡霊のようでした。わたくしは腰が抜けてしまい、しばらくただただ凝視しておりました。

やがて主人は叫ぶのをやめ、回廊にへたり込みました。わたくしはようやく立ち上がり、主人の部屋に入ろうとしました。回廊へは、主人の部屋を通らなければ行かれないのです。ドアに鍵がかかっていたので、廊下に戻って、コツコツと窓を叩き続けました。

主人はわたくしに気づくと、回廊から自室に戻って鍵を開けて出てきました。顔はそれこそ死人のように真っ白で、震える声で、吐き捨てるように独りごちたのです。

「あいつだ。黄泉の国からあいつが復讐にやってきた。いつか来るんじゃないかと思っていたが、ついに来た」

そして、またぷいっと部屋に入ってしまいました。

それから、主人はますます偏屈になりました。鬱々《うつうつ》としてまったく外出せず、夜中に叫んで廊下を走り回るなど、奇怪な言動が増えていきました。

嫁にやった娘たちには言えませんでしたし、相談できるような友人もおりません。医者に行くよう勧めても聞きません。さすがに恐くなり、住み込みのお手伝いさんを雇いましたが、そのころにはほとんど自室から出てこなくなり、そして……


「自宅で亡くなるとやっかいなものですね。警察が来ていろいろ聞かれました。お医者様が心不全と診断し、事件性はないと判断されました。老人性ウツ病だったのではないかと」

「ご主人は飲みつけないお酒を飲んで、夢でも見たのでしょうか」

「あるいは」夫人はまた庭を見つめた。「実際に、復讐にきた亡霊を見たのかもしれません」

僕は、恐る恐る聞いた。

「復讐、とは？」

「主人がつぶやいたことがあるのです。自分は人を殺している、と」

夫人の横顔が落ち着きすぎていて、かえってぞっとした。この上品な老婦人は存外、色素の薄い瞳にどろどろした修羅場をいくつも映してきたのかもしれない。僕はゆっくりと言った。

「薬の副作用かなにかで亡くなった方がいる、という意味でしょうか」

「優しい方ね」夫人は小さく微笑んだ。「わたくしとの結婚が決まったころ、主人と舅は新薬の開発にひどく夢中になっていたのです。ひょっとしてそのときに、無理な臨床試験をしたのかもしれません」

「臨床試験というのは、新薬を患者さんに試すことですか」

「ええ。呼吸器系の病に効く薬の開発を手掛けていたようです。けれどもその後、ドイ製薬でそのような薬が発売されたことはありません」

ご主人は、新薬の実験で患者さんを死なせたことがあるのだろうか。そしてそれは、公になっていないのでは……

夫人はすっと背筋を伸ばした。

「すっかりお時間を取らせてしまいましたね。契約書は目を通しておきます」

「よろしくお願いします。それから、お屋敷の登記《とうき》簿《ぼ》謄本《とうほん》を取らせていただきますので、ご了承ください」

「謄本？　賃貸の契約でも必要なのですか」

「抵当権などが設定されているかどうか、確認しなければならないので」

「そう」夫人はため息をついた。「お恥ずかしいわ。もう抹消しましたけれど、一時はかなり借り入れがついていましたから」

「現時点で借り入れがなければ、賃借人に『ない』と説明するだけです」

「わたくしはぜんぜん知らなかったのですが、舅も主人も土地建物を担保に銀行から多額の融資を引き出していたのです。主人が亡くなって相続税を払わねばならなくなり、慌てて屋敷近くに所有していた貸ビルを売却して、なんとかカバーしました。が、屋敷の固定資産税はバカになりませんし、娘たちにはさきざきで迷惑をかけたくありませんので、いずれは屋敷も売却しようと思っております。でも、ひとまず借り手がついてよかったわ」

夫人は車椅子を器用に操り、玄関まで見送ってくれた。

「あなた。ええと……」

「澤村です」

彼女は微笑んだ。

「では、ごきげんよう。老人の長話に付き合ってくださってありがとう。やはり、フランシスコですわね」

帰り道、携帯で『フランシスコ』を検索した。歴史上の人物やスポーツ選手など、たくさん出てくる。カトリックに絞ってみた。

第二六六代の現ローマ教皇。僕が教皇のように慈悲深いという意味？

アシジの聖フランシスコ。こっちだ。初めて会ったときにそう言っていた。適当なサイトを開いてみて、あんぐりと口を開けた。

「……清貧のフランシスコ？」

『フランシスコは十二世紀のイタリア、アシジの裕福な家庭に生まれた青年だったが、神の声を聞いて全財産を捨て、清貧を貫き通した』

僕が貧しげに見えるから？

『あらゆる人に対して慈悲深く親切だったので、〝熾天使《してんし》の如き聖フランシスコ〟と呼ばれている。ちなみに熾天使とは、天使の九階級の中の最上のこと』

なるほど、優しいと思ってくれたのか。

『同じころアシジに、裕福な家庭に生まれ育ったクララという娘がいたが、フランシスコの生き方に憧れ、すべてを捨ててフランシスコの元に走り、彼の片腕として、生涯、愛と清貧に生きた。彼女は自分のことを〝聖フランシスコの小さき苗木〟と呼んでいた』

夫人は、デビル……神崎くららの名前からフランシスコを連想したのかもしれない。

僕は苦笑して、思わずつぶやいた。

「むしろ逆ですよ。こっちのフランシスコは〝聖クララの小さき苗木〟ほどの存在です」

寄り道をすることにした。会社に戻れば事務雑用が山と待っているが、たまにはいいだろう。デビルは、今日は物件の下見や案内で飛び回っているが、明日の朝一番の契約書類を受け取るために必ず社に戻ると言っていた。お土産があったらきっと喜ぶはずだ。

土井垣夫人のメモを頼りに西早稲田を彷徨《さまよ》った。この夏に羊羹をごちそうしてくれた四谷のアパートオーナーの山本マサさんに道順を聞こうかとも思ったが、プライベートで電話するのは気が引けた。

ゴールデンフタボシ・コーポの一〇五号室から二〇五号室へ引っ越した吉池加奈子さんは、先月、予定より三週間ほど早く出産した。僕も病院へお見舞いに行った。かわいい男の子で、マサさんはまるで孫が生まれたかのように甲斐甲斐《かいがい》しく世話をしていた。

黄昏《たそがれ》時の路地を散々歩き回ったあげく、ようやくそれらしき家屋を見つけた。

古びた一軒家の格子戸に白い木綿の暖簾《のれん》が下がっている。看板も呼び鈴もない。

ノックをしながら声をかけたが、返事はない。恐る恐る引き戸を開けてみる。

ハリウッド映画の有名な宇宙人みたいな、しわくちゃでずんぐりした老人が四畳ほどの部屋の中央からじろりとこちらを見た。色褪せた壁紙、年季の入った畳、扉のすぐ前には使い込まれたガラスケース。奥の三畳間に小さな文机《ふづくえ》が置かれ、その前に老人が正座していた。

「あ、あのう」とたんに緊張した。「失礼ですが、こちらは甘泉屋でしょうか」

背中を丸めたままの老人は手元の雑誌に視線を落としながらつぶやいた。

「どちら様のご紹介で」

「古くからのお客さんに所在地を教えていただきました。でも、建物の特徴を伺っていなかったので見つけるのに苦労しました。白い暖簾がかかっていたので、ここではないかと」

店主は顔を上げた。第一印象ほど年寄りではなさそうだ。六十代前半くらいか。

「ほう?」

鋭い眼光に射ぬかれ、動揺して早口になった。

「の、暖簾は日本特有のものでして、昔は色や形に独特のメッセージを込めていました。暖簾の色は職種によって約束事があったと言われています。例えば、手堅さを重んじる商家は紺色や藍色、お菓子屋や薬屋は白、というように……」

店主は雑誌を閉じると、ゆったり立ち上がった。

「今日は羊羹が二個と最中が六個残っているだけですが」

「それを全部お願いします!……最中は日持ちしますか?」

再びじろりと睨まれた。

「無添加だから早めに食べていただきたい」

「明日はどうでしょう。あげたい人がいるんですが、今日はたぶん会えないので」

「明日なら。冷蔵庫には入れないほうがいい」

彼は見惚れるような美しい所作でガラスケースから最中を取り出し、箱に入れた。何十年もそうしてきたと思われるよどみない動きだ。無駄話は嫌いそうだが、思い切って聞いてみた。

「ご主人は、何年くらい和菓子屋を？」

「十八でこの世界に入って四十八年と九ヶ月」

即答だ。積み重ねた年月に自信を持っているのだろう。

「以前は、牛込柳町駅の近くにいらしたそうですね」

「もう四十年以上前、駅ができるずっと以前ですよ」箱を紙に包みながら、彼は怪訝そうに聞いた。「どうしてそんなことを？」

「不動産の仲介業をしておりまして、ちょうど今あのあたりの物件に関わっていることから、土地の歴史を少し調べていたので」

店主は箱を見つめたまま、吐き捨てるようにつぶやいた。

「不動産屋ね」

あからさまな嫌悪の口調に、思わず謝った。

「す、すみません。なにか不都合がありましたでしょうか」

「お客さんのせいではない」彼は箱を持ち上げた。「それこそ四十年以上昔に嫌な思いをしたことがあったのでね」

「どのような？」

「前店主……私の菓子の師匠は、気の弱い人でね」

現店主はとつとつと師匠のことを話してくれた。前の店主は牛込柳町にいた際に、不動産屋から木造店舗が老朽化していて危ないのでビルに建て替える、ついては別の場所に移動してほしいと言われて、非常に安い補償料でここへ越してきた。師匠はあとで親戚や知人から、もっと立ち退き料をもらえたはずなのに騙されたのだと、さんざんバカにされたという。

高い賃料の取れる立派なビルに建て替えるため、土地所有者と不動産屋が和菓子屋をていよく追い出したのだろう。

「この場所はわかりにくいし、一見《いちげん》の客はまず来ない。師匠は不動産屋から『このあたりは再開発でいずれにぎやかになるから、それまでいたほうがいい』と言われて頑張っていたが、再開発の計画が頓挫してしまい、『保証したわけではない』と不動産屋にそっぽを向かれ、安易に引っ越したことを後悔していた。師匠の夢は日本中に知れ渡る名店を創り上げることでしたから」

僕は料金を払うと、思わず頭を下げた。

「すみませんでした」

「あなたが謝る必要はない」

「ですが、同業者として、申し訳ない気分になります」

店主は初めて表情を和らげた。

「お客さん、いつも損してばかりでしょう」

見抜かれてしまった。

「ですがね」彼は小さな紙袋に菓子を入れた。『禍福《かふく》はあざなえる縄のごとし』悪いことの次には必ずいいことがある。甘泉屋は先代が夢見たような全国的な有名店にはならなかったが、代わりにぜったいに裏切らないお得意様を数多く得た。私はむしろ今の形態に満足している。人生、そんなものです」

甘泉屋の偏屈店主は丁寧な手つきで紙袋を僕に渡すと、ささやくように言った。

「ご来店ありがとうございます。またどうぞ」

僕は深々と一礼して店を出た。


社に戻ると事務雑用に追われ、例によって一人で残業に励んだ。ようやく一段落して顔を上げたとき、十二月の冷気をまとったデビルが室内に駆け込んできた。

「さっむ～い。雪でも降りそう。私、末端冷え症なんですよ。そろそろ手袋出さないと」

柳《りゅうりょく》緑色のコクーンコート姿のまま椅子にどすんと座ると、両手に息を吐きかけた。〝小さき苗木〟か。

「お疲れ様。土井垣夫人に契約書のフォームを届けたよ」

「さっき電話してみたら、喜んでいました」頰に赤みの差した聖クララは、僕の手元を覗き込んだ。「それは？」

「土井垣邸の登記簿謄本」

「先輩、いつもトーホンって言いますけど、登記事項証明書のことですよね」

「ごめん、つい」

〝登記事項証明書〟とは土地建物の戸籍のようなものでかなりの個人情報が書かれているが誰でも簡単に入手できる。昭和六十三年の法改正後にコンピュータでのデータ管理化が進み、この名称に変更されたが、なぜか我々不動産屋は、現在はほぼ存在しない紙製の帳簿の写しを指す〝謄本〟という言葉を、わりと堂々と使っている。

彼女は数枚に渡る謄本……登記事項証明書をめくった。

「一時はずいぶん銀行からの借り入れ額が多くなっていましたね」

「それで共担《きょうたん》が二物件ついたんだけど」

〝共担〟は共同担保の略で、一つの債権のために複数の不動産を担保として出して、抵当権などを設定することを指す。土井垣邸の謄本を見ると、過去に屋敷以外に二つの物件が担保になっていたことがわかる。

「相続の際に共担の物件は売ったそうだよ。それに、娘たちに迷惑をかけたくないから、いずれはあの屋敷も売るつもりだって」

デビルは僕をひたと見据えた。

「夫人をがっちり捕まえておいてください。うちで売却しましょう」

「そうだね。ゆくゆくは我が社で」

「気を抜かないでくださいよ。サム・エステートの鹿取って人から土井垣邸を売却しないかと電話があったって、先ほど夫人が話してくれました」

「えっ」マサさんのアパート前で会ったホスト風の営業マンだ。またあの男か。「でも、彼は賃貸営業員では？」

「最近売買部に移ったと言っていたそうです。先輩、サムなんかに奪われないでくださいよ。あれだけまとまった敷地はめったに出ないんですから、大チャンスです。私たちで決めましょう」

「でも、僕たちは賃貸部だし」

「賃貸部が売買物件を扱ってはいけないってルールはないですよね」

「な、ないと思うけど、売買部に任せたほうが。土地の契約書類は複雑だし」

「大丈夫、先輩ならできますって！　売買はやっぱり売上額が桁違いですからね」こちらの小さき苗木は思いきり世俗にまみれている。「とにかく、まずはきっちりと賃貸契約を締結させましょう。先輩、うまくいけば今月はトップスリーに入れるんじゃないですか」

「え、ほんと？」

「頑張りましょうね！」

土井垣夫人、やっぱり、僕《フランシスコ》が神崎《ク》くらら《ラ　ラ》に導かれているんです。

「あら、こちらはなんですか？」

机上の紙束を指したので、答えた。

「『牛込柳町鉛中毒事件』についての新聞記事だよ」

図書館で一九七〇年の新聞を閲覧したが、量が多かったのでコピーしてきたのだった。昨日のミーティングで話題になったので、読み返そうとしていたところだ。

デビルは一枚取り上げた。

「『米屋の店主、営業不振を嘆く』……風評被害ってやつですね」

記事には、交差点そばにあるという米屋の写真が載っていた。

「うん。このお米屋は数回に渡って取材されている。『米も排気ガスまみれなんじゃないか』って騒がれたそうだよ」

「そういえば、大橋さんもそんなことを言っていましたよね」デビルは指で記事の一部を示した。「高校生の息子がインタビューに応じていますね。『父は頭痛がひどく、母も持病の喘息《ぜんそく》が悪化し、商売までうまくいかなくなって困っています。このままでは僕も学校に通っていられなくなるかもしれない。早くなんとかしてほしいです』……切実ですね」

「新聞は三ヶ月くらいでこの騒ぎを取り上げなくなり、二年後に『あの事件は今』というような記事がちらりと載っていた」

僕は、『信号の場所が変わって車の流れがよくなった』というキャプションのついた交差点の写真を指差した。

「空気がきれいになったんでしょうね」

「交通整備で谷底に排気ガスが溜まらなくなったのは事実だと思うけれど、健康被害はもともとなかったという主張もあって、僕が調べた限りでは真相はわからなかったよ」

ようやくデビルがコートを脱いだところで、思い出して甘泉屋の和菓子を出した。

「それ、マサさんが以前に出してくれた羊羹じゃないですか」デビルは小さく万歳するように両手を上げた。「どこで買ったか聞こうと思っていたのに、すっかり忘れていました」

「無添加だそうだから、少し酒井さんにおすそ分けしよう」

「はい！　明日、総務に持っていきましょう」彼女は新聞のコピーを僕のデスクに戻しながら微笑んだ。「コーヒーブレイク、じゃなくて日本茶ブレイクにしましょうよ。先輩が淹れてくれる緑茶、めっちゃ美味しいですから」

「わかった。すぐ淹れてくるよ」

給湯室でいそいそと日本茶を淹れ、席に戻ってきてふと気づいた。デビルのデスクが無秩序なのはいつものことだが、僕のデスクもこのごろ雑然としている。

まずい。こき使われるだけでなく、感化されてきたのでは？

「美味し～い。さすが先輩！」

そして、この笑顔に巻き込まれる。

土井垣夫人、導かれているというより、フランシスコはクララに仕えています。

数日後。

十二月も半ばになると、いよいよ風が冷たく感じられる。新宿駅の周辺は、きたる年末のビッグイベントに向けてひどく華やいでいた。

去年のクリスマスは仕事をしていた。今年のクリスマスはなにをしているだろう。たぶん仕事だ。でも、クリスマスイブは賃貸部の定休日である水曜日。喫茶まるもでまったりしていたら、デビルがやってきたりしないかな。いや、彼女のことだ、きっと予定が詰まっているだろう。

そういえば緑の虫騒ぎの劇団員、星雅也さんが、芝居を見にきてほしいと何度も言ってきている。次回の公演はクリスマス前後だ。行ってあげたいが、イブに一人で前衛劇鑑賞というのもなんだか寂しいな……

新宿西口駅で都営大江戸《おおえど》線に乗った。都内では新しいほうの地下鉄で、古いものよりも深いところにあるため、ホームから地上に出るまで時間がかかる。

東京中の地下を縦横無尽に走る線路を思い浮かべ、子供のころに観察したアリの巣を連想した。僕らは無数に空いた細長い空洞の上で生活しているのだ。

新宿区の昼間の人口は約七十五万人だと聞いたことがある。七十五万のアリが地下深くに潜り込んだり高層ビルの最上階に上ったり地面をせわしなく歩き回ったりして、一日を過ごす。そして学校や職場から住まいに帰っていく。アリにとっての〝憩いの場〟に。

先日の二課のミーティングで若宮課長が言った「人生の節目に立ち会う」という言葉が身に染みた。

以前は部屋の造作や設備の説明をするだけで精一杯だったが、最近は「近くにこんなお店や公園がある」とか「昼は少し暑いが、夜は涼しい風が通り抜ける」「クリスマスシーズンには通り沿いの庭にイルミネーションが煌めいてきれいだ」といった、日々の生活がちょっとだけ潤うような情報を伝えるように努めている。

人はどこかに住む。それは大都会の高層マンションの一室かもしれないし、山奥の一軒家かもしれない。大小、新旧の物件が日本中に無数にあるが、そのどれひとつとして同じではない。マンション一棟がすべて同じ間取りだとしても、ベランダから見える景色は個々の部屋で微妙に異なるし、玄関からエレベーターまでの距離も違う。壁の合間を通る水道管の位置だって違う。

賃貸の場合、必ずしも生涯住み続ける場所とは限らない。しかし、住んでいる間はそこがお客さんにとって最高にくつろげる空間であってほしい。世界にひとつしかない憩いの場を、たった一人のお客さんに紹介する。それが仲介の仕事だ。

自分の仕事をそんなふうにとらえることができるようになったのは、人使いの荒いパートナーに鍛えられたおかげだ。

それにしてもよくこき使ってくれるものだ。「巻き込まれるな」と注意するのはデビルだが、僕は彼女に巻き込まれっぱなしだ。土井垣邸も、本当ならデビルの物件なのに。

午後七時前。僕は、帰宅途中の勤め人や学生たちと共に牛込柳町駅で降りた。ミーティングでデビルがつぶやいた「シエイカン」についてあとで調べてみたら、江戸時代にこの近くにあったと言われる剣道道場『試衛館《しえいかん》』のことだった。道場主と門下生は幕末の混乱期に道場を畳んで京に上り、都にはびこる不逞浪士を取り締まる自警集団を作った。それが〝新選組〟だ。デビルもけっこう新宿の史跡を勉強しているのだな。それとも新選組のファンなのだろうか。

大久保通りから裏道へ入ると、土井垣邸の黒々とした塀と樹木が、星のない夜空の下に広がっていた。僕は、リース家具の搬出用の大型車が入れるように表門を大きく開いた。まだ誰も来ていない。デビルから遅刻しないようにと念を押されたので、早く来すぎてしまった。

表玄関までの歩道にはロンドンのガス灯風の街灯が並んでいる。結婚相談所のお客さんは、この石畳を歩きながら人生のパートナーと出会う予感に胸をときめかせるのだろう。

玄関を開けて電気を付け、広いホールを見回した。艶やかな飴色《あめいろ》の床と壁、磨き込まれた天井際のステンドグラス、アイボリーに塗り直した回廊の手すり。このホールの中央に巨大なクリスマスツリーを飾ったら、さぞ映《は》えることだろう。

持参した大きな袋を床に置く。デビルが思いついたけれど運ぶのは当然僕の役目となった掃除用具一式だ。先に掃き掃除でもしておこうと、ホウキと塵取《ちりと》りを出した。

エントランスを掃き清めていると、扉が開く音がしたので振り返った。

戸口にデビルがいた。なぜか彼女の首に、黒い腕がからみついている。

「神崎さん？」

デビルの顔が引き攣っている。

次の瞬間、突然気づいた。彼女の顔の前にナイフが突きつけられている！

黒服の人物が彼女を羽交い締めにしていた。腕を振り払おうとデビルがもがくが、男はがっちり彼女をつかんでいる。

この屋敷の亡霊……？

いや、間違いなく生きている。強盗か、殺人鬼？

二人はじりじりと室内に入ってきた。僕はおよび腰で両手を上げ、言った。

「落ち着いて！　お、お、落ち着きましょう！」

黒いニット帽、白いマスク。黒いブカブカのオーバーコート。顔は見えないが、男性で間違いないだろう。

「うるさい！」

掠れた声で叫んだ男は、デビルの首のあたりにナイフを突きつけた。

「な、なにが目的ですか」

男は帽子とマスクの間からギラついた視線をよこした。

「あんたもツノハズ・ホーム？」

「澤村と申します。あの、これはいったい」

男がデビルを引きずりながら近づいてきた。デビルは逃れようともがいている。ど、ど、どうしたら。腕力はからきしダメなのに。

「彼女を放してください。こ、こ、殺すなら僕を……」

ふいに腕を掴まれた。デビルはどん、と突き飛ばされ、ナイフが僕の首に突きつけられる。

「来い」

男は、ものすごい力で僕を引きずった。

「ここに、鍵のかかる部屋はあるか」

「は、え……と」

「内側から閉めたら外からは開けられない鍵のついた部屋は！」

「に、二階に」

玄関にへたり込んで首を押さえていたデビルが、ようやく顔を上げた。

「せんぱいっ！」

僕はズルズル引きずられ、デビルの視界から消えていく……

「階段はどこだ！」

震える指で奥を指すと、男は僕を引っ張り階段へたどり着く。頰にナイフが触れるたび、恐怖が体内を駆け巡る。僕よりも体格が良さそうだ。力も強い。殺されるかもしれない。

二階へ上がった。

「どの部屋だ！」

「あ、あれです」

突き当たりの、こげ茶の重厚な扉を指すと男は大股に廊下を進んで、部屋に入り鍵をかけた。

扉を入ると十二畳ほどの横長の部屋が右に広がっている。正面には掃き出し窓が連なり、表玄関の車寄せの上部に当たるバルコニーに出られる。男は部屋の中央まで僕を引っ張ってくると、振り返った。

「おい。あそこにもドアがあるじゃないか！」

室内から見ると向かって右端にあるこげ茶の扉の、すぐ左隣には上半分が磨りガラスになっているドアがあり、男はそれを指していた。

「そ、そこは回廊への出入口です。回廊はぐるりと回って」同じ壁の左端にある、もう一つのガラス戸に視線を向けた。「あっちのドアに通じているだけで、外からは出入りできません」

男は僕ごとガラス戸に近寄り、玄関ホール上部の回廊を見回した。他に出入口がないのを確かめると、ようやく部屋の中央に戻り、僕を睨みながら吠えた。

「お前、担当者だっただろ！　契約書に書いてあったぞ」

どうして土井垣邸の担当者であることを知っているんだ。単なる強盗ではないのか？

男は興奮のあまりか鍵のある部屋に籠ったせいか、マスクと帽子をはぎ取った。三十代から五十代のどこか。あまり特徴のない丸みをおびた顔。その目はすっかり据わっており、顔色は真っ白だった。

「彼女に連絡しろ！」

「ど、土井垣夫人にですか？」

「なに言ってんだ？　いいから携帯、出せ」

男は僕の携帯を引っ掴むと、どこかへ電話をかけた。しかし、漏れ聞こえたのは『現在使われておりません』というアナウンスだ。

「ちっ」

男はネクタイとベルトで僕を縛り上げ、突き飛ばした。丸太のように転がる。

「せんぱ〜いっ」

階下からデビルの声が聞こえた。危ない、来るな。

男はガラス戸を開け、回廊の手すりにつかまって叫んだ。

「この男を助けたければ、加奈子を連れてこい」

……加奈子？

「あっ」

思わず僕は叫んだ。男は一瞬こちらを睨むと、また下に向かって叫んだ。

「お前らがあのばあさんとつるんで彼女を追い出したんだろ。引っ越し先はわかるはずだ。一時間以内に彼女を連れてこなければ」ナイフを宙で振り回した。「この担当者を殺す！」

ガラス戸をがちゃんと閉めて、男は僕のそばに座った。

「担当というのは」震える声で、僕は言った。「ひょっとして、ゴールデンフタボシ・コーポのことですか？」

男は僕を無視して自分の携帯を取り出し見つめた。女性の画像を見ているようだ。

運転免許証の写真でしか知らないが、間違いない。この人は、ゴールデンフタボシ・コーポに住む吉池加奈子さんの連帯保証人であり、ストーカーでもある井上弘一さんだ。

かれこれ三十分も経過しただろうか。井上さんは僕の脇で立ったり座ったりを繰り返している。神経質そうな横顔は狂気に満ちていた。デビルが吉池さんをここに連れてくるはずがないのだから、なんとか説得できないだろうか。

いや、僕が緊張してなにか口走るとたいてい裏目に出る。どうしたら……

「あんたがあのアパートを加奈子に紹介したんだろ」井上さんは床に座り込むと、吐き捨てるように言った。「あの大家のばあさんのせいだ。女性の一人暮らしの部屋に男が訪ねてくるのはよろしくないとか言ったんだろうな。それで彼女、あのアパートに住みづらくなって、引っ越したんだ。僕に迷惑をかけてはいけないと思って、黙って」

それはぜんぜん違うんです。

「僕も急に海外転勤が決まってね。彼女、電話は出ないし、メールで何度も連絡したのだけれど、アドレス変えたのか、返事がなかった。お店も辞めちゃって、どこに行ったのかわからなくなって、ずっと心配していたんだ。前々から変な男がまとわりついていたみたいだから、その男から逃げていたのかもしれない」

その変な男は、あなたなんですよ。

「加奈子は周囲に気を遣うからさ。本当は好きなのに、僕が店の上客だから他の女の子たちからやっかまれて、わざと僕から離れようとしていたんだ。結婚しようって言ったのに、自分は親もいないし貧しいし僕にはふさわしくないって謙遜して。本心では僕と一緒になりたかったはずなのに」

いえ、彼女にはちゃんと彼氏が。

「ドイツはクリスマス休暇があるから、帰国したんだ。どうしても彼女に会いたくて。電話は通じなくなってるし、アパートを訪ねたけれど、結局行方はわからないし」

井上さんは僕の携帯で吉池さんに電話しようとしたのか。彼女は最近電話番号を変えたのだが、僕はまだ教えてもらっていなかった。よかった。

「あんたの会社に何度か電話したが、あんたはいつも不在で、恐そうなオバサンが『わからない』って言うばかりだ」

若宮課長は、担当がデビルに替わったことさえ言わなかったのだろう。

「今日もアパートを見張っていたら、若い女が親しげにばあさんと話していた。『加奈子』という名前も聞こえた。どうも不動産屋らしい。あの子ならなにか知っているかもしれないとあとをつけてきたんだ。そうしたら、担当者のあんたがいた。加奈子は僕に会いたいはずなのに、なぜか周りが邪魔ばかりする。でも、僕と加奈子はそういう試練を乗り越えられるはずだ。心が通じ合っているから」

熱に浮かされたようにうっとりする様子に、背筋が凍えた。こんな男にまとわりつかれて、吉池さんはさぞ苦しかったろう。

彼女の産後の経過は順調で、無事退院してアパートに戻っている。新しい仕事も決まっていた。以前勤めていたイタリアンレストランのオーナーが、来年オープンする北区《きた》の新店舗で働かないかと声をかけてくれたのだ。デビルと僕は奔走《ほんそう》して、新店舗のそばのアパートを探した。今月下旬には引っ越せるように手配をし、すっかりうまくいっていたのに……

このまま殺されてしまったら、業務上の死亡扱いにしてくれるんだろうか。喫茶まるものクリスマスケーキ、食べたかったな。口の重いマスターが、今年はチョコレート系だとデビルに予告していた。そうだ、デビルにお礼を言っておきたかった。大変なことも多かったが、その二倍も三倍も、嬉しいことが増えた。

店子を庇う大家の嘘を見抜いたり青年の自殺願望に気づいたり、失敗したけれど恋人が怪しいと彼氏に忠告したりと、奥さんの好物さえ知らなかった僕がこんなにも積極的に人と関わるようになるとは。デビルに影響されたおかげか。

こんなとき、彼女ならどうするだろう。

井上さんを説得して吉池さんのことをあきらめさせるに違いない。

……僕にできるだろうか。

「あ、あのう……」腕時計を見ながらイライラしている井上さんはこちらを睥睨した。「吉池加奈子さんはいらっしゃらないと思います」

「なぜだ」

「吉池さんは先月、お母さんになりました」

井上さんの目が大きく見開かれ、はじかれたように立ち上がった。

「どういうことだ！」

彼は僕の胸ぐらをつかんで起こし激しく揺すった。僕は、落ち着け、と心の中でつぶやきながら言った。

「彼女には以前からお付き合いしていた人がいて、その人との間に子供ができたんです」

「あり得ない！　彼女は僕を好きなはずだ！」

激しく揺さぶられた頭の中に、デビルの澄んだ瞳が浮かんできた。

——純粋な優しさはきっと、無色透明なんでしょうね
僕の言葉が井上さんの心に響きますように。

「お、お世話になったあなたに感謝していたとは思いますが、頼れるお兄さんというか、そういうふうにしか見ていなかったわけで」

彼は顔を激しく歪めた。

「違う！　彼女は誰よりも僕を大事に思っているはずだ！　だって僕は、誰よりも彼女を愛しているんだから」

「気持ちはわかります。好きな人が優しくしてくれたら、勘違いもします。だけど」力が入って声が少し大きくなった。「冷静になって観察すればわかるじゃないですか。『僕を恋愛対象としては見ていない』……と」

井上さんは喘ぐような荒い息になった。

「いつまでも愛情を押し付けていると徹底的に嫌われてしまいますよ。いや」感情が昂《たかぶ》り、唇が震えた。「すでにそうなっているわけで」

「うるさい！」彼は僕を床に打ち倒すと馬乗りになって、ナイフを振りかざした。「だまれだまれだまれ！」

説得どころか、逆効果。ああ、やはり僕は……

目を閉じて衝撃を覚悟したが、なにも起こらない。

恐る恐る見上げると、井上さんは焦点の合わない視線を宙に漂わせていた。

「……上司に連れていかれたレストランで、彼女を一目見たとたんに気づいたんだ。運命の人だと。輝くような笑顔は僕だけに向けられていた。仕事でめちゃくちゃ疲れたときは必ず会いにいった。彼女は僕の苦悩をわかっていて、ワインを注ぎながら優しく言うんだ。『少しでも井上さんのお疲れが取れますように』って。それだけで僕は……」

ガタン、と音がして、僕と井上さんはドアのほうを見た。

回廊に通じるガラス戸が開いており、そこに亡霊が……

いや違う。

そこにいたのは阿部と大橋だった。その後ろには、おおくま荘在住の、板前の黒田喜三郎さんとそば屋勤務の窪塚翔太さんも。なぜここに？

井上さんは、僕の頬にナイフの側面を押し当ててきた。

「嘘ついたな！　あの回廊は外から出入りできないって」

井上さんの目が狂気で燃えていた。殺される！

「やめろ」

阿部が押し殺した声で言うと、ゆっくり前に出た。

「来るな！」

井上さんは僕に馬乗りになったまま、ナイフを阿部のほうに向けた。

四人は身体を寄せて、僕が横たわる場から二歩ほど手前で並んで立ち止まった。

「落ち着いて。ナイフを放してください」

阿部が真剣な表情で井上さんに話しかける。大橋は阿部のやや後ろにぴたりと張り付いて、引き攣った顔で井上さんを睨んでいる。二人の両脇に黒田さんと窪塚さん。全員、戦意がないことを示すように両手を上げていた。

「近づくな！……殺すぞ！」

ナイフが再び僕の顔の前に戻った。切っ先が震え、首にナイフが……

次の瞬間、「きぇぇ〜〜〜っ」という奇声とともに、四人の間からなにものかがすごい勢いで飛び出してきたかと思うと、ナイフが弧を描いて彼方へ飛んでいった。

僕と井上さんの前に、ホウキを竹刀のように両手で握ったデビルがいた。彼女はゆっくりと上段に振りかぶると、再び奇声を発した。

「えゃあああ〜〜〜っ」

井上さんの頭頂部をホウキが直撃し、彼はよろめいた。

「今だ！」

阿部が井上さんを羽交い締めにすると、大橋らが荷造り用のロープを井上さんの手首や足に巻き付けた。その脇でデビルが腰を落とし、ホウキを正眼に構えて睨んでいる。

井上さんが丸太状態で僕の隣に転がされると、デビルはようやく構えを解いた。まるで武士が刀を鞘《さや》に納めるように。

……彼女って、何者だっけ？

大橋が言った。

「すごいね、神崎さん。剣道三段って本当だったんだ」

剣道？　デビルが？

彼女はふっと息を吐くと、僕を覗き込んだ。

「大丈夫ですか、先輩」

「あ、ありがとう。君は、怪我はない？」

彼女は首のあたりをさすりながら、ふんと鼻を鳴らした。

「ないです。だけど首を絞められてアッタマにきたので、手加減ができませんでした」

デビルは床に転がった井上さんの脇にしゃがみ込むと、獲物を狙い定めた野獣のようにひたと見据えた。

「井上弘一さんですよね。これを見てください」

携帯画面を彼の眼前に突き出した。呆けた顔をしていた井上さんは、急に目を見開いた。

「…………僕の、加奈子！」

吉池加奈子さんの笑顔がそこにある。

「そうじゃなくて」デビルは画面の写真を親指と人差し指で押し広げた。「こっち！」

拡大されたのは加奈子さんの腕に抱かれた、生まれたてのベビーの清らかな寝顔。

井上さんは絶望的な表情で、ひっと呻いた。

デビルは悲しそうに言った。

「加奈子さんはお母さんになりました。今はもう、彼女はこの子のものなの。あなたを癒す役割は終えたんです。だからあなたも卒業してください」

「卒業……？」

「それとも、天使みたいなこの赤ちゃんと張り合うんですか？」デビルは寂しげに、ふっと笑った。「ムリでしょ」

井上さんはブルブル震えながらデビルを凝視していた。

全員が固唾を飲んで見守る中、彼は、ようやくつぶやいた。

「ムリ、なのか……」

論理もへったくれもないのに、なんという説得力。恐るべし、タスマニアデビル。

ほどなく警察がやってきて、井上さんは連行されていった。

「黒田さんたちは、どうしてここに？」

縛《いまし》めを解いてもらってほっとした僕が聞くと、黒田さんが興奮の面持ちで答えた。

「窪塚君と飲みに行く途中で、この屋敷から飛び出してきた神崎さんにばったり会ったんだよ」

「すぐに同僚の人もやってきて」窪塚さんもすっかりハイテンションだ。「僕たち四人が気を逸らしている間に、神崎さんがやっつけるって作戦立てて」

僕がデビルを凝視すると、彼女は少し面倒そうな表情で答えた。

「長い棒さえあれば負ける気はしないんです」

鬼に……いや悪魔に金棒。

「東京ってすごいなあ」窪塚さんは相好を崩した。「こんな事件に遭遇しちゃうなんて」

「なにを言っとる」黒田さんも笑顔を見せた。「オレは四十年以上東京にいるが、こんな大事件は初めてだぜ」

デビルは急にはっと顔を上げた。

「あら遅くなっちゃいました。急いで家具を運びましょう」

こんなときにもデビルは仕事を忘れない。

「神崎さんたちは警察に話をしにいくんだよね」阿部が頼もしげに肩を揺すった。「あとは自分たちでやっておくから」

「いいんですか?」

デビルが首をかしげると、大橋はため息をつきながらも軍手をはめた。

「でないと、今日はいつ帰れるかわかりませんからね」

「なんだかわからんが、オレらも手伝うか。飲みに行くよりこっちのほうが面白そうだぜ」

「はい、黒田さん。こんなお屋敷に入ったのも初めてです。なんでも経験ですね」

家具の搬出をみんなに任せて、僕とデビルは市谷警察署に向かった。

夜の大久保通りは通行車両で混雑していたが、人の流れは少なかった。夜風はひどく冷たくて、火照った頬に心地よかった。

隣を歩くデビルが、急に両手を顔の前で合わせて足踏みをした。

「やだな、今ごろになって震えがきました」

彼女は小刻みに震える掌を僕に見せると、なさけなさそうに微笑んだ。

まずい。

この上なくかわいい。

僕は思わず言った。

「神崎さん、ごめん」不思議そうな顔のデビル。「恐い思いをさせてしまって」

「先輩のせいじゃないですって」両拳を上下にくっつけると、幻の竹刀を振った。「久しぶりだったので、ちょっと緊張しました」

新選組の前身である試衛館を知っていたのは、剣道をやっていたからか。

「剣道は、学校で?」

「いえ、渋谷にある克己館《こっきかん》という道場で」デビルは天を仰いだ。「あ〜あ、ばれちゃった。会社では隠していたのに」

「なんで隠す必要が?」

「剣道ってガサツっぽいし、臭いし、私の目指すイメージとは違うんですよ」

「そ、そうかな」

「実際に臭いんですって」デビルは顔を思いっきりしかめた。「真夏の稽古のあとなんて、小手のにおいを嗅いだだけで卒倒しますよ」

僕は無性におかしくなって、ゲラゲラ笑い出した。

「そんなに笑うことないでしょ」

「ごめん」ようやく笑いを止めると、立ち止まって彼女を正面から見つめた。「本当にありがとう。みんなが来てくれなかったら、今ごろはあの世に行っていたかも」

「それは困ります」デビルが大きく目を見開いた。「先輩がいなくなったら、誰が私の契約書類を作るんですか」

いよいよまずい。

とんでもないセリフを口にしてしまいそうだ。

代わりに、深々と頭を下げた。

「ありがとう」

「もう聞きましたよ」

デビルはおかしそうに身体を反らすと、歩き出した。僕も隣に並んだ。凍えるような都会の夜気が、僕たちを包む。

彼女がこちらへ少し身体を寄せたので、華奢な左肩が僕の右腕にぶつかった。

「さっきは興奮していたから暑かったけど、急に寒くなりました」

「ゆ、雪でも降りそうだね」

僕は恐る恐る、彼女のコートの左肘のあたりを指先で摘んだ。

ふいに、彼女のひんやりとした指が僕の右手に触れた。

周囲の音が消えた。

僕は彼女の手をしっかりと握りしめた。

いつの間にか落ちてきた粉雪がヘッドライトにチラチラ反射し、肩先ですうっと溶ける。

現れては消える白い息を見つめながら、僕とデビルは滑るように進んでいった。

悴《かじか》んでいた彼女の指先に、少しずつ温もりが戻ってくる。

この道が永遠に続いていればいい。

同じ方向を向いて同じ歩調で、ずっと一緒に歩いていたい。

時間、止まれ。

しかし、願いも虚《むな》しく、あっという間に警察署前に着いてしまった。

デビルはにっこり笑って手を離した。

「さっきの騒ぎで、手袋をかたっぽ落としたみたいなんですよね」

僕はしょせん手袋代わり。それでもいいや。君の役に立てれば。

市谷警察署の中年刑事は、僕とデビルの話を丁寧に聞いてくれた。

「ツノハズ・ホームね。さて」彼は書類に書き込みながらふと、濃い三角の眉を上げた。「ちょっと前にこの会社名を聞いたような」

「この秋に」デビルが答えた。「お年寄りが壺を高額で買わされた件ではないでしょうか」

ブランメゾン西早稲田の住人の老婦人が管理人の室町さんに不当に高い壺や絵画を買わされた事件で、我が社も警察から事情聴取を受けていた。刑事はうなずいた。

「ツノハズ・ホームさんにもご協力をいただいたわけですね。残念ながら犯人はまだ捕まっていません」

書類にサインをして事情聴取は終わった。デビルが聞いた。

「井上さんはどうなるんですか?」

「初犯だし、お二人とも大きな怪我はなかったから、重い罪にはならないと思います。だが、ストーカーのほうは問題ですなあ。こればかりはなかなか止まない場合が多くてね」

デビルは握った拳を突き出して言った。

「彼女のことは、全力で守ります」

刑事は笑った。

「こりゃ頼もしい。が、無理はせんでくださいよ。剣道はどちらで?」

「東京克己館です」

温和そうな刑事の表情が急に引き締まった。

「それはそれは。堀《ほり》館長はお元気でいらっしゃいますか?」

「うちの道場をご存じなんですか」

「もちろんです。克己館のOB、OGが何人も、警察の猛者《もさ》になっていますからね」

どうやらすごい道場らしい。デビルがパワフルなのも、姿勢がいいのも自信満々なのも、剣道三段だからかもしれない。彼女の新しい一面を知るたび、新鮮な驚きを感じる。


警察署を出ると、雪は止んでいた。僕たちは駅へ向かって歩き出した。

「そうだ、レン君に聞いてくれたんだよね」

「なにを？……ああ、それですか。いえ、電話したけれど出なくて」

「じゃあどうやって……」

デビルは立ち止まった。

「あら、どうしてわかったのかしら」そしてはっと僕を見た。「誰かが言ったのよ」

彼女はすぐに思い出した。それを聞き、僕は困惑した。

「どうして知っていたんだろう」

……待てよ。

頭の中をいろいろな言葉が駆け巡った。

土井垣邸。ドイ製薬。七〇年代の排ガス公害。喘息。臨床試験。心不全……

「ひょっとして……！」

いや、バカな。考え過ぎだ。

というか、妄想だ。いろいろつながらない部分もある。やめておこう。僕がでしゃばってもロクなことにならない。この間はお客さんの恋人が詐欺師かもしれないと一人で盛り上がって、結果、相手を傷つけてしまったし、さっきだって井上さんの説得に失敗したばかりじゃないか。

デビルが僕の顔を覗き込んだ。

「どうかしたんですか?」

「いや、別に、なんでもないんだ」

「先輩」野性の勘を持つデビルが、目に力を籠めて言った。「またなにか閃いちゃったんですね」

クリスマスイブの午前中。

僕とデビルはある人物と向かい合って座っていた。

「こ、こんにちは」先方は目を合わせない。隣のデビルは黙ったままだ。「今日はお礼を言いたくて、ここに来ました」

相手は少しだけ顔を上げ、怪訝そうに言った。

「お礼?」

「市谷柳町交差点そばの、土井垣邸でのことです」

「……なんのことだか」

例によって緊張して顔が強張った。今日こそは無色透明の言葉を伝えると決めている。落ち着け。

「つい先日僕はあの屋敷で、ある男性に捕らえられて二階の一室に拘束されました。幸い、同僚が機転を利かせて助け出してくれましたが、鍵のかかったその部屋にこっそり入るには、一階の玄関ホールにある隠し扉から秘密の階段を上がり、回廊に出て、そこからガラス戸を開ける、というルートしかありませんでした」

　相手は黙って聞いている。

「同僚たちは知らなかったのに、隠し扉は開いた。偶然そこに居合わせた人のおかげです」

　じっと見つめたが、表情を変えないのでなにを考えているかわからない。

「隠し扉は棚のような外観をしており、見ただけでは皆目わかりません。なのに、居合わせたその人物は開けることができた」

　相手は黙って肩をすくめた。僕は頭の中を整理しながら話し続けた。

「一九七〇年に市谷柳町……当時の呼び方で言うと牛込柳町交差点で、鉛中毒事件が起きました。ご存じですよね」

　無言のまま。

「住人たちの多くは心身の不調を訴えた。マスコミが大騒ぎしたせいもあり、交差点付近の商店は客が激減。そのうちの一軒は、和菓子屋さんでした」

　相手は目を合わせないままだ。

「公害騒ぎのときには風評被害に耐えて持ちこたえたが、その後、土地の所有者から移転を求められ、西早稲田に引っ越しました」

僕は土井垣邸の土地の登記簿謄本から、以前和菓子屋があった交差点付近の土地の所有者が、亡き土井垣氏及びその父親であったことを突き止めた。甘泉屋の先代を西早稲田に移らせたのは土井垣親子が依頼した不動産屋だったのだ。その土地には和菓子屋の隣にもう一つ木造家屋があり、当時の新聞の写真や地図と照らし合わせ、それが米屋だったことが判明した。大橋が「排気ガスにまみれた米は食べたくない」と言った、あの米屋だ。

「七三年ごろ、元米屋と元和菓子屋の古い木造建物は壊され、鉄筋コンクリート造八階建ての立派なビルが建ちました。現在もそのビルはあり、賃貸オフィスになっています」

喉がひりついたが、ちらりと横を見るとデビルが力強くうなずいたので、続けた。

「つい先日、僕はその西早稲田の和菓子屋を訪れました。七〇年当時に修業をしていた青年が後を継いで店主となり、宣伝もしないのにどこからか聞きつけて客が来店する、知る人ぞ知る名店になっていました」

二回目に甘泉屋を訪ねたとき、僕は旧牛込柳町交差点にあった米屋について聞いてみた。

——覚えていますよ。米のほかにちょっとした食料品や雑貨を置いていた。人のいい親父さんと、小柄で優しい奥さんの二人で切り盛りしていた。私より少し年下の、当時高校生だった息子がいて、和菓子が好きでよく買いにきてくれた。屋号は『牛込米店』で、いつも〝ウシゴメヤさん〟と呼んでいました。名字？　さて、なんと言ったっけか
公害騒ぎが起きた翌年の一九七一年に、米屋の奥さんが持病の喘息を悪化させて亡くなった。

親父さんはがっくりきてウツ状態になり、店を休業して近所に引っ越して養生していたが、やがて亡くなってしまった。自殺だったのではと噂されるほど唐突だったらしい。

「米屋の息子は西早稲田のほうの和菓子店にもたまに来ていたが、お父さんが亡くなってからは姿を見せなくなったそうです」

眼前の相手は相変わらず無表情だが、僕の話を漏れなく聞いている様子だ。

「その青年のことが気になり、土井垣邸の現所有者、土井垣夫人に聞いてみました。米屋が店舗を借りていたのは夫人が嫁ぐ前で、両親については覚えていませんでした。当時の記憶をいろいろ繋ぎ合わせると、その息子は自分の屋敷で一時期働いていた人物だろう、とのことでした」

言葉を切り、相手をじっと窺った。硬い表情で、相手は自分の手元を見ていた。

「僕は以前、夫人から、亡き土井垣氏は研究に没頭するあまり、無謀な臨床試験をしていた可能性があるという話を聞いていました」デスク上で合わせた相手の両手が、微かに震えているのに気づく。「僕は考えました。ひょっとして、土井垣氏は公害騒ぎの際に、地元住人の誰かにこんなことを言ったのではなかろうか。『いい新薬がある。タダだから使ってみないか』……排気ガスの汚染に脅え、マスコミの取材攻勢に疲れ、風評被害に苦しんでいた住人はその薬を飲んだ。そしてひどい副作用が出た」

ようやく相手が口を開いた。

「その話は、あなたの憶測でしかない」

「ええ、そうです」僕は唇を舐めた。「さらにこんなことを考えました」

ウツ病の父親を新薬の副作用で亡くした息子はそんな事実を知らなかったか、疑問はあったが調べるすべがなかったので、しばらくの間屋敷で働いていた。やがて就職先が決まり屋敷を去った。

「彼は屋敷で働いているときに隠し扉の開け方を知った。そして、何十年も経ってたまたま土井垣邸に足を踏み入れることになり、立てこもり犯に閉じ込められた僕を救うために隠し扉の開け方を神崎に教えたのではないか」

さらに想像は膨らんだ。米屋の息子は立てこもり事件の三年ほど前にも、土井垣邸を訪れていた。なんらかのきっかけで父の死に土井垣氏が関係していると知った彼は、夜半にこっそり忍び込んだ。僕が、回廊から入ってきた阿部たちを幽霊と勘違いしたように、土井垣氏も夜中に部屋に現れた男を亡霊と思い込み、叫び声をあげた。その男性は土井垣氏を恐怖に陥《おとしい》れ、死に追いやった……

憶測の連続だ。

そもそも、隠し扉の開け方を教えてくれた人物が、どうしてそれを知っていたのかさえわからない。するとデビルは「本人に直接聞いてみるしかない」と僕をたきつけた。

「それで僕は、本人にこう聞いてみることにしたのです」僕は相手をじっと見つめながら、ゆっくりと言った。「あなたはどうしてあの扉の開け方を知っていたのですか」

目の前の人物はしばらく僕を見つめ返したのち、答えた。

「しかし、私は立てこもり事件など知らない」

僕も答えた。

「そうですね。事件の現場にいたのは、僕の同僚と、たまたま居合わせた僕のお客さんたちです。あなたはいい、いなかった」

彼は小さく肩をすくめた。

僕は、汗でじっとりと濡れた掌を握り込んだ。

「すみません。ちゃんと説明します。僕が『あなたはどうしてあの扉の開け方を知っていたのですか』と質問したのは、早稲田の居酒屋に勤める板前さんです」

僕が二階で縛り上げられていたころ、デビル、大橋、阿部、黒田さん、窪塚さんが一階の玄関ホールで、回廊からこっそり部屋に入れないものかと相談していた。

——あそこの棚に乗ったら手すりに手が届くかも。自分がよじ登るので、回廊の下までみんなで運びましょう

——阿部さん、それは棚に見えますが、実は隠し扉なんです

——まったく見えないな。扉はどこに続いているのかい

——二階の回廊に……そうか、これが開けられれば……いとこが開け方を知っているので聞いてみます……ダメだ、電話に出ない

——おい。ひょっとして、こうしたら開かねえかな

——なにをしているんですか、黒田さん……あっ

――開いた！　すごい、どうしてわかったんですか
――んなこたあ、あとでいいよ窪塚君。作戦を練ろうぜ
そしてデビルの鮮やかな小手と面が決まり、井上さんは捕らえられた。

「ようやく、僕は解放されました」

相手が、初めて表情を見せた。小さな驚きと、少しの戸惑いだ。

「それはなにより」

「事件後にそのいきさつを聞き、僕は、なぜ板前さんが開け方を知っていたのか不思議に思いました。それで、先ほど話したような推測が一気に浮かんだのです」

黒田さんは、食料品店を営んでいた両親を亡くし天涯孤独だと言っていた。彼は六十代前半なので、七〇年当時に十代後半だったという年齢も合う。手先は器用だし、なにより、隠し扉の開け方を知っていた。

僕はてっきり、黒田さんが米屋の息子だと思ったのだ。そして先に進めなくなった。するとデビルが言い放った。

――本人に直接聞いてみるしかないじゃないですか
恐る恐る黒田さんに聞いてみると、「客から聞いた」「俺の実家は静岡の食料品店だった」という答えが返ってきた。

――その客は、丸顔で色黒でおっとりした話し方をする中年男性だ。オープンして間もないころから通ってくれていたかねえ。いつも一人で、常連客が話しかければ如才なく返事をする

が、自分から積極的にしゃべるタイプじゃあなかった。そういやこの秋以降、見かけねえな
ある晩、居酒屋翔《かける》の客の一人がウィンチェスター・ミステリー・ハウスという、仕掛けだらけで有名なアメリカの洋館の話を披露した。すると件《くだん》の客が話し出した。「秘密の部屋や隠し扉を好む金持ちはけっこういるものです。一見すると棚だが、実は隠し扉、とかね。棚そのものがスイッチになっており、上からぐっと体重をかけると、ゆっくり沈み込む。その途中に扉が解除される瞬間があるんですわ。重みをかけすぎてもいかん。ちょうどいい塩梅《あんばい》でパッとドアが開く。おもしろいでしょう」

黒田さんは、その客が考えた空想の仕掛けだろうと思っていた。しかし土井垣邸で例の棚を見て、ふと閃き、提案してみたというわけだ。

その中年客が米屋の息子だった可能性はなくもない。僕は黒田さんに、他に覚えていることはないかと聞いた。すると……

——そういや、一度和菓子をもらったな。オレは甘いものは苦手なほうだが、その羊羹は美《う》味《ま》かった。どこで買ったか聞いたが、教えてくれなかったよ
目の前の人物は、ほんの少しだけ口の端を歪めた。僕はプリントアウトした写真を、テーブルに載せた。

「そしてこれを見つけ出しました。板前さんは、隠し扉の話をした客は、この人に間違いないと言いました」

彼は、顔を歪めた。

「この写真はあなたですよね」僕は彼をしっかりと見つめて言った。「ブランメゾン西早稲田の管理人をしていた、室町さん」

室町さんは、深い皺を刻んだ丸顔に憔悴の色を浮かべて写真を凝視していた。彼の視線の先には、マンションの一階廊下に立つ管理人姿の本人が写っていた。

黒田さんが羊羹の話をしたとき、思い出したのだ。九月に、ブランメゾン西早稲田の管理人室で甘泉屋の包装紙を見たことを。

米屋の息子。甘泉屋の羊羹を黒田さんの店に持ってきて、隠し扉の話をした中年男性。三年前に土井垣邸に忍び込んで土井垣氏の前に姿を現した亡霊……それらはすべて、同一の人物ではなかろうか。

色黒で丸顔。六十歳前後。ゆっくりとした正確な話し方。新宿生まれ。和菓子好き。四年前に新宿に戻ってきた。今年の九月以降は黒田さんの店に顔を出していない……

その人物は、室町さんなのではないか。

ブランメゾン西早稲田の管理会社に問い合わせようかと思ったが、こんな憶測で室町さんの写真を出してもらえるはずがない。すると、デビルが言い出した。

――五〇八号室の五十嵐さんに聞いてみましょうよ

はたして、五十嵐聡美さんは室町さんの写真を持っていた。お隣の河津クメさんを注視しているときに、念のため管理人と話す姿を携帯で撮影したのだという。

僕は土井垣夫人に再び電話をし、米屋の息子の名前が室町であることと、土井垣氏が通っていた居酒屋の店名が翔《かける》であることを確認した。

すべてが繋がったように思えた。

しかし、確かめるすべはなかった。

そう思っていた矢先に、市谷警察署の刑事から会社に連絡があり、室町さんが詐欺容疑で捕まったことを知ったのだった。ぜひ話をしたいと思ったが、勾留中の人物に会えるはずがない。

ところが、デビルがあちこち電話してなにやらまくしたてたのち、市谷警察署に行こうと言い出した。そうして僕とデビルは今、署内の一室で立会人もなく室町さんに相対している、というわけだ。

「あなたの実家は、旧牛込柳町交差点そばのお米屋さんだったんですね」

室町さんは一度目を閉じると、ゆっくり開いて答えた。

「そうです」そして、卑屈そうな笑みを浮かべた。「それに私は昔、土井垣邸に住み込みで働いていました。掃除をしていて、偶然に隠し扉の開け方に気づきました。だから居酒屋でその仕掛けについて話しました。それがなにかの罪になるんですかね」

「いいえ」

「澤村さんは、私が土井垣邸に忍び込み、土井垣さんの過去の罪を責め立てたとでもおっしゃりたいようですが、そんな証拠でもあるんですか？」

彼の強い口調に負けぬよう、努めて平静に答えた。

「ありません」

室町さんは僕を鋭い目つきで睨んだ。

「なにが目的なんです？　この上、私の罪を上乗せさせようとでも？　壺を押し売りされそうになった恨みでもはらすつもりですか」

「いいえ」僕は一度目を伏せると、しっかりと彼を見た。「最初に言ったように、まず、お礼を言いたかったんです」

「お礼？」

「あなたが板前さんに隠し扉の話をしなければ、僕は今ごろここにいなかったかもしれない。ありがとうございました」

彼は小さく下唇を突き出した。

「僕の推測が事実だとしても、あなたに罪はほとんどないでしょう。例えば、捨てずに持っていた昔の合鍵を使って土井垣邸に侵入し、隠し扉から二階の部屋に入り込み土井垣氏になにか言ったとしても、住居侵入の罪に問われる程度でしょう」

室町さんは片頬で笑った。

「僕はただ、知りたかったんです。室町さんがなにをしたか、ではなく」一度、大きく深呼吸をした。「土井垣氏がなにをしたか、を」

彼の顔から笑みが消えた。

「土井垣氏がもし不正な臨床試験を行っていたとしたら、製薬会社はきちんと公にして、二度とそんな間違いを起こさないでほしい。そして、遺族のあなたにちゃんと謝罪すべきだ」

室町さんは長いこと僕を凝視していたが、やがて肩を落としてつぶやいた。

「……今さら真相がわかったところで、父は帰ってこない」

デビルが初めて口を開いた。

「土井垣さんと会ったんですね」

室町さんが微かにうなずくと、デビルは静かな声で続けた。

「土井垣さんはあなたになにか話したのでしょうか。教えていただけませんか?」

室町さんは僕とデビルを交互に見た。

「……不動産屋ってのは、おせっかいなんですな」彼はため息をついた。「実は、この話を警察にすべきかどうか迷っていた。四十年以上も前の話だし、相手は大手製薬会社だ。詐欺容疑で捕まった私の話なぞ、まともに取り合ってもらえんでしょうから」

しばらく、じっと手元を見ていた。

「お礼を言われたら無下にもできませんな。私の罪状が増えることになるが」

彼はゆっくりと話し始めた。

父は、絵に描いたような善人でした。母も、いつも穏やかに微笑んでいる人だった。

一九七〇年の五月に『牛込柳町鉛中毒事件』がマスコミで公表されたとき、私は不安にかられました。母には喘息の持病があったし、父はよく「疲れやすい」とこぼしていたからです。

マスコミが話を聞きたいと、とっかえひっかえやってきた。両親は、そのたびに丁寧に応対していました。私もインタビューに答えたことがあります。すると、別にお礼をもらっていたわけでもないのに、近所の口さがない人たちが「牛込屋は自分の不幸を売っている」と陰口をたたいたんですわ。

騒ぎが大きくなってからようやく健康診断を受けて、「すぐに治療が必要なわけではないが安心はできない」とあいまいなことを言われ、ますます不安になった。公害騒ぎが起きてから、なぜか私はよくめまいを起こしたし、母は喘息の発作が頻繁になり、父は周囲の冷たい視線も相まってノイローゼ気味でした。

母が亡くなったのは翌年の秋でした。たまたま父も私も留守にしていた夜に、大きな発作が起きた。公害騒ぎはすでに収まっており、その発作が排気ガスのせいなのか、それとも心労が祟ったのか、結局わからずじまいですわ。

父も私も譬えようのない悲しみに暮れました。父はずっと母と二人きりで働いてきたもんで、仕事が全く手につかなくなり、部屋に引きこもってしまった。私はしばしば学校を休んで自転車でお得意さんに配達をしたが、次第に客も遠のいていきました。

そんな中、土井垣邸だけは変わらずに注文をくれていた。うちの大家だったからかもしれません。

母の死から数ヶ月経ったころに土井垣さん……当時の旦那様がやってきて、「こんな場所にいては病気も治らないだろう。使っていない小屋があるから、しばらくの間格安で貸してあげよう」と言ってくれたんです。無気力な父も息子の私の健康を考えたようで、申し出を受けた。

私たち父子は土井垣邸の敷地にあった小屋に住まわせてもらった。私は手先が器用だったので、高校に通うかたわら、屋敷内の細々とした手伝いをしました。父はほとんど小屋から出てこなかったが。

あのころ、旦那様は父のために薬を持ってきてくれていたようでした。大手企業の一族の人だと聞いていたが、私らによくしてくださり、親切な人だと感謝していました。

しかし、父の症状は変わらず、私の高校の卒業式の朝に亡くなりました。四月から近所の塗装屋に勤めることが決まっていたが、私は落胆しきって、それどころではなくなってしまった。そんな私に旦那様が、一人で小屋にいるのは寂しいだろうから屋敷に移り住んで使用人として働かないかと言ってくれたので、ありがたくそうさせてもらいました。

そのころはまだ大旦那様と大奥様がいらした。お二人は西洋好きで、私にまで洋式のテーブルマナーを教えてくれ、覚えるのに難儀しました。なにしろ米屋のせがれですからね。

唯一、私が屋敷に住み始めてからやってきた旦那様のお嫁さんとだけは、大変気が合いました。洋式の生活が嫌いだと言って、私の淹れた日本茶を美味しそうに飲んでくれましたっけ。

一年ほど働いたころ、高校時代の恩師が、関西に住み込みの就職先があるので行ってみないかと声をかけてくれた。それで、この嫌な地から離れて頑張ろうと考えた。

旦那様に話すと、快《こころよ》く送り出してくれました。

だが、関西の職場は想像していたのと異なり、とても辛かった。右も左もわからない若造にとって、そこもまた、なにもいいことのない土地でした。汚くて狭い寮に押し込められ、上司や先輩にいじめられ、安い給料で休みもなく働かされた。狡賢《ずる》い上司に投資話を持ちかけられ、なけなしの金を騙し取られたこともあった。いい人は必ず損をする、と父を見て知っていたはずなのに、私も同じように騙されて損をした。

年を重ねるうち、どうせなら騙すほうに回ってやろうと思うようになった。

手先が器用なのを利用して、工芸教室などに通って壺や絵画を製作し、それを「さる有名な工芸家の作品だ」と偽って勧めると、思いのほかよく売れました。さらに人相占いなどを勉強し、詐欺もどきの話術も覚えた。

関西の中であちこち住まいを変え、行った先々で壺や絵画を売りつけた。だが、さすがにやりにくくなってきたのを感じて、四年ほど前に東京に戻ったんですわ。

うまい具合に臨時の管理人の仕事を得て、東京内でも転々としました。新宿に移り住んだのは三年ほど前。ふと、米屋の隣にあった和菓子屋のことを思い出した。

なつかしくて甘泉屋に行ってみたら、あのころの若い見習い職人が店主になっていた。向こうは気づかなかったので私もあえて名乗りませんでした。商売柄、自分から名乗るようなことは極力控えていたのでね。

店から出て路地を歩いていると、中年の女性から「甘泉屋はこの近くでしょうか」と尋ねられたので、一緒に店に戻ってあげた。お使いで来たのだが場所がわかりにくくて大変だった、などと店主に訴えていた。私は店を出ようとして「土井垣」という言葉が耳に入り、思わず聞き耳を立てました。

その女性は土井垣邸に雇われているヘルパーでした。日頃のうっぷん晴らしなのか、愚痴を延々としゃべっていた。店主は迷惑そうな顔をしていたので、私はそれとなく彼女に話しかけ、いろいろ聞き出しました。

大旦那様と大奥様はとうの昔に亡くなり、旦那様は仕事を引退、奥様は足が悪くて車椅子生活。使用人は昼間のヘルパーだけ。旦那様は鬱々としていて、いつも研究室と称する二階の部屋に籠っている。奥様は足が痛いせいか外出せずにお茶ばかり飲んでいる。旦那様は以前の職場に毎週水曜日に出かけるが、現職の社員から煙たがられているらしく、帰ってくると不機嫌で、近所の居酒屋に飲めない酒を飲みに行く……

次の水曜日、私はその居酒屋へ行ってみた。

旦那様がいた。すぐにわかりましたよ。老人になってはいたが、あの鋭い目つき、気難しげな表情、研究者気質のどこか浮世離れした雰囲気は昔のままだ。そのとき私はまだ、彼に感謝の気持ちを持っていた。関西に移ってからの苦労に比べれば、あの屋敷での生活は天国だったからです。

私はその後も何度か、水曜日を狙ってその店に行った。二ヶ月に一度くらいの割合で旦那様と遭遇し、話しかけられるようにもなった。私のことはまったく気づいとらんかった。若いころは色白でしたが今はご覧の通り真っ黒ですし、いろいろあって人相もだいぶ変わったから、無理もない。お礼を言いたい気持ちはあったが、脛《すね》に傷持つ身なので名乗り出られないまま、居酒屋でたまに会う飲み仲間を演じとりました。

するとある日、旦那様が珍しく酔って、おかしなことを言い出した。

「実は、私は人を殺している」

自分は役立たずの研究者で金食い虫だと会社から冷遇されていた。画期的な新薬を一刻も早く開発したいと焦り、動物実験段階の新薬を人に飲ませた。その人は亡くなってしまった……

そのとき突然、思いつきました。

父は新薬の副作用で亡くなったのではないか。

土井垣邸に移ってから、父は一時期、少しだけ回復したんです。穏やかになり、笑顔さえ出るようになったのは、旦那様が時々くださった薬が効いたのだと思っていた。しかし、三ヶ月後に突然に亡くなった。私は若かったし、父を失ったショックが大きくて、死因について深く考えることはなかった。

しかし居酒屋で旦那様の告白を聞いたとき、疑惑が頭に浮かんで消えなくなりました。

その晩、いてもたってもいられず、私は土井垣邸まで行ってみた。ヘルパーの言うように、夜は旦那様と奥様の二人きりのようだ。私は古い記憶をたどり、裏口に回りました。私が住んでいたころ、こっそり夜中に外に遊びに出るために裏口の合鍵を小さな缶に入れて庭石の脇に埋めておいたことがありました。探ってみると、驚いたことに鍵はまだあり、裏口が開いた。導かれるように中へ入ると、室内は四十数年前とは比べものにならないほど殺伐としていた。玄関ホールから、二階の部屋の灯りが漏れているのが見えました。今でも旦那様はあそこを研究室にしているようだ。そして、隠し扉……

住み込みのころ、掃除をしていて偶然に見つけたんですわ。これはもう神様の今も使えるだろうか。棚に圧力をかけると、ちゃんと動いたので驚いた。

……いや、父の導きであろうと妙な高揚感を覚えた。私は隠し扉をくぐり二階へ上がりました。旦那様がベッドに寝ていた。灯りはサイドテーブルの小さなスタンドだけ。

意を決して、旦那様を揺り起こした。目を開けた彼は、ぼんやりと私を見つめました。

「……誰だ。どこかで見たことがあるが」

ずいぶん酔っていて、私が居酒屋の飲み仲間だともわかっていなかった。顔を近づけて旦那様を覗き込むと、私はつぶやくように言いました。

「実は私、牛込屋の室町です。覚えていらっしゃいますか？」

「ウシゴメヤ……？」

旦那様はしばらく焦点の合わない瞳で私の顔を見つめていたが、突然、恐怖の表情を浮かべた。

「室町！　お前、まさか、どうして！」

説明しようとしたとき、彼は震えながら目を閉じ、拝むように手を合わせたんです。

「お前を殺すつもりはなかった。本当だ。あの薬はぜったいに効くと思っていたんだ」

私はベッドの脇でよろめいた。

……父と勘違いしている！

がっしりとした体型の父と小柄な私は似ていなかったが、「間近で見れば丸顔と目がそっくりよ」と母がよく笑っていたのを思い出した。

旦那様は、やはり父を……

頭の中がぐわりと揺れた。

私はようやく声を絞り出し、彼の耳元でささやいた。

「ずっと怨んでいたぞ。お前を地獄に引きずり込んでやる」

旦那様はベッドから転げ落ちた。彼の絶叫をあとにして、私は隠し扉から逃げた。

父を殺したのは旦那様だった！

なのに、父が死んでから一年近く屋敷で世話になっていた。今思えば、私を観察するために手元に置いていたのかもしれない。そして、なにも知らない様子の私が関西に行きたいと言い出したとき、旦那様はほっとして送り出した……

四十年以上も前のことだ。今さらどうする。会社や旦那様を訴える？　詐欺師まがいの私が？

父のためになにも出来ない自分が悔しかった。

道を駆け下り、牛込柳町……今の市谷柳町交差点に差し掛かった。

そもそも、ここで公害騒ぎが起きなければ父も母もずっと米屋を続けていたはずだ。あの交差点が車の排気ガスを溜めるような谷底の地形でなかったら、私は今ごろ米屋を継いで、結婚して子供も儲けて、幸せに暮らしていたかもしれない。

車が滞りなく流れる夜の交差点を見つめ、私は泣いた。この土地に、私は人生をめちゃくちゃにされたのだ。この地を、大騒ぎしたマスコミを、対策が遅れた行政を、冷たかった周囲の人々を、私は怨みました。そしてなにより、旦那様を怨んだ……

旦那様が亡くなったことは、二ヶ月後に新聞で知りました。


「これで私の罪状に、家宅侵入罪が付け加えられたわけですな」室町さんは額の深い皺をさらに深めて自嘲気味に笑った。「まさか、殺人罪までは加わらないと思うが」

ふいにデビルが立ち上がり、言った。

「お話しくださりありがとうございます。実は部屋の外でこの話を聞いていた人がいます」

「刑事さんか。それなら話は早い。二度も同じ話をするのは面倒やからね」

デビルは、市谷警察署の応接室のドアを開けた。実は少しだけ隙間を開けて、声が外に漏れるようにしてあった。

ドアの前には車椅子のご婦人。

室町さんは、はっと表情を変えた。

「……奥様」

土井垣夫人が相変わらず女王のような風格で座っていた。彼女はしずしずと入ってきた。

「あなた、あのときの青年……室町君ですのね」

「はい」室町さんは我知らずというように腰を上げた。「大変ご無沙汰しておりました」

彼女は室町さんの正面まで来ると、ゆっくりと立ち上がった。そして、身体を折って深々と頭を下げた。

「申し訳ないことでございました。主人を許してください」

室町さんは顔を歪めた。土井垣夫人は頭を下げたままで話しつづけた。

「舅は厳しい人で、いつも主人を責めたてていました。主人は焦り、道を踏み外したのだと思います」肩を震わせ、一度大きく深呼吸をした。「わたくしは主人の研究の内容は一切知りませんし、彼は研究データをすべて処分してしまったので、彼が天国に……いえ地獄に行ってしまった今となっては、事実は闇の中です。ただ、過ちを犯したのは一度きりだと信じたいのです。わたくしの知る限り、あの人は法の遵守に敏感でした。今思えばそれは、あなたのお父様を死なせてしまったことをずっと後悔していたためでしょう。それなのにあなたに謝ることができなかったのは、主人の弱さですわ」

夫人は一度顔を上げると、再び頭を下げようとしてふらついた。

デビルが支え、車椅子に座らせた。夫人は目を潤ませ、思いがけず大きな声で言った。

「本当に、本当にごめんなさい。主人に代わってお詫び申し上げます」

室町さんの目からも、涙が滂沱《ぼうだ》と流れていた。


土井垣夫人をタクシーで送り届けると、市ヶ谷駅から混雑する総武線に乗った。

冬の日差しは思いのほか明るく、車内はクリスマス仕様の紙袋やケーキの箱を持った人たちであふれ、みな、浮足立っていた。様々な想いが胸のうちを去来したが、言葉を見つけられず黙っていた。デビルも、むっつりと口を閉じたままだ。

四ツ谷駅で降りた。

駅の目の前にある聖イグナチオ教会にはたくさんの人が詰めかけているのだろう。僕たちは、教会とは反対側の改札から出て四谷三丁目に向かって歩いた。

ゴールデンフタボシ・コーポの前で、吉池加奈子さんが赤ちゃんを抱っこして待っていた。傍らには、にこにこ顔のマサさんがいる。

僕が声をかけると、吉池さんは穏やかな声で答えた。

「ちょうど荷物の車が出発したところです。お部屋の中を見ていただけますか?」

二〇五号室の退去立ち会いを済ませ、僕たちはタクシーに乗り込む吉池親子を見守った。彼女は窓越しに、聖母のように柔らかく笑った。

「澤村さん、いろいろとお世話になりました。本当にありがとうございます」

「お元気で」

吉池さんの息子が目を開け、こちらを向いた。光ほどしか見えぬ瞳で、彼はなにかをじっと見つめていた。君の出生地はここだからね。新宿を忘れないでくれよ。

マサさんは、新居の片付けを手伝いに行く約束をしているくせに、涙ぐみながらいつまでもタクシーに手を振っていた。

「大家って店子が出ていっちゃうとき、妙に寂しくてね。まるで子供が巣立つみたいな気分になってしまうの」

デビルは微笑んで言った。

「すぐに次の子供を見つけてきますから、またよろしくお願いしますね」

マサさんはエプロンで涙を拭いた。

「しょんぼりしていてはだめね。張り切って大家業を続けます」


午後二時すぎに遅い昼食。喫茶まるもにて。

店内はほんの少しだけクリスマス仕様だった。カウンターの端に十五センチほどの白い陶器のクリスマスツリー。壁にはマスター手書きのお品書き。

『二十四、二十五日限定　ビュッシュ・ド・ノエル』

デビルは、二つ目のチョコレートロールケーキを平らげたあと、満足げに言った。

「昔の大家さんって、今の管理人みたいな役割をしていたんですってね」

「うん」僕は答えた。「江戸時代の庶民の多くは、長屋という賃貸物件に店子として住んでいたんだ。大家さんは地主とは限らず、雇われていた場合もあった。彼らは店子の募集をしたり、店子になった人々の冠婚葬祭の手伝いやケンカの仲裁、嫁取りの世話や悩みごとの相談、夜回りや火の番など、様々な仕事をしていたそうだよ」

「あら」デビルは皿に残ったチョコレートクリームをフォークでしつこくかき集めながら言った。「それって、まるで先輩みたいですね」

デビルは携帯を取り出すと、画面をこちらに向けた。

「今朝、高瀬和彦さんからメールがありました。ＩＴ企業にお勤めの、落合の物件をキャンセルされた、あの方です」恋人が詐欺師ではないかと僕が指摘したお客さんだ。「あのあと美沙さんと話したら急にギクシャクして、その数日後に連絡が取れなくなったので、聞いていた住所に行ってみるとまったくのでたらめだったそうです。高瀬さん、実はけっこうお金を貸していたようですよ。被害届を出すか迷っているって」

「そう、なんだ」

「先輩に怒鳴ったことをずっと悔やんでいたけれど、直接連絡できずにいたそうです」

心の隅の小さな鉛が消えた。

そうか。よかった、と言っていいのかわからないが、ひとまずよかった。

「家を出る決意を固めたので、年が明けたら先輩に部屋を探してほしいって」

「わかった。年明けに連絡してみるよ」

デビルは嬉しそうに微笑んだ。

「結果オーライですかね」

「でも、浅慮だったよ。あんなに慌てずに、もっとよく考えてから伝えていたら高瀬さんを怒らせずにすんだのに」

「いいんじゃないですか?」デビルはかわいらしく肩をすくめた。「勢いも大事ですよ。『迷ったらまずやってみよう』ってことわざは……なかったでしたっけね」

僕は笑った。『迷ったらやらない』が信条だったのに、どうしてこうなったんだろうな。

土井垣氏の過去を公にすべきでは、と僕が言ったとき、デビルはこう答えた。

――一番大事なのは、室町さんがなにを望んでいるか、ではないでしょうか
その後、室町さんとの面会に土井垣夫人を連れていこうとデビルが言い出したので驚いたが、つまりはそういうことだった。

忙しかったマスターがようやくコーヒーポットを抱えてカウンターから出てきた。

「ケーキ、美味しかったです。幸せ～」

デビルの笑顔に、マスターは頬を赤らめてつぶやいた。

「明日もこのケーキです」

「残念、明日は仕事がびっしり詰まっているんです。もし寄れたら来ますけど」

今日は賃貸部の定休日である水曜日。吉池加奈子さんの退去立ち会いがあったとはいえ、僕もデビルも今日は休みの日。つまり、二人ともプライベートでここにいる。

ふいに緊張した。これは、デート？

デビルは満足そうに、混雑した店内を見回している。彫刻みたいな白い肌。艶やかな黒髪。オフホワイトのツイードのツーピース。今日のデビルは一段とかわいらしい。

彼女はBGMに合わせて身体を揺らしながら言った。

「喫茶まるもではクリスマスソングをかけないんですね。十二月になると食傷気味になるので、こういう普通の曲が新鮮。誰の歌かしら？」

「ああ、これは……」

……待てよ。

「ひょっとして……！」

僕は、デビルの横で嬉々としてコーヒーを注ぐマスターを凝視した。

「以前、マスターがつぶやいたビリー・ジョエルって……」

マスターは答えた。

「『ジャスト・ザ・ウェイ・ユー・アー』」

「『素顔のままで』！　この歌のことを言っていたんですか！」

デビルは、僕とマスターを見比べながら言った。

「なんの話ですか？」

てっきり僕の〝バカ正直〟を連想して『オネスティ』を思い浮かべたのだと思っていた。なんという勘違い。

ありのままの君でいてくれればいい、と恋人を優しく諭すビリー・ジョエルの歌声が店内に響いた。僕の僕たるゆえんは〝表も裏もないありのままでいること〟だとマスターは言いたかったのだ。一時は本気で自分のバカ正直さを呪っていたのに。いつものことながら、マスターの言葉はわかりにくすぎる。

デビルが言った。

「またなにか閃いちゃったんですか？」

「僕は僕のままでいいのかなあ、って思っただけだよ」

「先輩は変わりようがないでしょうからね」

「……進歩がない、みたいな言い方だね」

「そんなことないですよ。先輩は日々、進歩しています。この間なんて、私のパソコンのデータが飛んだときに、サービスマンを呼ばずに復旧させてくれたじゃないですか」

「あれは君が『これがなくなったら私の営業生命は終わりです』って脅すから、必死で」

「脅しではなく事実です」デビルはふと携帯を見つめた。「先輩。今夜はヒマですか?」

「えっ」今日の夜はクリスマスイブ。まさか……「まあ、その、ヒマと言えばヒマだけど」

イブの夜にデート。いや、ここにいるのも、すでにデート。本来なら僕からディナーのお誘いをするべきなのに、なんと気の利かないことか。

「よかった」彼女はにっこり笑って画面を操作した。「ここです!」

僕の携帯に来たメールを見ると、地図が添付されていた。

「……聖ペトロ教会?」

「レンに、土井垣邸を紹介してくれたお礼になにをしたらいいか聞いたんです。超金持ちだから品物をあげてもありがたがらないと思って。そうしたら、今夜のクリスマスミサに一緒に出席してくれって」

つまりレン君も一緒か。まあ、ミサくらいなら。そのあと二人で食事を……

「わかったよ。この教会に行くんだね」

デビルはこの上なくかわいらしい笑顔を見せた。

「よかった！　私、今夜は予定があるんで、よろしくお願いします」

……はい？

「『なんでもするわよ』ってレンに言った手前、行けないとは言えなくて。では、ごちそうさまでした」

立ち上がるとスカーレットのAラインコートをはおり、マスターに手を振ってドアに向かった。

……僕は一人で教会へ？

彼女は戸口で振り返ると、極上の天使みたいに優しく微笑んだ。

「メリー・クリスマス、澤村先輩」

さっさと出ていく後ろ姿はもう、悪魔に見えた。

脱力しきっていると、携帯が鳴った。

『澤村さん、今夜はお客さんが少ないようなので、ぜひ来てもらえませんか？』

説得力のあるバスボイスは、アングラ劇団員の星雅也さんだ。

「すみません。どうしても抜けられない予定があって」疑っている気配。「お客様を紹介してくださった方にお礼をしにいかなければならないんです」

『……本当のようですね。澤村さん、嘘つくとすぐにわかりますから。じゃあ、来年の公演にはぜひ来てくださいね』

イブの夜に一人で前衛劇を見る羽目に陥らずにすんだので、思わずつぶやいた。

「予定があってよかったよ。ありがとう神崎さん！」

……あれ、なんだかおかしいな。しかし、助かったのは事実だ。

デビル、今夜は誰かとデートだろうか。

自分の営業パートナーのことがいまだにさっぱりわからない。ようやく全貌を見たと思ったら、また別の顔が垣間見えたりする。

しかし、いいのか、それで。

清貧のフランシスコは、ありのままで生きていこう。

エピローグ

「どうぞ、奥様。ここのへぎそば、美味しいんですよ。それと、桜屋の新作、フルーツ鯛焼きです。未発表だそうですが、特別にもらっちゃいましたので、おすそわけに」

「よい年が越せそうです。いろいろとありがとう」

「こちらこそ、先日はご足労いただき、ありがとうございました。先輩が室町さんと話したいと言い出したので、奥様には前もってお耳に入れておいたほうがよいと判断し、面会の日時をお伝えしたまででしたのに」

「出向くのは当然です。それにしても警察に勾留された人に会うことができるとは」

「私が所属している剣道道場の館長は警察のおエライさんと親しいので、館長にお願いして口を利いてもらいました」

「剣道？　意外な一面ですわね」

「奥様こそ、あんなふうに謝っていただけるとは思いませんでした」

「室町さんにも息子さんにも申し訳ないことをしたという気持ちは本心です。きちんと謝罪することができてよかったわ。きっと主人もあの世でほっとしているでしょう。ただ、できればドイ製薬に迷惑をかけずに済めば、とも思っていました。主人は一族の鼻つまみ者でしたから」

「室町さんは警察に話さなかったようです」

「これで主人の名誉は守れたわけですね。それに、今回の賃貸借契約にも影響はないでしょう」

「契約の白紙化も覚悟していましたが、奥様に助けていただいてしまいました」

「あなたのフランシスコのおかげで、こんな老いぼれにもまだまだできることがあるのだと気づかされましたよ」

「私の名前が〝くらら〟だからといって、パートナーをフランシスコと呼ぶのはおやめください」

「あら、お似合いだと思ったのに。彼、本当にいい人ですわね」

「先輩を見ていて思うんですが、室町さんの言うように『いい人は必ず損をする』とは限りませんよね。ほら、『禍福はなんとか……』って」

「『あざなえる縄のごとし』」

「はい。先輩はバカ正直にいろいろやらかして損ばかりしているようでいて、最後は本人も周囲の人もなぜかハッピーになっている。ちょっと羨ましいです」

「いい人というのは気弱なようでいて、存外、強靭《きょうじん》な心を持っているのかもしれませんわね」

あとがき

こんにちは、内山純です。

このたびは『新宿なぞとき不動産』をお手に取っていただき、まことにありがとうございます。本作は『ツノハズ・ホーム賃貸二課におまかせを』というタイトルで二〇一七年に単行本で出版されました。その文庫化がこちらです。

この物語が出来上がるまでを少しお話しさせてください。

私の作家デビューは二〇一四年ですが、その一年前に、あるミステリ賞に応募した作品が本作の大もとです。そのときの結果は二次選考で落選。ただ、一次選考を通過すると選評がネットに載るという賞でしたので、選考委員の方々のお言葉を何度も読み返した記憶があります。

本作が応募作と同じなのは次の点だけ。それ以外は全編新たに書き直しました。
①新宿の不動産会社の賃貸営業部が舞台
②ダメダメ先輩営業マンと悪魔のように先輩使いの荒い後輩美女が主人公
この二点について述べたいと思います。

まず①。物語の舞台が〝不動産会社の賃貸営業部〟になった理由。

内山純は、小説を書いていないときは不動産屋さんをやっています。今を去ることン十年前、東京都港区の某不動産会社に就職して以来、出産子育ての数年間を除き、ほぼ不動産業に従事しております。

正直に申し上げますと、私は不動産営業が好きではありません。性格が本作の主人公、澤村聡志によく似ているからです。馬鹿正直で駆け引きが苦手。テナントからのクレームをそのままオーナーに伝え、オーナーから突っぱねられたことをありのままテナントに返し、双方の怒りを増幅させ右往左往する……

せめて澤村先輩のように高度な事務処理能力でもあればよかったのですが、事務仕事苦手、整理整頓も下手。まったく取り柄なし。

そんな私なので珍エピソードは数限りなくあり、四十歳半ばを過ぎて作家を志したときに「こんなにいい素材が揃っている業界を使わない手はない！」と、小説の舞台に設定しました。

というわけで、本作には実体験がいくつか描かれています（以下ネタバレあり。本書未読の方はご注意を）。

第三話、メゾンオパール落合《おちあい》三〇二号室へのサム・エステートからの入居申込のくだりはかなり実話に近いです。

髪を染めた派手めな服装のカップルが1ＤＫマンションの内見に来たのですが、「わあキレイな部屋～」と言いつつ、ろくに見ないで帰っていきました。なのに、その日のうちに入居申込書が提出されます。

申込人の男性は『医療機器メーカーの営業員』だと聞いていたけれど、そうは見えなかったし、他にもいろいろが怪しすぎると感じて申込書を子細に眺めたところ、まず、勤務先業種欄の『医療器機』の手書きの文字に違和感を覚えました。また、書かれていた会社の電話番号が〝注意すべき会社リスト〟のサイトに載っていましたし、実際に電話してみると、出てきた女性はビジネス電話応対をまったく知らない様子……オーナーと相談して、お断りしました。振り込め詐欺のアジト用に部屋を借りようとしていたのでしょう。

第二話では同僚から聞いたエピソードも使わせてもらいました。募集図面にオバケのQ太郎の絵が描かれていたそうです。かわいくても、オバケはオバケ。はたして「オバQならいいか」と入居を決めたお客様がいらしたのかどうか……

次に、②の主人公について。

澤村聡志と神崎くららの凸凹コンビは応募作の時から骨格が出来上がっていました。二人には愛着があり、賞の選評でも唯一褒めていただいた部分でしたので、デビュー後、このコンビをなんとか世に出したいと編集担当の細田若奈さんに我儘を申しました。彼女の多大なるご尽力により実現し、まことに感謝しております。

補足で〝新宿〟について少し。

古くて新しい街、新宿が好きです。お薦めの散策場所はたくさんあります。

例えば第一話に出てくる須賀町《すがちょう》の神社は、緑が多くて趣のある場所です。本作で描いたあと「そうだ久しぶりに」と訪れたら、外国の若い方がたくさんお参りに来ていました。「新宿もインバウンドに力を入れているのだな」と感心したのですが、後に、大変有名なアニメ映画の聖地だと知りました。入り口の長い階段で、皆さん写真を撮られていましたっけ。流行に疎くてすみません。

とにもかくにも、本作は無事、出版の運びとなったわけです。

文庫化にあたってはデザイナーの西村弘美さん、イラストレーターの456さんに素敵なカバーを作っていただきまして、ありがたい限りです。

それから、文庫版の編集担当の金城颯さんにも感謝と陳謝を述べさせてください。改題にものすごーく時間がかかり、お手を煩わせました。「新宿」「ミステリ」「不動産屋の話」の三要素を入れよう、とさんざん悩んだ結果が、『新宿なぞとき不動産』……そのまんまです（笑）。

シンプル・イズ・ベスト。

〝不動産〟と聞くと、家を売ったり買ったり、土地を買ってビルを建てたり、と高額のお金が動くイメージが浮かぶかもしれませんが、私は、家賃数万から数十万の物件を扱う賃貸業務に東京の不動産業の原点があると思っています。江戸時代に確立された〝長屋〟というシステムが形を変えて令和の現代に受け継がれているのです。いまだにオーナーのことを〝大家さん〟と呼ぶのは、その名残ですね。

家は、どれひとつとして同じではありません。同じ外観の建売住宅も、同じ間取りのワンルームアパートも、ひとたび誰かがそこに住めば、世界でたったひとつの、その人だけの大切な住まいです。営業が苦手だった私も長年続けるうちにそんなことがわかってきて、年相応に図図しさも身につけ、今や神崎くららのようにゴリゴリと交渉を……いえまあ、それなりに、なんとかやっております。

不動産業に従事し続けたおかげで本作が出来上がり、貴方のお手もとにお届けすることができたのですから、まさに『人間なにごとも漱石の猫』ですね。

それではまたいつか、お目にかかれる機会を楽しみにしております。

二〇二〇年十月

内山 純

（この作品は実在する地名・事件などから着想を得たフィクションです）

本書は二〇一七年、小社より刊行された『ツノハズ・ホーム賃貸二課におまかせを』の改題・文庫化です。

著者紹介　1963年、神奈川県生まれ。立教大学卒。2014年『B《ビリヤード》ハナブサへようこそ』で第24回鮎川哲也賞を受賞しデビュー。個性的なキャラクター造形と軽妙な会話、心地の良い作品世界が魅力の新鋭。ほかの著書に『土曜はカフェ・チボリで』がある。

検印
廃止

新宿なぞとき不動産

2020年10月23日　初版

著　者　内《うち》　山《やま》　純《じゅん》

発行所　(株)　東京創元社
代表者　渋谷健太郎

162-0814/東京都新宿区新小川町1-5
電　話　03・3268・8231-営業部
　　　　03・3268・8204-編集部
URL　http://www.tsogen.co.jp
フォレスト・本間製本

乱丁・落丁本は、ご面倒ですが小社までご送付ください。送料小社負担にてお取替えいたします。

ISBN978-4-488-48012-7　C0193